第七届鲁迅文学奖获奖者
小 说 精 选 集

朱 辉 著

看蛇展去

作家出版社

目 录

对　方

1

　　天气预报说近期本市将以阴雨天气为主，而杭州则天气晴好。三天前马远接到了一个会议通知，邀请他去参加全国科技出版协会的学术研讨会，会议的地点就在杭州。按说这样的会他可去可不去，他已经犹豫了好几天，但晚上看了天气预报后，他决定，还是去。他已经五十几岁，虽然因为没发胖，又一直没有孩子的拖累，看上去还风度翩翩，但他自己心里清楚，他已经快老了。头发虽黑，但老要染；牙一个没少，可牙龈已经有些松动；一到阴雨天，浑身酸痛，腿脚也就不得劲儿。杭州天气好，正好去休息几天。

　　马远做出了这个决定后马上心闲气定了。妻子上夜班不在家，他开始动手收拾要带的东西。忙了一会儿，他自己有点发笑，后天才走，现在就收拾行装，也太心急了一点。妻子要是看出来，肯定又要起疑。明天上班自己也要注意，不能给别人提供讲闲话的口实。本来嘛，单位里谁都知道他怕阴天，本市天气不好，去杭州休息几天，这个理由不光能说服自己，也能够说服别人。至于要带华茜芳同行，那是因为会上交流的论文是他俩合作的，他当然不该一人掠美。

他躺在床上，心里有一种温润的兴奋。华茜芳是一个与众不同的女人，她肤色偏黑，不漂亮，但是很性感。她走路时踩一种平民化了的模特儿步子，双乳微微弹动。人过去了，还留下一丝香水味儿。她三年前从一个县的科委调到这儿，很快就引起了编辑室主任马远的注意。应该说她的业务能力很一般，但她热情、主动，没有一般少妇通常的矜持。这对五十出头的马远是一种难以抵抗的刺激和诱惑。这种诱惑是强烈而残酷的，毕竟他已经年过半百，即使在目前的社会，他和华茜芳的任何绯闻也肯定会弄得满城风雨。他应该小心。

但他对自己的提醒在活生生的华茜芳面前显得那么的虚弱，不堪一击。编辑们下午不坐班，但华茜芳下午经常到编辑室来找他，这时候编辑室里就他们两个人。门虚掩着，华茜芳请教的问题常常简单得可笑。她靠得很近，脖子里的香气弄得他心猿意马。马远心里透亮，他几乎认定前面是个陷阱，但他并不十分害怕掉下去，他的潜意识里大概还有点希望早点跳下去。

第二天上班，编辑室里乱哄哄的，他把华茜芳喊过来，说："小华，你把这篇论文拿去打印一下，出十份激光稿。"

"要那么多？"华茜芳接过去翻了一下，脸上腾起一片红色。她看见论文上马远的署名前用铅笔加上了她的名字。论文所论及的精装书虽是她和马远共同编辑的，但论文她几乎没写一个字。她明白地猜出了马远的用意。

"会上交流要用，十份还不一定够。打印好你就回去准备一下，上午不必再来了。下午我们来研究一下开会的事儿。"

其实这种短距离出差并没有多少准备工作要谈，无非是要不要提前买票，乘火车还是汽车，明早在哪里会面之类，几句话就解决问题。马远约她下午来谈，无非把两人独处的出差在心理上提早了一天。他们把论文又放在桌上再看一遍，这时华茜芳渐渐变得大胆起来。马远坐着，她把手搭在椅背上，另一只手撑在桌上马远的手旁边，长长的头发垂下来，在马远耳边晃悠。马远的心跳变得急促有力，他慌乱地推开华茜芳的手，站起来，走到窗户那儿，他躲闪地看看华茜芳，发现她含着笑，脸上竟呈现出一种天真无邪的表情。他呻吟般地说了一声："回去吧，明天见。"

马远对这次出差产生了一丝胆怯。他有点怕。

第二天清早，马远准时来到市中心的旅游公司门口，他远远地看见华茜芳在那儿向他招手。华茜芳穿一件豆沙色马海毛的上衣，下面是一袭灰色长裙；马远在羊毛衫外套了一件绿隐条的毛料西服，显得庄重而不失潇洒。他们的行装都很简单，华茜芳只在后面背了个小背包，马远手上拎的包甚至就是他平时上班用的，这使他们的这次出差显得有些含义暧昧，更接近于一次旅游。汽车在高速公路上奔驰，阴郁的天气不知不觉中被抛在了身后。公路的两旁开满了绵延不绝的油菜花，汽车在花香中轻盈地滑行。马远和华茜芳紧挨在一起，汽车的每一次轻微的颠动都给他们两人的肉体带来愉快的刺激。在平坦的路面上这种颠动的节奏和规律是有迹可循的，他们应和着这种节奏，陶醉在这温和如华尔兹的身体接触当中。车上其余的人都昏昏欲睡，他们不知道还有人用心在跳舞。马远和华茜芳在单位曾经一起跳过舞，但马远显然不习惯这样的场合，虽然他在华茜芳的再三邀请下勉强上了场，但他的心还留在座位上注视自己，舞场上方的顶灯也仿佛是睽睽众目。他感到浑身不自在。华茜芳的腰肢并不柔软，在他的手里显得相当丰硕，有力。她带着他跳华尔兹，一步一步往前进，拐个弯，又一步一步往后退，华尔兹被她带成了近似于直线的运动。马远在尴尬中强烈地感到了年轻的欲望的力量。这是华茜芳最早给他留下的深刻印象……车内的音乐打开了，舒缓的音乐立即弥漫在整个车厢内，华茜芳冲他一笑，身体又挨紧了一些。马远随身带了一个大茶杯，里面泡好了花茶，他把杯子递给华茜芳。她喝了两口，还给他，说，不敢多喝，喝多了没法上厕所。马远微微一愣，她在对男人说上厕所，但没有丝毫的羞涩，马远从根子里并不习惯这样的女人，但他此刻却感到了莫名的兴奋，甚至还闪过了一丝猥亵的念头。华茜芳从她的小包里拿出了两个梨，削好一个，递给他，马远说太大了，要她分开来，华茜芳嘴一撇，说，不作兴分梨的。这是一个众所周知的谐音，马远吃着梨，清晰地预见到他和她即将发生在杭州的故事。故事的框架也许落入俗套，但细节永远无法预知。事实上，自从他和华茜芳登上这辆旅游车，他们的故事就已经开始了。

华灯初放时他们到达了杭州。会务人员已经把他们的住宿安排好。马远是正编审，和杭州大学出版社的老陈同住一个两人间。老陈家就在本市，马远还没有看见他；华茜芳同房间的两个人早来了，她们互相招呼着交换了名片，华茜芳就下楼喊马远上街吃饭。

他们在一个小饭馆里坐下来，要了几个菜和两瓶啤酒。华茜芳问，你妻子做菜的手艺比这饭馆怎么样？马远说，她从来不做饭，上夜班带的饭菜都是我给她弄好的。华茜芳略带夸张地说，那怎么办，你出差她不是要饿饭了吗？马远说，她可以上街去吃，我总不能不出差吧。他的语气里流露出恰如其分的怨气。马远的妻子比他小五岁，这本来没什么，但因为他们一直没有孩子，他妻子也就习惯于把自己当成孩子。马远本人特别喜欢小孩，但他妻子只会生气、生病，就是不会生孩子。这是他心里的隐痛。现在他乐意把这种隐痛说出来。马远说，我哪里是跟妻子在过日子呢，我是既要当哥哥，又要当父亲。华茜芳扑哧笑起来。马远问，你跟小张的手续办了吗？华茜芳恨恨地说，他不肯办，那就拖着吧，反正我不跟他住一块儿，他愿拖就拖好了。马远不再说话，他举举杯子，示意喝酒，两人碰一下杯。声音很响，邻桌的人看他们一眼。这时店堂的电视里已经开始播晚间新闻，十点了，他们该回宾馆了。华茜芳起身的时候，马远瞥见她裙子的阴影里丰满肥白的双腿闪出一道银狐似的白光。

　　回去的路上，他们遇到了相识的同行。马远和他们亲热地打着招呼，彼此开着无伤大雅的玩笑。他注意到华茜芳静静地跟在他们身后，闲散地张望着两边的街景。他立即变得心不在焉，他想和她说点什么，但一直到宾馆，他都没有机会分身。在宾馆灯火通明的大厅里，华茜芳懒洋洋地朝他挥挥手，道声"晚安"，眼带怨尤，径直到自己的房间去了。马远的心沉下去，兴味索然地上楼，进了自己的房间。同室的老陈还没有来，看来今天是不来住了。马远认识到华茜芳是个热容量很小的女人，仿佛一块金属，热得快，冷得也快。这是没有办法的事。马远和衣躺到床上，把身体放松下来。他今天其实很累，但大脑里乱糟糟的。他眯糊了一会儿，突然他的床前好像有一个白色的赤裸的身体站在那儿，他倏然一惊，醒了。抬腕看看表，已经十一点半了。

　　这时候电话铃响了，他吓了一大跳，立即抢步上前抓起电话，喂，是哪位？他问。没有人回答，听筒传来清晰的呼吸声。小华——，他直呼其名了——我知道是你，你还没睡吗？华茜芳说，我睡不着，在看书，我有个问题要请教你一下，不打搅你同屋休息吗？马远说，他今天不来住了，你上来吧。华茜芳应了一声，马远从听筒里听见她含糊其词地请同屋留门，然后电话就被挂断了。

马远的心脏急促有力地跳动着，他感到微微有些晕眩。他平静了一下，关掉了顶灯，把台灯打开；他稍一犹豫，又脱掉了西服。他听到门外有轻微的脚步声，然后门铃响了，叮咚叮咚像敲在他的心上。他几乎迈不动脚步了。

马远打开了门，华茜芳轻着身子闪身进来，反手把门关上了，华茜芳静静地倚在门上，歪头看着他。她刚洗过澡，湿漉漉的头发披散在肩头，给她平添一股妖媚之气。他们谁都没有说话，空气仿佛凝固了。

来了，终于来了。一切真的就要开始了吗？

他们离得很近，又似乎很远，横亘在他们面前的无形障碍把他们冻结在那里，他们对峙着。马远的心脏似乎已经无法承受这种冲击，他把逐渐软化的视线从华茜芳的脸上游移开来，看着她手里的那本书，他几乎想挑起话头，躲到书里去了。他嗫嚅着刚要开口，华茜芳手一松，书掉在了地上。仿佛堤坝决了口，他们紧紧地拥抱在一起，狂潮立即把他们淹没了。

地上的那本《编辑学发凡》被他们两个编辑，踩在地上。可怜的书！

他们是成熟的男女，他们熟悉接吻的每一个细节，但他们都没有直奔目标。他们的手暗示着，身体呼应着，互相沿着对方的脖子、耳垂、额头、脸颊吻过去。他们呼呼地喘着气，仿佛这不是做爱前的序曲，而是一场目标已定的迂回和袭击。马远的嘴唇有些干涩，他用力抱紧了她，华茜芳顺从地把花一样的嘴唇凑了上来。他们长吸一口气，互相吮吸着，他们的舌头好像钟乳岩洞里两条追逐嬉戏的鱼。

华茜芳的身体慢慢软了下来，好像弱不胜立，马远紧紧地搂着她，他们同时想到了那张席梦思床。床垫含混地呻吟了几声，把两具火热的躯体稳稳地托住了。长时间的接吻使马远感到呼吸有点困难，他偏了偏

头，让开了她的嘴，他的手从毛衣里伸向了华茜芳的胸罩。但他这时遇
到了困难，他摸索了好一会儿也没有在她背后找到胸罩的搭扣，他在妻
子身上的经验在一个陌生的身体上失效了。他立即想到了干瘦的妻子和
她带了钢丝垫的昂贵胸罩，他一下子愣住了，不知道怎么办才好。华茜
芳轻轻地推开他，站起身，把凌乱的头发往后理一理，说，把灯关了。
马远吃了一惊似的关掉了灯，这时只有远处的街灯透过窗帘射来柔和的
光。华茜芳自己从腋下解开了胸罩，把它扔在床上。她又脱掉了毛衣，
一对活力四射的坚挺乳房顿时开放在马远的面前……

　　然后是一阵无法遏止的手忙脚乱，平时装饰着他们肉体同时也隐
藏着他们内心的衣服被一件件扔在沙发上、地上。床上的毛毯被蹬到一
角，宽阔的场地被腾出来了。两个灰色的身影在床上扭成一团，晦暗的
房间里充满了席梦思的吱咯声、粗重的呼吸，以及含混的呻吟。马远被
自己参与制造的声音刺激得更加亢奋，他灵魂的一部分本来一直飘荡在
天花板那儿注视着下方，这会儿也饿鹰般凶猛地直扑下来，作为有生力
量和他合而为一，投入了这场蓄谋已久的战斗。马远感到他浑身的细胞
都在短时间里开放了，而某一部分的细胞则在刹那间放大了七八倍，十
几倍，乃至无数倍，最后他仿佛通体都变成了一根坚韧而又得心应手的
棍子，由本能指挥着像蛇一样昂着头在草丛中奔突、搜寻，然后它一头
扎进了一个温润的沼泽。

　　马远变得年轻、壮健，但这种年轻和壮健是短暂的，你可以站在
湍急的小溪中间把水撩泼到上游，但它立即又会流下来。马远深知这一
点，他近乎疯狂地挥霍着自己短暂的活力。他粗野得连他自己都无法相
认了。华茜芳迎合着他，引导着他，同时也撩拨着他，她好像一个高明
的驭手，在大汗淋漓的冲刺中，不让她的坐骑浪费一点点多余的精力。
这真是一个好女人啊！在一股近乎感激的慨叹中，马远浑身已经膨胀至

极的细胞恰到好处地爆炸了，四肢百骸精神意识全都分崩离析，向湛蓝的天幕飘散开去……

在昏睡中马远的心脏回复了平静，当他醒来的时候，房间里只剩下他一个人了。你真行，你真行啊！他的耳边华茜芳原本含混的话此刻清晰起来。是的，我还没有老啊，这一点我自己原本不知道，但我现在终于知道了。这多么好！要不，我自己不是还被自己蒙在鼓里吗？不知怎地，他想起了他曾听人说过，美国人挂在嘴边最多的一个词是，try, try again！对的，有些事是应该去尝试一下，比如，堕落，——这个词使他的心哆嗦了一下——可堕落又是多么刺激和快乐啊！

他突然一激灵，他眼前出现了妻子紧咬的嘴角和锥子似的目光，他慵倦而又适意得仿佛浴缸里的水的思维被立即冻住了。他从床上坐起了身，呆呆地盯着房间门口的地上的一片白光，他知道那是今夜故事的引子，那本《编辑学发凡》。他把它捡过来，捋平了。他想华茜芳睡着了吗，明天他就把书还给她。他们要注意不能流露出什么。会议往往是绯闻的策源地，但只要小心就什么事也不会有。堕落就和坠落一样，是源于一种难以挣脱的"万有引力"。堕落的过程是快活的，但它的结果则十有八九是头破血流。所以他要小心，要有节制，要把坠落的过程变为滑滑梯的过程，这样既愉快又没有风险。这就需要控制，对速度的控制。明天大会开幕，下午还要交流论文，他一定要坦然，一定要若无其事，他自信他能够做到这一点。他明天将会早点起来，在盥洗室梳理好头发，穿上他的西服，神情自若地走到人群里去，那样一切就会重新正常了。

人们往往习惯于忽略黑夜。

2

太阳出来了，天空依然是晴朗的。

风和日丽的天气使华茜芳感到非常愉快，昨夜的放纵并未使她感到丝毫疲劳，相反，她有一种身轻如燕的感觉。早晨在大厅里集体用餐，她主动走过去和马远同桌。他们两个意味深长地对视了一眼，华茜芳甚至调皮地朝他挤挤眼。马远低着头吃着稀饭，假装没看见，但他的脸上还是默契地漾出了一丝暧昧的笑容。大厅里人声喧哗，熟人们彼此打着招呼，谈着一些无关大雅的话题。华茜芳轻声地说，喂，我发现你身上挂了点东西，要不要我告诉你？马远说，什么？他的头甚至都没有转动一下，只是饶有兴致地看着她。华茜芳不满马远过于平静的神态，她突然恶作剧地提高了声音，扭头对同桌的另一个熟识的女孩说，你看，我们马主任的身上挂了幌子，瞧，这么多的羊毛须须，是夫人的羊毛衫蹭在上面的吧？那女孩立即兴致勃勃地凑上来，哪里，哪里，我看看。她们两个笑成一团，引来了好些人的目光。马远的头轰了一下，他简直吓呆了，他不知道华茜芳究竟想干什么！她难道不知道这是他们昨夜疯狂的印记吗？！她疯了吗？！马远的意识几欲崩塌，他铁青着脸阴沉地说，别胡闹！华茜芳装着赌气地撇着嘴，说，好了好了，马主任发火了，不讲了，不讲了。马远这时才注意到，华茜芳今天穿的是一件西服，昨夜的毛衣被她换下来了。这换了的西服好比消防队员的石棉衣，怪不得她竟敢引火烧身。没有人会疑心到什么，马远放了心。

华茜芳很扫兴，她没想到马远的胆子这么小，这么虚弱，竟然连个玩笑都经不起。在众人的玩笑中共享两人的秘密，本是一件多么有趣的事！她闷闷不乐地吃完了碗里的稀饭，径自出了宾馆。

宾馆就在西湖附近，华茜芳独自沿着湖边走。她看见有几个孩子正在湖边的长椅上读书，他们读得很专注，琅琅的书声隐约传来。这是一种温柔和平甚至是感人的场面，但华茜芳丝毫不以为意，她读书的时候条件比现在艰苦多了，她也是这么过来的。书不能读得太差，至少要考上大学；但只会读书是不够的，社会这本书有趣也有用得多。她瞧不起读死书的人，书会消解人的活力。有的书里还充满了捆人手脚的绳子，她可不愿意从书里拽根绳子来捆自己。束缚已经太多，再作茧自缚的是注定的失败者。华茜芳的这些想法是从她的经历中得来的，慢慢就上升为理论，最终成为了一种渗入血液的习惯。她小时候家境并不富裕，但她总要想办法打扮自己，还在小学时，她甚至搜集亲戚们不屑再用的毛线给自己拼成了一件入时的毛衣。女教师们不喜欢她，甚至说她是小妖精，但她却很得几个青年男教师的喜爱，不管怎么说，她的成绩并不差。华茜芳就这样在性别的缝隙里游刃有余地度过了她的学生时代。

华茜芳在湖边找了张长椅坐下来，她在等马远，她知道他会来找她。上午的开幕式去应个景就可以，但下午的论文交流就不能掉以轻心了。她料到马远会把论文宣读的机会让给她，但不等到说定，总是放不下心。这对她而言是个机会，她决不能放过。马远是个什么样的人，华茜芳并不完全了解，全面了解一个人太费事了，她只需要了解他的某一个或某几个方面。他喜欢自己，他能帮助自己，这就够了。交同性朋友要睁大眼睛，因为你不能指望和一个自私的女孩成为真正的朋友；和男人交往就不一样，他很坏，甚至卑鄙，但这没关系，只要他真正喜欢你，你尽可以和他很投入地交往。当然男人跟男人不一样，那些瘦精精的、讲起话来眉飞色舞表情丰富的男人在华茜芳眼里只是一枚枚青涩的果子，她认为他们酷爱表现自己正是因为他们的弱小和缺乏自信。正像没有多少人愿意当果农而个个都喜欢吃成熟的水果一样，华茜芳喜欢那些成熟的男人。她把目光罩定在马远身上，并主动走近了他，是因为他的体态衣着，他的举止神态，他的学识经验，当然也包括地位，都让她动心。

　　宽阔的湖面烟波浩渺，水中的亭台楼阁美得仿佛海市蜃楼，湿润的春风一阵阵地扑面而来。华茜芳用双手抖抖自己的头发，这时她透过垂柳的枝条看见了身后的大路上马远的身影。她坐着没动，马远显然没有看见她。待马远急匆匆地走过去，她才绕过长椅，轻轻追上他的背影，说，哎，是找我吧？马远猛地回过头，满面惊喜。他立即又沉下脸说，你出来也得跟我说一声，再找不到你，我就要去报失踪了，那可就热闹了。马远把他的焦急适度地夸大了。

　　"是吗，知道会有这么热闹的事我就在长椅上再坐一会儿了，让你再找找。"华茜芳说。

　　"吃饭的时候你生气了吧？可你也太大胆了，太冒失了。"马远说。

　　"你这么急着找到我就是要来责怪我的吗？"华茜芳说，"我没见过像你这么胆小心虚的……人！"她的声音很激动，但她的话很节制，她差一点就滑出了"男人"这个词，但她没有。马远叹口气道："好了，我们不说这个了好吧。我是从开幕式上溜出来的。下午是论文交流，我们安排在第四个……"他顿了顿，他知道华茜芳关心这事。

　　华茜芳没有应声，她的视线似乎指向湖中的某个地方，马远循着看过去，他只看到满目的湖水。华茜芳看起来还在生气，其实她在很注意地听着。"本来我们被安排在第六个，那时都快结束了，肚子咕咕叫，谁还坐得住？我找了管会务的老孔，商量了好一会儿他才答应。以我们出版社的地位，这几乎是最好的可能了。"

　　"我知道你的能耐，我还以为你会甩手不管呢。你不是生气了吗？"

　　"生气归生气，工作归工作。"

华茜芳忍不住扑哧笑了出来。她突然想起了马远昨天夜里努力得近乎忘我的"工作"。

马远满面疑惑，不知道她究竟笑什么。但他随即心有灵犀，他的脸发红了。一个五十多岁的男人为了性或爱而红脸，这是一种特别的风景。华茜芳饶有兴味地看着他。两个人都不说话。有一种融融的春意弥漫在他们四周，鼓励着他们做出一些亲昵的举动。他们已经离会场很远，开幕式正在进行，他们不必担心被熟人碰见，华茜芳十分自然地挎起了马远的胳膊。她察觉到马远下意识地躲闪了一下，她坚定地挎紧了他。马远的胳膊显得有些僵硬。

他们往前走了好一段路，但显得勉强，很别扭。华茜芳感到她不像是和人在垂柳拂面的苏堤上散步，倒像是送一个病人去医院。她心里掠过一丝失落。我们到前面的那个亭子里坐坐吧，她说。

亭子里只有一个银须髯髯的老人在闭目养神，像木雕一样，一动不动，可能在练气功。他们在远离老人的一角坐下来。马远冲她笑着甩甩有些发麻的膀子，说："下午的论文你来宣读吧。"

"不行，我讲不好怎么办？我会紧张的。还是你来吧，何况这是你写的。"

"所以才叫你来读呀。我写，你读，这才是真正地合作。"马远眯眼微笑着说，"你不会紧张的。你不要讲解，只要读就可以了。读一下你总不会紧张吧？"

"可我想讲得好一点。"

"对啊，你明年就要评副高职称，这次评委们几乎全到了。这是个留下好印象的机会。你当然要讲好。"他掏出论文，"我在上面做了一些符号，你可以先熟悉一下。"

华茜芳伸手接了过去。她眼睛的余光里那个一直纹丝未动的老人此刻忽然抬起了头，一瞥之下，双眼有如电光石火。那是一双洞若观火的眼睛。华茜芳的心被火烫了似的哆嗦了一下，她手里的论文掉在地上。这时候有一阵轻微的旋风从湖面上吹过来，在亭子里打了几个旋儿，地上的论文飘到了老头脚边。华茜芳想去捡过来，但她的腿软软的使不上劲。马远犹疑地看看她，去把论文捡起来，递给她。华茜芳没有接。她的脸色煞白。

马远怔怔地，他不明白华茜芳怎么转眼间就心不在焉了。他狐疑地看着老头。

那老头无声地站起来，伸伸筋骨，旁若无人地在亭子中间走起了圈圈。老头不紧不慢，不疾不徐，双手做着一些似有若无的动作，他白色的衣袂在风中飘动，带起了一阵微风，马远和华茜芳都不由自主地往椅背上贴了贴。

马远因为年龄关系曾经学过一阵太极拳，他首先看出老头的脚步似乎走的是阴阳鱼的图形，以他的见识他还无法看出老头打的是什么拳，或者弄的是别的什么玄虚。他暂时把华茜芳丢在了一边，饶有兴趣地当一个旁观者。

华茜芳的双眼随着老头的身影旋转，慢慢地，她的大脑，她的全部身心也随着旋转起来。她感到一阵晕眩。她把眼睛紧紧地闭上了。她隐约听见老头含混地说："……天地阴阳，两仪四象……男女之事，全是孽障！……"此刻她身下的长椅也似乎旋转起来，她紧闭着眼睛，无力地倚在柱子上。

良久良久，她听见了马远关切的声音："你怎么啦？不舒服吗？"

"那个老头走了吗？"华茜芳睁开眼睛，迷茫地问。

"那不是，已经走了。"马远指指远去的老头的背影，"这是个怪老头，你看出他走的是阴阳鱼的图案吗？就是这样。"他做着手势。

"我不知道。你听到他说的话没有，什么两仪四象、男人女人的？"

"我没听清。他好像没说什么嘛。你今天怎么有点怪。是不是有点累了？"马远说。

"不是累。我问你，这老头是个什么人，你知道吗？"她突然住了口，她看到远去的老头停住了脚步，扭头朝他们投来了尖锐的目光。华茜芳从他的目光里读出了鄙视、不屑和怜悯。这真是个老怪物，西湖的妖怪！她晓得这老妖怪投来的目光里鄙视和不屑是针对自己的，而怜悯则属于马远。老头，你凭什么？！你误解了我，你没有权力谴责我。你不了解我们的感情！我，爱他。对，就是你怜悯的这个人。

爱吗？

是的，爱。

这种爱也许有点复杂，但也是爱。老怪物，不要以为你饱经沧桑，世上还有好多事你未必就全懂。华茜芳轻轻挽上马远的胳膊，大声说，我爱你，你听见了吗？！

马远听见了，他呆在了那儿。

那老头也听见了。他歪歪头，嘿嘿一笑，走远了。

马远被华茜芳突如其来的爱的表白弄得手足无措。他方寸大乱，不知道该怎么办才好。他觉得这表白突兀得近乎于滑稽，简直像儿戏一样。他几乎连脸上的肌肉都不知道该怎么摆了。华茜芳把头倚在他的胸口，双手轻轻地抱着他，说，我们走吧。

马远觉得他无法理清华茜芳的思路。她小小的脑瓜子里究竟装了些什么，大概就和这西湖一样，永不会有见底的一天。他狐疑地问："你不会是认识这个老头吧？"

"怎么会呢，我过去从没有见过他。"华茜芳说。

"但我知道就是他引发你说出了刚才的话。一定是的。"

"是又怎么样？也许我早就想说了。"

马远的双手按在华茜芳的肩上，他看见亭子边的路上行人慢慢多起来了，有一对年轻的恋人想进来，犹豫了一下，又走了。他有点心虚，脑子里喝醉了酒似的晕乎乎的。这个亭子像个舞台，太显眼了，不能再待下去。他说："哎，你说那个老头说了句什么两仪四象，倒像是个对联，没准就是亭子上的，我们找找看。"

他挣开华茜芳的手，绕着亭子找了一圈。他不光没找到对联之类的东西，连亭子上本该挂亭名匾的地方都是空的。他说，这是个无名的亭子。

"我们走吧。"华茜芳说。

"你不在这儿把论文再准备一下吗？"

"还是走吧。这儿风太大了，我有点冷。"

他们并肩走上了杨柳夹拥的大路，朝宾馆走去。

事实上，华茜芳在来杭州前的那个晚上开了个夜车，她已经把论文准备得相当熟了。她成竹在胸。

3

无论如何，密度太大的生活对一个像马远这样年龄的人来说是不太相宜的。也许他还可以狂欢，但他的心理已经难以承受这短短的两天来纷至沓来的那么多身心的冲击。那个仿佛由西湖的千年精气幻化成的老人给他原本晴朗的心境蒙上了一层阴影。情由心生，心被情累，这道理他懂。但这样一个年轻的女人，她的躯体，她的主动和放纵，她有意无意表现出来的娇痴，都令他那么着迷。他不想失去她，虽然他心里很清楚，这是在玩火。这团火是由他们两个共同点燃的，他有点害怕，怕这火会失去控制，过于迅速地蔓延开来，但这团火使他周身温暖，满面红光，在火光的映照下，他的身影被无数倍地放大了，他迷恋这种带有自恋性质的幻觉。

华茜芳说，我爱你，你知道吗？！

可是——马远不断地在心里问——你真的爱我吗？

你为什么爱，你到底爱我什么？

他在心里不断地追问着华茜芳。奇怪的是，他倒没有拷问他自己。拷问自己是痛苦的。马远只知道，他是在半梦半醒间走到这一步的，他好像是着了魔。当天华茜芳的论文宣读是非常成功的，成功得让他觉得意外。他了解她的工作能力，可当时的华茜芳简直像换了一个人。她沉着、自信，不慌张，不张狂，声音手势、起承转合都掌握得恰到好处。宣讲结束时，掌声骤起。好几个老熟人拍着他的肩膀半开玩笑地说，强将手下无弱兵，老马你行啊。他心里暗暗吃惊，他自思即使是他本人上场也未必能达到这样的效果——不，不是未必，而是他根本就不可能达到！他至少没有华茜芳的激情。他真是小看她了！

唯一可能的解释是，华茜芳事先已经下了大力气。她背着自己做好了一切准备。

也就是说自己把论文宣读的机会让给她的时候，她的推辞是装出来的！她的无助和天真也是做给自己看的！

一切都在她的预料之中。连他自己也在她的掌握之中。

这似乎有点可怕。

马远提醒自己要沉住气。他满面春风，似乎全身心都在为华茜芳的成功而高兴。事实上，从某一方面讲，他的高兴也确实是由衷的。只要华茜芳和他的感情掺杂了别的东西，他就有办法驾驭它。纯的酒精是不能喝的，兑了水才能使人微醺。在一个物欲横流的社会里，过于纯净的感情往往反而令人生疑。这也许有点苦涩，但是很实在。晚饭后，华茜芳要马远一起出去散步。这次他们走了另外一条路。路灯昏黄，绵延着伸向远方。走到一处杂树生花的阴暗处，走在前面的华茜芳突然反身扑在马远的怀里，她的嘴唇随着送了上来。

马远无法躲避，事实上他立即也就不再躲避了。他迷恋这个肉体，以及那些充满情欲的器官。他们紧紧地吻在一起。他们的手激动地抚摸着，互相恨不能嵌进对方的身体里去。马远的嘴和脸颊有些发木，舌头也有些发酸。但他没有停下来，他只是下意识地悄悄地睁开了眼睛，这时他惊异地发现华茜芳竟同样睁着眼睛，而且在观察他。在黑暗中他们的眼睛都动物般闪亮，他们的目光一碰，都反弹似的跳开了。

这个无意中的发现暂时败坏了他们的情绪。他们都心照不宣。

她一直都在观察你。她在最激动的时候也是睁着眼睛的，她时刻在观察着你的反应，你可千万不能忽视这一点。

他们两人分开了身，一前一后走到一张长椅那儿，坐下来。

他们依偎在一起。马远的情欲再次升腾起来。此刻他的大脑异常清晰。他一面把手伸向华茜芳裙子里，一面坚决地说，我要你，现在就要！

华茜芳显然有些吃惊。她稍稍地推拒了几下，马上就顺从了。

马远的动作坚决、冷静而又有条不紊。他充满激情同时又心安理得地享用着这具肉体。昏黄的灯光把斑驳的树影投射在他们的身上，这是一次更为酣畅的做爱，是一场肉的盛宴，一场荒郊野外的丰盛野餐。长椅太小了，限制了他们的动作，他们都怕弄疼了自己，他们的动作滞重起来。马远在喘息的当儿，听到不远处的湖水传来哗哗的拍击声，皎洁的月光透过浓密的树叶银粉般迷漫在他们的四周，春天的虫子们身心舒畅地唱着歌，所有的一切都在怂恿他，鼓励他，将做爱进行到底。他稳稳神，要华茜芳把上衣也脱掉，华茜芳坚决地拒绝了。马远没有再坚持，他突然间生出一股蛮力，把华茜芳抱到了自己腿上。华茜芳吃惊地扭头看看他，不知道他究竟要干什么。但她立即就懂了。这种创造性的姿势使她忍不住哧哧地笑了出来。马远不加理会，他的双腿有节律地稍一暗示，华茜芳顿时止住了笑，她被这种节奏不可遏止裹挟着，卷了进去……

你真是一匹好马呀！

马远听见了她含混地惊叹。是啊，我是马呀！是一匹让你骑的好马呀！我会载着你到达你的目的地的。她这是报答，肯定也是进一步索取的开始，但这没什么，只要不过分，我会让你满足的。就像我们现在的姿势，看起来你在我上面，但主动权却由我来把握。

身后黑沉沉的路上有一对恋人走过去，他们本想找个地方坐下来，那个男的探头往暗处一看，他看到椅背的上方有一个女人的头在上下颠动，他还听见了一阵压抑的呻吟，他慌忙拉着女朋友的手逃走了。

马远和华茜芳浑然不觉，他们所有的心思都已经消散，只剩下一条神经还醒在那儿，驱动着他们的躯体。他们合力把他们共同乘坐的那条欲望之船推上了波涛汹涌的顶峰……终于，他们从顶峰上滑下来，顺流而下，漂到了一片微波不兴的湖面上，他们全部的身心都松弛了下来。

奔腾的马放缓了脚步，停住了。他们的心脏一时还无法安静，他们似乎都能听见自己心脏有力的跳动，仿佛抵达了终点的马欢快清脆的击蹄声。他们深长地呼吸着，在春夜清新的空气里，他们彼此都嗅到、也感到了对方和自己身上发出的汗酸味，这和凉爽的天气太不和谐，有一种很浓烈的动物气息，他们都感到有些不好意思，内心深处甚至闪过了一丝羞愧。

他们简单地把自己整理了一下，走出了偏僻的树丛。他们都需要尽快洗个澡，宾馆的热水到十二点就停止供应了，他们要抓紧时间。在匆匆回去的路上，华茜芳提出要马远明天给她引见一下那些与会的副高职称的评委，马远不假思索地答应了。他此刻只想尽快地把自己洗洗干净，让今天早点清清爽爽地结束。他心里对她可能的要求是有所准备的。他当然会答应她。

这是一夜无梦的睡眠。早晨起来，马远神清气爽，只是昨夜的剧烈运动造成的肌肉酸痛还在提醒他，使他的头脑里不断闪出他们纵情的情景。他的心情很愉快。上午，他利用会议的间隙给华茜芳引见了两个素有交情的老朋友。下午分组活动，他又带着华茜芳走了几个房间。华茜芳着意打扮了一下，显现出一种年轻的职业妇女的风韵。马远很中意她的这一身打扮。华茜芳跟着他，他的感觉很好。华茜芳很会交际，她会找话题，会奉承人，会在恰当的时机装一装天真，甚至发一发嗲。她掌握了成熟男人的心理，几乎每一个评委都对她留下了一个好印象。

马远却渐渐感到了一丝不快。他察觉出有个别同行对他的态度有些古怪。原来十分熟识的人也和他们开一些暧昧的玩笑。他装着听不懂，同他们打着哈哈，但他的脸泄露了他的内心，他的表情有些僵硬。华茜芳满不在乎，她装出一副不谙世事、天真无邪的样子和那些人谈笑，彼此交换名片。她简直弄得有点像老友重逢了。

出了房间，马远的脸色有些阴沉。他希望华茜芳能发现这种阴沉，但她显然还沉浸在达到目的的兴奋里，她暂时疏忽了他。马远自顾自地走在前面，他突然间发现了自己心里竟有些酸溜溜的。我在吃醋吗？他不得不问自己。可这也太幼稚了，太可笑了！她和你做爱，但并不是因为爱，你可千万别把幻觉当成真相。你这又是何苦呢？

他们一前一后走进了马远的房间。

同屋的老陈正在看电视。看见他们两个进来，热情地起身和他们打招呼。他看着华茜芳说，老马你不用介绍了，这是我们交流会上的明星，现在是天下无人不识君啊！他紧紧地握着华茜芳的手，请她在沙发上坐下来。他言过其实的话弄得马远和华茜芳都有点不大自在。他昨天才到宾馆来住，马远夜里回来时他已经躺下了，当时马远急着洗澡，也没顾得上和他叙叙旧。老陈忙颠颠地洗杯子泡茶，他说宾馆的袋装茶叶是骗人的玩意儿，用自备的茶叶盒里"正宗龙井"泡了两杯。马远喝着茶，觉得自己仿佛也成了这个房间的客人，他觉得有点好笑。关于老陈，同行里有不少传闻，其中最著名的一个就是他们单位的打字员找到他家里，和他老婆当面谈判的故事。说是老陈闻讯赶到时，两个女人已经打得不可开交。他一出现，两个女人一齐掉转枪口，合力把他打了一顿。这事马远本只是姑妄听之，现在他倒觉得可信的成分很不少。这是一个典型的所谓"瘾大水平低"的男人。他的做派确实让人有点恶心，马远心里甚至有点可怜他。

老陈自我感觉极佳，他滔滔不绝而又不着边际。华茜芳有一句没一句地搭着腔，明显地在敷衍他。平心而论，老陈的茶倒是真不错，马远品着茶，微笑着冷眼旁观。其实作为一种陪衬，老陈的表现倒是可遇而不可求。他从精致的名片夹里取出他的香水名片给华茜芳，马远也伸手要了一张。名片印得非常考究，上面还有他的彩色照片。马远指着他的一大串头衔说，老陈啊，你这么赏识小华，明年她的副高，可就包在你这个评委身上啦。老陈说，没问题，开会的时候有我们两个联手一呼吁，那就八九不离十了！又闲扯了几句，华茜芳就和老陈道了再见，马远想起了什么似的，也跟了出来。老陈也跟他挥挥手，还说好走。马远忍俊不禁，到门外就笑了出来。他想今天他在自己的房间做了一回客，倒也是一件趣事。

其实，老陈要真的为华茜芳大声疾呼，倒反而可能会坏事。以老陈的名声，难保别的评委不去胡乱猜测。不过这是以后的事，马远犯不着提前担心。他现在终于明白，为什么有很多年轻人不喜欢自己这辈人，像老陈这样，确实令人讨厌和鄙视。这种人的名片考究而庄重，上面的头衔会令你肃然起敬，但你看着面前这个给你递名片的人，常常会误以为他只是一个冒名顶替的骗子。马远自思他跟老陈决不属于同一类。要那样也太惨了。

明天会议就要结束了，华茜芳要上街买点东西。马远陪她逛街。他每次出差都要给妻子带点礼物，这已经成了习惯，这一次更不能例外。华茜芳买了不少女人的小玩意儿，她在那儿报尺码、挑颜色，马远就稍微站开一些，他微微有点发窘。虽然这些玩意儿将要贴紧的部位他已经不再陌生，但要他在众目睽睽之下和她一起挑选、付钱，他做不出来。他想老陈也许可以，但自己不行。他要给妻子带的礼物也正是华茜芳买的这一类，可是他一直没有开口，和情人一起给妻子买礼物，他的道行还没这么高。华茜芳付了账，他们又转到了时装柜那儿。她看上了一件价值不菲的米黄色外套，她穿在身上，站在试衣镜前上下左右打量着自己，她有意把它买下来。她准备去开票付款时，马远已经为她付好账了。华茜芳也没有推辞，她索性把新衣服穿到了身上。好看吗？她问。马远说，当然，就像为你定做的。

他们走出了商场。

这时夜色已经降临，满街的霓虹灯繁星般闪烁。华茜芳在丝绸店门口停下来，歪头看着马远。马远说："你怎么啦？"华茜芳说："你可能还有件事没办吧，你难道就不打算给你夫人买个礼物吗？"

马远语塞。他期期艾艾地说:"我不知道该给她买什么,她好像什么也不缺。"

"她可能是什么也不缺,"华茜芳说,"可她就是缺你出差应该带给她的礼物。你真的这么不懂女人吗?"

"我真的不知道买什么好。倒不是别的。"

"你可不要做样子给我看。我不是那种小心眼的女人。"华茜芳边往丝绸店里走,一边说,"给她买块料子吧。"华茜芳耐心地请营业员帮她参谋,最后,她挑中了一块绛黄色的重磅真丝料子。她把衣料在自己胸前比画着,说,"她比我白,做一件外套肯定好看。"

马远的心情很古怪。他真不知道说什么才好。他机械地付了钱,把衣料收好。他觉得现在的情景既荒唐又滑稽,仿佛动画片或者木偶戏,很不真实。他不知道华茜芳内心究竟是怎么想的,但不管怎么说,他总觉得自己买的不是衣料,而是一块遮挡视线的窗帘,或者干脆就是一块遮羞布。

在回宾馆的路上,华茜芳说,我说个故事给你听听。她说,我原来在县科委工作时,我们单位有个管电教的小伙子,姓王,三十多岁了,还没对象,他经常一个人躲在电教中心的值班室里看黄色录像。有一天晚上他正看得起劲,突然有人敲门。他吓坏了。他本来想熄了灯假装没人,不开门,可已经来不及了。他听出来是我们科委的主任。主任是个小老头,他成天板着张脸,不苟言笑,下属们都很怕他。主任敲门的声音已经很生气了。小王手忙脚乱地把录像机关掉,带子塞在枕头底下。开门的时候他两腿发软,魂飞魄散。主任铁青着脸说,怎么不开门,你干什么呢?!小王脸色煞白,说,我睡了,没干什么。主任走过去摸摸发热的录像机,说,哼,把带子拿出来,从头放。又命令小王把门关好。那是个纯黄片,动物世界的那种。小王如坐针毡,浑身像有蚂蚁爬。他不知道领导会怎么处置他。主任板着脸看了两个小时，最后严肃地对他说，以后有这种带子就喊我来，不要一个人看，一个人看不好。这次就不追究你了。小王说他怎么也不敢相信，事后想起来简直像做了个荒诞的梦。华茜芳说，这事有意思吧？

马远说，我可没看过这种片子。

你出国的时候也没看过吗？算了，你……昨天晚上……马远心里闪过了昨晚西湖的一幕，脸唰地红了。华茜芳说，看过怎么样？没看过又怎么样？她说，你们总习惯于戴着假面具生活，真是没劲透了！

她径自加快步子走在前面。

马远讪讪地跟在她的身后。

这个女人啊，真是不知让你怎么办才好。马远觉得身心疲惫。他想明天还要乘车，他今晚确实应该好好休息一下了。

4

汽车在到达目的地前的一个多小时的路程中，遇到了一场暮春罕见的豪雨。雨水把沾满尘土的车身冲刷得明净鲜亮。城郊接合部的洗车站到手的钱又被冲丢了，远远看上去有些死气沉沉。汽车进城后，又在被雨水修饰得闪闪发光的路面上开了十几分钟，停在了城中心旅游公司门口的停车场上。华茜芳透过模糊的车窗玻璃，隐约看见了三三两两的接车人中速加高大的身影。她把车窗摇下来，冲外面挥挥手，回头对满面疑问的马远说，我知道这边在下雨，昨晚打了个电话让速加来接我们。他们两个随着人流下了车，速加撑着伞迎了过来。他还带来了两把伞，三顶伞靠在一起，向人来车往的路口移动。他们要在那儿等车。

华茜芳显得很高兴，她给速加介绍说："这是我们出版社的马主任。"

"我知道，我知道。去年校庆，我听过马老师的学术报告，题目好像是《符合出版要求的科技论文写作》，"速加说，"我还提过一个问题，马老师您可能不记得了。"

"提问的人太多，我确实不记得了。"马远淡淡地说，"你是哪个系的？"

"速加是土木系的，教'土力学'。"华茜芳代他回答。

"我是去年从同济分来的，学校里认识我的人不多。"速加把马远手里的包接了过去。

"那你们是怎么认识的呢？"马远问。

"我有个大学同学也在同济读硕士，他和速加同班，我去上海出差时同学聚会，就这么认识了。"华茜芳解释道。

"哦——"马远点点头。

华茜芳连连挥手，终于拦下了一辆出租车。他们把伞小下来上了车。汽车在细雨中飞驰而去。

三个人在学校大门口下了车。马远的家在"教授楼"，位于学校家属大院的最里边。他对速加说，伞我明天请小华带给你吧，就先走了。华茜芳和速加都住在单身教工宿舍，他们同路，但并不住同一栋楼。这场雨把路边小山上的浮土都冲洗干净了，路却因此而变得泥泞起来。两人小心翼翼地挑着落脚点走，都没顾上讲话。到了华茜芳的楼下，她看出速加有跟她上楼的意思，就说，你看我们身上，都成什么样子了！天不早了，我们都回去收拾收拾吧——明天见！说完轻快地上楼了。速加在楼下站了一会儿，他看见三楼华茜芳的窗户里的灯亮了，她打开窗户朝他挥了挥手。他抬抬手，做了个拖泥带水的手势，拎着伞，走了。

华茜芳在房间里忙了一阵，疲乏地躺到了床上。她心里暗自庆幸刚才没有让速加跟上来。她开门的时候并没有发现那张纸条，打开灯后才看见脚上的鞋底粘着一张纸。纸条肯定是小张从底下的门缝里塞进来的。如果让别人看见了总不太好。她对这样一个黏黏糊糊的男人简直腻味透了，真想不出当年怎么还会跟他海誓山盟、结婚成家的。纸条上说要再谈谈，其实早已没什么好谈的了。他们分居已经一年多，她去房产科要房子时，那个混蛋科长肯定打定了主意要捉弄她。他说房子太紧了，这种情况不符合分房条件，实在想要的话，你们现在那一层的顶头倒有一间堆旧家具的房子，可以腾出来给你搬进去。华茜芳从科长的脸上看出了促狭和刁难，她咬咬牙，说，好，那就麻烦你了，我想尽快搬进去。科长没想到她真的答应，倒有点尴尬，好像他看准了别人帽子里的长头发，本想上去揪一把，不想那帽子里却是个光头。华茜芳反而揪住他，不让他缩回去，说，你答应了的，不能反悔，拿我开玩笑！拿到房间钥匙时，她觉到了快意和解脱。

这是一种荒唐得近乎于滑稽的处境。他们分居了，但他们的住处却仍然在同一层楼上，无论如何这是一种折磨。他们的感情已经破裂，但在距离上他们没法分开，他们几乎每天都会不可避免地碰上面。有几次夜很深了，小张来敲门，华茜芳不开，他就一直这么敲下去。他既然已经不怕别人听见，华茜芳也就拿他没有丝毫的办法。他继续敲着，后来这敲门声仿佛人的心跳的放大，慢慢地激起了华茜芳沉在心底的欲念。她开了门，他们就在一起……不，这不能算是做爱，只能说是性交！她对他已经没有爱，可是有很多时候人的高级的心是说服不了低级的身体的。谁能跟自己的身体讲道理呢？每次事后她都很沮丧，很懊恼，恶狠狠地让他赶快滚开。

这是一个疲软、黏糊糊的男人。这样的事每发生一次都加重了华茜芳对他的鄙视。她从外地调回来后不久，老天首先从身体上打垮了他。

先是急性心肌炎，后来又是慢性肝炎，然后由身及心，整个儿委顿下来。远远望去，他仍然仪表堂堂，但这是虚的。跟他生活在一起，华茜芳无法忍受他时不时唉声叹气和萎靡不举。华茜芳觉得男人应该挺拔、有力，可供女人倚靠。她断定，他是再也不能让任何人依靠了，相反，只会成为自己的拖累。华茜芳提出离婚后，他可怜巴巴地哀求她，处处看她的眼色。华茜芳烦透了，她甚至感到有点恶心。

华茜芳把那张脏乎乎的纸条捏成团，扔到墙角。她躺在床上想，这事该了断了。拖泥带水不是她的性格。而且，按常理，已经多次调解无效，法院也该开庭了。

第二天，华茜芳早早地去上班。她先到社办公室，找到办公室主任，问，有我的信吗？主任是个脾气很好的老太太，她轻声说，没有你等的那个信儿，有一封信，可能是你家里的。华茜芳出差前曾托过她，如果有法院的信，请她先收好，赶快打电话告诉自己。她明知老太太很负责，但还是忍不住问一问。

她今天来得太早了，室里还没有人来上班。她打开编辑室的门，坐在自己的办公桌前看信。信是父母写来的，拉拉杂杂写了好几张，总而言之，劝女儿决不能离婚。在他们看来，离婚不是新生活的开始，而是体面生活的结束。在高校工作的女儿是他们的骄傲，虽然小时候他们并不太拿她当回事。信上说，你可不能让我们丢脸啊。

你们的面子比我的幸福更重要吗？华茜芳愤愤地想，你们不离婚，也就不让女儿离婚，这太可笑了！她的母亲是个高大、健壮，又十分刁蛮的女人，欺负了她父亲大半辈子，在华茜芳的记忆里，吵架是她父母共同生活的主要内容。但他们从没有提过离婚，以后也不会离婚，而且反对女儿离婚。华茜芳决定不理睬他们的意见。父母是要孝敬的，养育之恩也应该报答，但这不意味着必须百依百顺。做父母的希望儿女孝敬他们，听他们的话，否则就伤心，骂儿女忤逆。但他们年轻时并不听祖父母的话，也并不一定懂得孝敬。现在的社会上充斥着这种指责晚辈的声音，但如果把眼光放高一点，你就会发现，绝大多数人是收支平衡的。你被父母爱了，又去爱自己的儿女，人类也就是这么延续下来的。

华茜芳发了一会儿呆，随手拿起桌上一张包稿件的旧报纸。这是一张皱巴巴的晚报，上面有一篇文章引起了她的注意。题目是《西方社会道德堪忧》，文章说，西方社会尤其是美国，离婚率不断上升，已经引起有识之士的极大关注，这是道德沦丧和社会退步的标志。华茜芳忍不住冷笑两声，用她编书的红笔在文章的空白处批道：一派胡言！她意犹未尽，又龙飞凤舞地写了一句：与这种胡说相反，离婚率的提高，正显示了人们婚姻质量意识的觉醒、经济的发展和文明的进步……她想一想——还有法律的人道。

这时同室的小李来上班了。一见面小李就说，啊呀，你的脸色可不太好，是在杭州累坏了吧。他嘿嘿笑着说，你可要注意身体呀！华茜芳听出了他话里有话，不冷不热地说，谢谢你关心了，我有点晕车，要是坐火车就好了。小李说，下次买火车票找我，没问题！华茜芳含糊地答应着，一面把被自己批注过的报纸撕成两半，再一点点撕掉。她好像是无意识地把报纸撕成了碎片。小李狐疑地看着她，又不好问什么。华茜芳知道自己是小李心里的竞争对手，社里可能会给马远配个助手，小李非常想当这个室副主任。但华茜芳知道自己暂时还坐不了这个位子，她更希望的是尽快把职称解决，这才是更坚实的台阶。如果说自己真是他的对手的话，那也只能算是他用望远镜找来的对手。华茜芳慢腾腾地把桌上的碎纸片扫到了废纸篓里。

走廊里渐渐嘈杂起来，同事们都来上班了。华茜芳和他们打着招呼，聊聊关于出差的话题，显得挺热乎。她到社办公室拿了几份这几天的报纸翻翻，觉得心里空落落的。按惯例，出差后可以休息一下，她今天本可以不来上班，她突然发现自己是在等马远。不过他现在还不来，今天上午是不会再来了。

想到这里，华茜芳反而松了口气。她本来隐约有点担心，两人在办公室见了面会有些不自然，现在好了，她先来上班，和别人打打招呼，隔半天或者一天马远再来，这样就不会强化同出同回的印象，别人也就不大好开玩笑了。像小李那样，说些含义暧昧的话，华茜芳只当没听见。

她又顺手处理了几件杂事，就提前下班了。

下午，华茜芳去上班时在宿舍楼的大门口碰到了小张。他像个影子样无声无息地从拐角处飘了出来。在阴天里，他的脸色像被雨水打湿的纸一样晦暗而苍白。华茜芳朝他点点头。没等她走远，小张在她身后说，我塞在你房间里的条子你看到了吗，我们应该再谈谈。你应该再给我一个机会……我们有误会。华茜芳说，好了，你说应该谈，那是你的想法，我觉得没有这个必要了。我正在等法院的通知，你也会收到的。我们到时候再说吧。她走了好几步，又回头说，请你自重一点，以后不要再来敲我的门了，你难道不觉得这没趣得很吗？

华茜芳没有再回头看他。她可以想见，他的身躯无形中肯定又矮了一截。他的脸色肯定是煞白的。她的恻隐之心刚要冒头，就被她坚定地摁了下去。

马远下午来得挺早。她一眼就看见窗户下的那把黑伞，她走过去把自己带来的伞并排放在那儿。马远看见她，说："上午我没来，太累了。没想到这边还是阴天。知道这样，我们还不如在杭州再待两天。"

"再待一百天你还是要回来。再说，那边现在说不定也在下雨，下得还比这边大哩。"

"这倒也是。"马远说，"伞在那儿，耽误了你还伞了。有句话我不知能不能问？"

"什么？"

"那个速加，他是你的男朋友，或者说是你的候补丈夫，对不对？"

"不对。我有男朋友，不过不是他。这个男朋友是不是候补丈夫，我还没有跟他商量过。"——这时有一串脚步声走了过来。华茜芳放低了声音——"哎，你想知道他是谁吗？"

马远的脸有点发烫。他没有答话。办公室主任走了进来，说："小华，有你的信。"

信是区法院来的。华茜芳接过信，说："真是太谢谢你了。"办公室主任说："你要忙一阵子的了。有什么事跟我说一声。"她看他们两个像是有事要谈，就准备走。临出门时她关切地对马远说："你脸色不太好，要当心身体，我知道你怕过阴天。不过天气预报说明天就天晴了。"

"那就好。今天回去早点睡，明天一睁眼就是个大晴天，这太好了！"

马远夸大着他的高兴，目送办公室主任出了门。他觉得在办公室里不适宜继续谈论刚才的话题，就把一大堆稿子摊在面前，不再说话。他担心华茜芳一旦兴致或者脾气上来，嘴里会没遮拦地乱说。这不是在杭州了，这可是在本单位。

华茜芳并不放过他，她走到他桌子前说："你不关心我的男朋友是谁，是因为你心里本来就知道。不过你就不想看看这封信是哪儿来的吗？"

马远无可奈何地问："哪儿来的？"

"法院。下周一开庭。"

"那我应该祝贺你。"

"你先别忙着祝贺,"华茜芳说,"这上面说要单位派一个领导旁听,我只能请你去。"

马远吓了一跳,"这……不合适吧,我可不是社领导。"

"你不能推的。别人去听了,不知道会传出什么新闻来。你不还是工会主席吗,这本来就是你分内的事情。况且……"

"好了,我去。不过,得你自己去跟社里说。我总不能自己主动请缨吧?"

"当然。这我想过了,我们出差回来不是还要去社里汇报一下吗,一会儿我们一起去,你讲,我旁听。最后我提一下这事儿。"

"他们要是不同意呢?"

"不会的。没有人好意思抢着去旁听,他们只敢背后议论罢了。"

去社长办公室时,马远在前,华茜芳跟在后面,但马远的感觉是,自己是一匹马,被女主人牵着走。甚至连马都不如,是一头驴子!

他们只在社长室待了不到二十分钟,就出来了。社领导们对他们在杭州参加的研讨会很满意,这当然也因为社里对这次会议原本就没有要求,对一个出版社来说,这样一个会确实是无足轻重的。令华茜芳感到略微有些吃惊的是,马远刚谈到华茜芳论文宣读很成功,社长就说,听说了,听说了,这也是给社里争光啊!华茜芳奇怪的是,消息怎么就比汽车跑得还要快呢?!这消息一定不是尾随而至,而是先期到达的。她担心还不知道有些什么不堪入耳的闲言碎语已经传到了单位。没有人肯那么卖力地为别人传递荣誉,一句好话的后面,往往跟着一大桶污水。马上就要开庭了,这个时候传出的任何闲话都是颇具杀伤力的。

马远表现得很沉着,他附和着和社长一起夸奖华茜芳,让她把论文尽快修改一下，寄给《编辑之友》。他顺理成章地把他内心极易泄漏的吃惊和尴尬轻描淡写地抹掉了。这对华茜芳而言是个相当轻松的铺垫，她适时提出了法院即将开庭的事。华茜芳好像开玩笑地说，我想请马主席去。社长不解道，马主席？噢——，他马上反应过来，说，好，那老马你就辛苦一下吧。

马远虽已答应她代表社里去旁听，但现在事情真的定下来了，他还是很不高兴。他太被动了，简直不像个五十出头的男人！华茜芳作为当事人，她处在旋涡的中心，反而有一种泰然和平静，至少事儿是她引起的，她无可逃避。但他不一样，他犯不着在这个时候跟她靠得太近，靠近旋涡中心的地带是最危险的。他极不愿意陷到这种是非里。马远径自回到编辑室，坐在那儿看稿。他什么也没看进去，他只是做出一种姿态，以此来表现他的不满。华茜芳坐到他旁边的沙发上，轻声说，我知道你不愿意去旁听，但我没有办法。难道你就不能在这个时候帮我一下吗？这时的华茜芳身上，平时的神气荡然无存，完全是一个娇柔无助的弱女子。马远说，你也应该理解我。如果在我们去杭州以前开庭，我说不定还会主动要去，但现在不一样了。不！华茜芳冲动地打断他说，现在你更应该去！你不能让我一个人去承担这件事！她的脸涨得通红，马远一时间竟被她镇住了。好一会儿，他才讪讪说，你不是可以叫速加去吗？他不是你的好朋友吗？华茜芳站起了身，气冲冲往门口走去，她回头压低了声音说，他要是能代表出版社去我也不会来求你。她再一次走近马远，说，如果有和你们长得一模一样的机器人，花多少钱我也去租一个。不就是因为你们是领导吗？不就因为你们有权力吗？你不去就算了！

好啦，我去，行了吧。马远对她的背影含混地嘟哝了一句。

他的声音里透着一股无奈。

华茜芳没有料到马远事前已经答应的事，过后还会讲出这么多的废话。这是一个怯弱、心虚而又自私的男人。她前夫的虚弱表现在日常生活里，而马远的虚弱体现在事到临头的逃避。但这只是五十步和一百步的区别。华茜芳鄙视着马远，鄙视着这些男人，她的心情很快地轻松起来。她甚至有点得意，她觉得自己是有办法的，是强大的。自己是自己的玩具，可她过去玩得不够开心，她现在正努力摆脱过去，马上换一个玩法还来得及；自己同时又是自己的工具，妙就妙在这个工具还可以去指挥调动别的工具，这多么的好！一切都正按照她的意愿往前走，不是吗？

5

天气已经转晴了好几天，可马远觉得特别累。这是多年来从未有过的感觉。以前，他的劳累可以被一个格外好的晴天治好，但现在显然不行了。他悄悄把别人送的"鹿茸精"找出来吃，也不知是不是心理作用，他觉得稍稍好了一点。腿还有点软，不过不那么重了。

开庭的那天并没有出现难堪的场面。他坐在旁听席上，如坐针毡。他非常担心双方辩论时的唇枪舌剑会像流弹一样伤到自己。事实证明他的担心是多余的，双方都是第一次上法庭，那种气氛立即把他们的嘴封上了一大半。华茜芳陈述了他们夫妻感情破裂的三点理由，看得出她进行了充分的准备。这是一次比起杭州的论文宣讲来毫不逊色的表现。虽然语气平和，也没有掌声，但效果更为直接和显著。小张明显地气馁了，他的反驳虽然也算得上有理有据，可明显地缺乏底气，较量一开始，他的斗志就已经有些涣散了。

　　马远的心理松弛了下来。他拉拉衣服的下摆，动动身体，使自己坐得更舒服一些。法庭的审理还在按程序进行，马远逐渐成了一个闲适的观众。他仿佛正坐在云端里，远眺着一场古装戏的上演。他想，这才是我真正的位置，华茜芳离婚，与我有什么关系呢？事实上，她既不是为我而离婚，也不会嫁给我。我原本就是一个观众。这种心理上的距离感使马远觉到了一丝快意。

　　法庭上，华茜芳正对她的理由进行补充。马远本没有留意，也听没有听清她说的是什么。但华茜芳略带扭捏的表情提醒他，她提到了那个涉及隐私的问题。马远警惕起来，他捕捉到了周围听众的窃窃私语。华茜芳低着头，当她再一次抬起头时，她的语调更加明确了。她说小张有毛病。他不行！

　　马远差一点笑出来。他急忙低下头，下巴紧紧地抵在衣领上，把笑勒在胸腔里。幸亏没有人注意到他。

　　华茜芳说，你真行，你真行啊！

　　华茜芳在杭州的那个狂乱的夜里的惊叹，曾经使他迷惑过，也陶醉过。现在他才算揭开了谜底。她丈夫不行，所以她跟你睡觉。一个阳痿的丈夫，当然需要一个"真行"的情夫来代替。他只是一个代用品，跟"成人玩具"商店里出售的东西没有什么两样。原来就是这么简单啊！

　　马远感到了羞辱、滑稽，最后，他竟产生了一种如释重负的轻松感。

　　他并不是完全没有预料到这一点，但这仿佛看书或者看电影，你心里有了一个猜测，可一旦你的猜测在结尾被完全证实，你反而会产生一丝失落，甚至会感到无聊。马远现在清楚地知道了自己所担任的角色，——工具。是的，是工具。

　　没有人愿意做别人的工具，但退一步想，如果这工具在被别人运用时自己也有快感，则不妨一做。马远决定把这个角色继续担任下去。

　　马远面带微笑地看完了后面的审理过程。华茜芳的话对小张的打击是摧毁性的。他已经无心恋战，在后面的讨价还价中，他几乎是一触即溃。这样，法庭反而对他有点同情了。最后，华茜芳在财产分配上做了一点让步。她终于达到了自己的目的。

　　走出灯火明亮的法庭，马远这才发现，天已经快黑了。马远去推自行车的时候，看见小张垂头丧气地走下了高高的台阶。小张的自行车正巧和他摆在一起，马远看见他走过来，突然心里闪过一丝慌乱。他好像偷了别人贴身内衣口袋里的什么东西，虽然对方暂时还没有发现，但他仍然感到理亏和心虚。他没等小张走近，只远远地冲他点了点头，就匆匆推车走了。

　　马远蹬着自行车，他的头脑里残留着小张迎面走来时脸上那尴尬的苦笑。这个男人真是太可怜了。华茜芳说他"不行"了，要是传出去，让他以后还怎么再成家，怎么生活？开庭以后不久，小张很可能就在心里默认了最后的结果，担心的没准正是华茜芳的嘴不留情面，语涉隐私。可华茜芳终于还是伤了他。这真是一个狠心的女人。她已经伤害了道德。她也许是一道美味的菜，但是这菜里面确实是有刺的。

　　马远听见后面隐约有人在喊他，他略略减慢了速度，不一会儿，华茜芳赶了上来，身后还跟着速加。速加肯定一直等在外面，他看来就是那个最关心审理结果的男人了。华茜芳问，你怎么走得这么快？我们还在停自行车的地方等了一会儿哩。马远说，我的任务不是已经完成了么。我祝贺你开始新的生活——对了，也祝贺你，小速。速加脸红了。华茜芳说，别开玩笑了，我其实心里挺难过的。我想今天请你吃饭。马远说，不行，我还得回去给老婆烧饭呢。你们两个去吃吧。马远说完，挥手道了声"再见"，就骑车汇进了下班的人流。

　　无论从哪个方面讲，马远都不愿华茜芳离婚这件事在自己的生活里留下过于深刻的印记。对华茜芳而言，这一天是新生活的开始，是新一个段落的开头，那就让速加和她一起去开这个头吧。这是一顿有着特殊意义的晚餐，马远知道自己坚决不能去吃。

　　暮色无声地降临了城市。马远回到家时，天已经全黑了。他把朝着楼下马路那一边的房间的灯全都打开了，然后去厨房择洗刚才在路边的小菜场买来的蔬菜。这是他每天下班后的家务，天长日久已经形成了习惯。妻子下班总是从楼下的大路上回来，看见家里亮着灯和看到黑灯瞎火的窗户，心情上是大不一样的。稳定是第一位的，对一个国家和对一个小家，在这一点上并无二致。马远炒着菜，弄出了一股浓烈的家的气氛，等着妻子下班回家。

　　马远从杭州回来后，立即感到了心理和生理上的双重压力。倒不是妻子听到了什么风言风语，或者起了什么疑心，事实上她也并不知道马远这次出差有华茜芳同行，从这一点看，她是过于放心而失之于粗心了。他们一直没有孩子，马远的妻子经常在逗别人的小孩子时表现出过分的挑剔：这个挺漂亮的，可惜不太机灵；那孩子倒是挺聪明的，不过牙齿是个"地包天"……她更多的是嫌他们脏，不讲卫生。其实这一切，正泄露出她对自己生个孩子的渴望。她也许并不喜欢孩子，但他们的家庭需要一个孩子。近一时期来，马远发现她又不知从她那些护士朋友那里找来了什么生育资料，他也懒得去管她。但他很快从他们同枕共眠的床上感到了压力。她带了一些透明的、棕色的药水回来，那种奇怪的口感令人生疑。她在夫妻生活上也变得格外热衷和主动，她还从一本书上学会了一些古怪的动作，这使马远感到十分滑稽。他经常在她高潮将至的节骨眼上突然忍不住地笑出来，紧接着自己也变得沮丧、无奈和不振。更为败兴的是，她在夫妻生活的时间安排上也变得极为苛刻。她有一张表，她经常用这张表把满怀兴致的马远挡得远远的。马远吃惊地发现，他在家里也成了一个工具，一个创造孩子的工具。而且这个使用工具的主人是合法的，理直气壮的。他当然想要一个孩子，这是延续生命的本能，但现在他倒经常想，现在即使生了个孩子，叫自己爸爸还是爷爷呢？当然这是个很小的问题，但他确实感到太累了。

妻子虽比他小五岁，但也已差不多人过中年了。保养得再好，耳根后面和手上已经掩饰不住地松弛了。她的脸还算得上漂亮，这一点使华茜芳相形见绌，但是华茜芳年轻，滋润，这是无与伦比的诱惑力。马远有一次和妻子做爱时，脑海里突然闪出了华茜芳丰满鲜活的躯体，他刹时间亢奋起来，变得疯狂有力，激情难抑。妻子惊喜地迎合着他。马远在不易察觉的瞬间停顿了一下，他警告自己，千万不能失口叫出华茜芳的名字。他成熟的神经帮他做到了这一点。他游刃有余地携着妻子冲到了风光久违的峰顶……

马远斜倚在床头，他心里泛起一片潮水似的罪恶感。他把身体留给了妻子，心却溜走，又去偷了一次欢，这是怎样的一次身心分裂呀！他被自己震惊了。他看看身边满足地熟睡的妻子，他想华茜芳无论如何也不会料到，她今天也给别人当了一回道具。想到这里，马远感到了一丝快意。

马远的妻子见过华茜芳，印象并不好。出版社组织过几次舞会，她也去参加了。作为舞场上的行家，她首先看不上华茜芳的舞姿，而华茜芳偏偏又那么活跃。其实对她刺激最深的是华茜芳的年轻、鲜艳，还有稍嫌过分的轻佻，但她对马远却说："你的这个部下不懂色彩搭配，她肤色不白，就不能穿浅紫色的衣服。好好的身材，弄得像个灰影子似的。"马远付之一笑，不说什么。马远知道，他和华茜芳不宜接触太多，早在去杭州以前，他就注意了这一点。华茜芳到他家去过几次，他发现妻子不太高兴，经常爱理不理。有一次，妻子甚至以老大姐的口吻不太客气地对华茜芳说，我看你挺喜欢串门的，其实你们年轻，正是读书的时候，多看看书多好呢？这近乎于逐客令了。马远和华茜芳一时间都非常尴尬。虽然那时他们两个还没有越轨，但已经很有些暧昧，马远心里发虚，以为妻子已经有所察觉。华茜芳搭讪着走后，他小心翼翼地试探了一下，这才知道妻子并没有疑心什么，她只是本能地不喜欢华茜芳这个人。她自视甚高，她想都没想自己的丈夫会和这么个档次不高的女人弄出什么事儿。

　　但这件事还是引起了马远的警觉，他的言行更加谨慎。他在单位里尽可能回避和华茜芳单独在一起的机会。当然他并不过分，在大庭广众下的正常接触他表现得十分坦然，该表扬的表扬，该说两句的也并不护短；他批评的都是一些小枝小节，并不损害华茜芳的实际形象，要不，就可能给华茜芳以后的职称评定造成麻烦。华茜芳很默契地配合着他，她当然理解马远的用心。她再也没有单独到马远家去过，有两次工作上有急事，她都是和编辑室的同事一起去的。私情使他们变成了技艺高超的演员。闲暇时，马远经常为自己的表现感到得意，而华茜芳也是一个称职的搭档。

　　在家里，马远表现得更加殷勤、体贴。看起来他真是一个好丈夫。妻子爱跳舞，以前他还说两句，现在他不光不说，有时还鼓励她去。跟她跳舞的大都是一些年轻英俊的小伙子，马远相信她不会有什么事儿。妻子直率、粗心，还有点自视过高，但她决不至于幼稚到去跟小伙子谈爱，还误以为他们会娶自己的程度，这一点马远很放心。他决不希望自己的家庭之舟遇上任何风浪。他在船上放风筝，但船决不能翻掉。如果那样，可就太狼狈了。那可不就是活生生的现世报了吗？

妻子跳舞回来一般都很晚。她换掉跳舞的装束坐到沙发前，马远已经为她微微发酸的脚腕打来了洗脚水。马远看着妻子洗脚。他们两个人的心里都充满了温柔和宁静。马远对这幅场景和它所代表的家庭状态十分满意。

再一次的偷欢是不期而至的。快下班时，马远接到了一个电话，是妻子打来的。妻子说她今天夜里有一个大手术，作为值班护士长，她今晚肯定不能回家了。她叫他不要等她。接电话时办公室还有两三个人，华茜芳也在场。他的心仿佛一团火焰，腾腾地跳动起来了。从杭州回来后，他们一直没有机会。他对着话筒问，你不能请个假吗？哦，那我明天上班的时候把饭菜温在电饭锅里，你回来就先吃饭吧。他相信华茜芳肯定听到了。

他放下话筒很无奈地冲同事们笑笑。他的目光飞快地掠过华茜芳的脸，他发现她的脸上毫无他所希望的那种表情，她好像什么也没听到。他很失望，也有点诧异。他耐着性子等到下班，同事们陆续走了，这时候他喊住了她。

"你没听见刚才的电话吗？"他问。

"我听见了。怎么啦？"她好像什么也不懂。

"我……我想今天到你那儿看看。"

"是晚上，对吧？我今天晚上已经有安排了，我要去看电影。你应该提前通知我。"

马远气得说不出话，只直直地看着她。他一时间觉得站在他面前的是个陌生的女人。他们之间发生过的一切似乎都不是真实的。

"我以为你早已把有些事给忘了。"华茜芳慢腾腾地说，"你今天晚上不要来找我。我不会在家的。"她看着怔怔的马远说，"那再见了。"

马远觉得摸不着头脑。他怀疑这段时间里有一些变化被他在不经意中忽略了，或者说他被别人忽略了。但华茜芳是没有权利这样对待自己的！马远心中被冷水突然浇灭的欲火变成怒火又呼呼地蹿了上来。他忍不住地想质问她，但华茜芳的身影已经在拐弯处消失了。

整个晚上，马远都陷落在一种极为沮丧和烦躁的情绪之中。他觉得自己太唐突了，他轻率地把自己的尊严送给别人戏弄了一回。他坐在沙发上一动不动，把自己沉浸在黑暗里，只有电视机发出的冰冷的光线在他脸上跳动。看上去他像一个蜡人。电视里正在演一部都市爱情片，马远把电视的声音关掉了，这样看上去，所有人物的喜怒哀乐和他们的动作，都显得夸张和可笑。那仿佛是另一个世界的故事，马远看不懂。

电话突然响了起来，寂静里声音显得特别大，马远吓了一大跳。他以为是妻子。他拿起电话，里面一片寂静。喂，你哪一位？许久，传来了华茜芳的声音。是我，你那儿没有别人吗？我马上就到。

电话断了。马远拿着话筒站在那儿发愣，他心里平静如水，没有一丝的激动。华茜芳的声音无疑是真实的，真实得好像伸手可及，但他觉得这声音好像是从电视机里发出来的，和自己搭不上什么联系。他坐到沙发上，头脑里空空如也，没有欲望，没有等待，十几分钟的时间以秒为单位，像来自上游的水一样，非常流畅地从他身边滑过了。

他听见有人上楼。然后门铃响了。

打开门，华茜芳站在门口。这时候马远才发现了自己内心的紧张和不安。他暗暗责骂自己，刚才接电话时，为什么不拒绝她，这个胆大包天的女人！

昏暗的灯光下，马远的脸色铁青。他一言不发地把华茜芳让进了门。

他把厅里的吊灯打开了，这样，房间里那令人紧张的暧昧气氛减轻了不少，马远感到稍稍安全一些。晚上十点，正是一个敏感的时间。这个时候如果有人来访，看到华茜芳在这儿，虽然还可以找到理由自圆其说，但已经有点不明不白的味道了。

如果妻子有什么事突然回来呢？

马远的心慌张得乱跳起来。他感到他的心脏有点不够用了。

这是他们的情史中相当糟糕的一夜。妻子没有回来，也没有不速之客，甚至连一个打搅他们的电话都没有，但马远的心仍然紧张得乱哆嗦。华茜芳显然精心打扮过，她浑身的黑衣服消融在黑夜里，有一种难以言说的魅惑力。马远全身肌肉僵硬，仿佛有密密麻麻的绳子把他捆住了，他的欲望很大，但是很软弱，他无法凝聚它们，把它们挺拔地展示出来。他知道他今天肯定不行。为了掩饰他的虚弱，他问："你不是今天有安排了吗？"他加重了语气说，"你不该到我家里来。"

"为什么？"华茜芳直视着他说，"我为什么不能来？我早就该来了。"

"你不要不顾后果，万一有人撞见怎么办？"

"你害怕了？"华茜芳讥诮地说，"我反正不怕。大不了嫁给你就是了。"

马远盯着那张满不在乎的、泛着邪恶的脸，心里充满了恐惧和仇恨。嫁给我，那还得看我要不要哩。不过，今天可是你自己来找我的，你自己送上门的。他脸上浮出了笑容，慢慢向沙发另一头的华茜芳靠了过去。还没有接触，华茜芳已经倒了过来。

他们在沙发上抱在一起，两人各自的手、嘴唇、舌头……这些富于表达同时也善于感受的触角忙碌起来。突然马远的腰部被什么东西扎了一下，很疼，他猛一哆嗦。华茜芳问，怎么啦？马远说，没什么。他腾出手，从背后把像一个大鱼骨架的毛衣扔到沙发背上。这是妻子一时心血来潮给他结的一件毛衣，打打拆拆已经三个多月，平常就被扔在沙发上，今天终于趁机戳了他一下。

　　这一戳他好像泄了气，果然不行了。他的意识集中不起来。他抚摸在华茜芳身上的手还在动作，但已经变成下意识的惯性。他的手和他的心之间的联系被阻断了。他深吸一口气，抬起头，墙上的一幅油画向他的视野扑过来。那是妻子的朋友给她画的一幅肖像。那个家伙手艺很不错，把人的眼睛画得幽远而迷离，马远曾打趣说这人是个画近视眼的高手。现在画上妻子的眼睛变得犀利而冷峻起来，似乎有一种无形的光罩在他们身上。光是冷的，马远的心迅速冷了下去。

　　华茜芳也看到了这幅画。她扭过头，用目光对马远暗示了一下。马远懂了，他逃难似的首先往房间走去。

　　他们扑倒在宽大的床上，一股熟悉的气息立即占领了马远的嗅觉，那是妻子的体味。他感到透不过气来，仿佛要窒息。华茜芳黑鸦鸦的长发铺在雪白的枕头上，那黑色头发簇拥的脸在马远的视野中渐渐幻化成妻子的脸庞，马远的眼睛有点模糊了。他的脑海里出现了不久前也在这个房间里，他和妻子做爱时华茜芳的幻影的出现。这种不尽相同的重复使马远感到了混乱和迷惑。家里的房间是夫妻性爱的场所，但绝不是偷情的好地方。不光是床，就连梳妆台、穿衣镜，乃至房间里的一切，到处都留着妻子无形的印记。这些印记对马远的情欲有着致命的杀伤力。奇怪的是，他并不害怕，只是提不起精神，有点犯困。他好不容易才制止了一个冲到嘴边的哈欠。

　　华茜芳却异乎寻常地兴奋。这个房间的特殊氛围显然强烈地刺激了她的某根神经。还没有真正开始，她已经大声地呻吟起来，马远不得不用嘴去堵住她。华茜芳误会了他的意思，她攫住了他的舌头，主动担任了这场戏的导演。马远被动地应付着她，他无法进入角色。他的意识一直游离于这场戏之外，他只不过是一个观众，一个缺乏领悟力的观众。这时候，他突然想起了他们的那个西湖之夜，想起了那个神神怪怪的长须老人。他感到有一股凉风从遥远的西湖刮过来，刮到这个房间，刮到他的心里。他总觉得有一些眼睛在黑暗中偷窥他，但这些眼睛的主人就是不走出来。

很快，华茜芳就感到了疲乏和沮丧。她竭力用她的身体鼓励、激发着马远，但这没有效果。到后来，她从马远身上强烈地觉察到了他的敷衍了事，她顿时感到了没趣和无聊。她仍然没有停止，但只是要把一件事情或者说一件仪式完成罢了。

终于，马远的身体抽动了一下，长叹了一声。华茜芳随之也不易觉察地松了一口气。

一切都静了下来。

这是一次拖泥带水、疲疲沓沓的过程。他们两人躺在床上，谁也没有看对方一眼。

天微微发亮的时候，华茜芳走了。马远送她出门，她回过头轻声说："我就是要到你家里来。我早就想来了。我要在你家里留下我的记号。"

马远愣了一下。待他反应过来，华茜芳已经下楼了。他不敢在早晨寂静的楼道里大声说话。

一下子，他整个人都清醒起来。华茜芳也许在这儿留下了什么痕迹，而且很可能是故意的。马远有些害怕，他曾听说过一个故事，有个女人在和她的情夫做爱后，悄悄地把自己的头发绕在他的扣子上，每个扣子上都绕了几道。然后她打电话给他，说要和他的妻子面谈。她用纤细的头发做成了最坚固的圈套。马远在家里仔细地搜寻。他的重点是床，这是妻子最为重视的领地。华茜芳如果要做什么手脚，床肯定是她首选的目标。战争是要把自己的国旗插到别国的象征性建筑上，对家庭的渗透和颠覆，也是同样的道理。

枕头、被子、床单，马远一个个看过去，他在枕头上发现了一些头发，他一时没法断定是谁的，索性把它们全部捡掉。他又到处检视了一遍，确信再没有什么遗漏，又去把窗户打开通通气，这才坐下来。

他相信华茜芳没有能力破坏自己的家庭，她也未必就想这么做。她说要在这里留下她的记号，无非是出于女人的一种奇怪的心理。这个女人，不弄点事儿可能就不舒服，应该安抚她，尽早打消她的幻想。这应该是一个坚定的策略。

马远想起了那个速加。不知道他和华茜芳到底怎么样了。如果说婚姻是个围城，华茜芳现在正需要有城墙把她关起来。当然，马远并不反对以后她再偷偷地从城门里溜出来和自己偷欢，但他首先希望她尽快结婚。

马远躺到床上。这时候，他的身体仿佛故意要捉弄他似的，有些亢奋起来。他简直又好气又好笑。晨曦初现的时候，他终于迷迷糊糊地睡着了。

6

华茜芳从来就没有想过要嫁给一个比自己大二十多岁的男人。婚姻是需要配套的，虽然有人说鞋子合不合适只有脚知道，但二十多岁的差距，如果换算成尺码，那种不合适却是谁都能看出来的。丈夫也不是一般的商品，要退，要换，都不是那么容易。这一点，她并不是不懂。

那天，速加说晚上要到她的宿舍来，她本来是答应了的，所以她拒绝了马远。但她后来一想，觉得不行。她早就觉得，她和速加有婚姻的可能，速加已经多次期期艾艾地向她表白过，她一直假装听不懂。既然可能跟他结婚，那他们之间的性关系，只能放在结婚以后，这才是聪明的。夜晚的宿舍里，有太多的诱惑。她的宿舍很小，一张床就占了四分之一的地方，这太容易使人绮念横生了。她即使能够控制自己，也未必能控制身体强壮的速加。她草草地吃了晚饭，给速加发了个短信，就出了家门。时间还太早，她先到附近的夜市去逛了一圈，打了个电话，然后她就去了马远的家。

华茜芳已经很久没单独到马远家去了。去马远家的路上，华茜芳心里隐约有一种快意。她了解马远妻子工作的特殊性，一上手术台，绝不可能中途下来，因此，这是一次没有危险的冒险。她到马远家，是为了性，但也不全是。也许她从来就没有仅仅是为了性而去和马远做爱，那天也不例外。

马远那天的心虚、委顿让她很不畅意，但同时她得到了另外一种满足。她终于在别人的床上完成了一次性的过程，这确实具有非同寻常的意义。她对自己很满意。她战胜了另一个女人留在那个房间的无形的敌视和威压，她料定这将会对自己今后的漫长生活产生良好的影响，从此以后，她肯定可以以居高临下的姿态傲视马远夫妇了。临走时她说她要在马远家留下记号，其实只是随嘴说说的。一个实在的记号对她并没有实在的好处，也许还会惹麻烦，她懒得费那个心。不管有没有记号，这一夜的经历已是实实在在地存在了。

仿佛是一夜之间，好多人对于华茜芳的婚姻关心起来。马远表现得特别热心。

马远并不是一个经常关心别人的人，但他对华茜芳的关心却相当到位。他不光是嘴上说说，甚至还托了办公室主任，请她出面张罗。主任有一天拿了两张照片来给华茜芳看，华茜芳好不容易才使她相信自己真的已经有了，不需要再介绍了。老太太很热心，但是有点多嘴，华茜芳不得不耐着性子，费了不少口舌。她要让老太太明白她真的有了未婚夫，但又不能给人留下自己是先有了婚外恋然后再离婚的口实，这使她感到有点难堪。而且她担心大家对她婚姻的注视会使她在不知不觉中成为风言风语的目标。华茜芳对马远的这种关心感到十分恼火。

她不能再坐视这种状态。等到一个两个人单独在办公室的机会，她几乎是恼羞成怒地说："我的事不要你那么操心。我觉得你有点不太正常。"她这句话没有任何铺垫，马远一下子愣了。好半天他才反应过来。

"我觉得你应该结婚。关心你也不好吗？"马远讪讪地说。

"你不会关心一个与你没有关系的人的。我有男朋友了，你知道的。"

"谁？"马远显得有点紧张。

"你真的不知道吗？"华茜芳脸上现出一丝讥诮，"我想你应该是知道的。"

马远面对着华茜芳，但他不敢看她的眼睛。他低声说："我猜不出来。"

"我知道你害怕什么。你别怕，我不会嫁给你的。"她嘲弄地说，"我早就看出你是个胆小鬼！"

马远哆嗦了一下，脸一下子红到耳根。他猛地站起来，又压低了嗓音说："你别自以为是。我并不是因为胆小，才——我想你应该明白我的意思。"他看见华茜芳的脸色顿时变得煞白，改口说，"好了，是不是那个速加？"

"是又怎么样！不关你的事！"

华茜芳提了她的包就走。门被她咣的一声甩上了。

马远稍稍觉得有些歉疚。但他马上就感到了一片轻松，好像，还有点失落。

华茜芳对马远的情绪有一种特殊的敏感。她看出他的脸色阴沉，心里好像有什么事儿。她并非不知道他们之间的关系是缘何而起，但她是个女人，她需要在坚硬的内核上包上一层玫瑰色的奶油巧克力，哪怕是假的，那也比没有要好。况且，他们之间也并非绝无感情的成分。马远那天的话深深地伤了她的心，她又羞又气又恨。她本以为马远心情不好是因为他们那天的争执，她不想去理他。但她很快就嗅出编辑室里的空气有些不太正常。

马远的面前出现了一个对立面。在短短的几天里，小李就和马远发生了好几次摩擦。在室里的例会上，他对编辑室的选题计划执行情况提出了质疑。他口气强硬，胸有成竹，显然有所准备。社里曾考虑在他们编辑室设一个副主任，可是后来就不再提起。小李现在站出来掀起风浪，明显地与此有关。没有人会仅仅为了工作而如此顶真。

马远显得很沉着。他一连几天阴沉着脸，保持冷静；他和别人大声谈笑，故意冷落小李，他想以此造成一种威压。小李不为所动，他频繁地出入社长室，满面春风地在社里走来走去。社里的领导仿佛毫无察觉，也许还没到他们出面的时机。他们就这样僵持着，别的人都在袖手旁观，背地里传递着谣言。已经有风言风语说马远有私心，他想推荐和他私交更深的人。

这种空穴来风是十分阴狠的。华茜芳还没有想到要当副主任，但她决不愿意小李当上。马远已经五十出头，小李跟自己差不多，这种梯队一旦形成，以后就再也没有自己插脚的地方了。华茜芳坐不住了，她要采取行动。况且，她也不能再任流言蜚语在她面前飘来飞去了。自从那天她和马远发生不快后，他们再没有单独接触过。华茜芳找到一个机会，对马远说，我想要一本《企业管理备要》，就是小李编的那本。马远说，你要这个干吗？华茜芳说，我想好好学学。你不是有主任的样书吗，我用完了再还你。马远打开柜子，把书找出来给她，说，这书编得不好。华茜芳说，我知道。马远的眼睛似乎亮了一下。

几天后，室领导马远收到了一封措辞痛切的读者来信，信中说他作为一个经济很不宽裕的大学生，买到这样一本差错极多的书，感到非常气愤。"十块钱一本书，相当于我两天的伙食费了。"信中还附了一份详尽的差错表。写信人要求出版社提高责任感，对读者负责。

马远看完信会心地笑了。下面的文章该由他来做了。

他果然做得很漂亮。小李吃了个哑巴亏，立即偃旗息鼓。

如此默契的配合，只有有过最深层交流的两个人才能做到。这种默契一旦形成，将是外力永难打破的。

一晃几个月过去了。

在这个四季分明的城市里，陪伴了一夏的蝉鸣仿佛在一夜之间就全部消失了，人们猛然发现，秋天已经来临了。

天气逐渐让人觉得有些寒意，所幸的是，空气也变得干燥了，这使人不那么容易生病。和春天比起来，马远更喜欢秋天。而且，经过了一段时间后，他和华茜芳的关系也相对安稳了。妻子上夜班或出差时，他偶尔也去华茜芳的房间过夜。他总是赶在天亮前离开。他看见华茜芳房间里为结婚准备的东西慢慢多了起来，这时候，他们的心态都已经趋于平和。他们一般不谈速加，但有时他们做爱后，也会就某一件东西的价格、款式谈上一会儿。马远有时还会告诉华茜芳，某个商场有一件东西，很不错，建议她去买。其实马远对新潮的商品并没有多少了解，他的信息往往来源于他喜欢逛街的妻子。

华茜芳结婚的日子还没有定，但确实一天天临近了。他们都不知道，他们这种暧昧而温和的关系还能持续多久。不过有一点很清楚，那就是他们之间的关系，正面临着一次变化。华茜芳的新的婚姻不可阻止地推过来了，马远避开了，但他仍然不是局外人。他们的关系可能会因为这次婚姻而固定下来，但也可能一触即溃。

华茜芳忙着她的事儿。她的内心十分平静。她结过一次婚，对结婚前那些繁琐的事情心中有数，她有条不紊地准备着。她基本上没有要速加插手，速加好像也乐得轻松。他正对自己的博士论文进行扩充整理，把它弄成一本书。她很乐意她的未婚夫是个勤奋的男人。

当速加把厚厚的一沓书稿放在华茜芳面前时，她还是吃了一惊。她倒不光是惊叹于他的效率，这一点她原本知道。可速加的书稿也太正规了，太完整了。他已经请专家作了序，后记也写好了，甚至连内容提要这种很易忽略的东西他也自己准备了。至少从形式上看，这是一本完全符合出版要求的稿件。华茜芳有点预感。她放下稿件，似乎是漫不经心地说："全好了吗？"转身去收拾当天刚买回来的东西。

速加走过来帮她。他说："你们下一年度的选题计划拟好了吗？"

"还没有。正在弄。"

"这本书我费了不少心血，我就想着它能够出版。你能不能报一下选题，赶上明年出版？"

"可以啊。可是——"华茜芳突然间有点烦躁，"我们现在还不够忙吗？为什么一定要现在呢！而且这本书肯定是要亏本的。"

"这种专著的亏损学校可以负担的吧？茜芳，今年赶不上，一拖就是一年。我真的很想让它早点出来。你先把选题报上，这不会耽误我们结婚的。"

华茜芳停下手里的事，叹了一口气，"即使我报了，社里也未必就会批准。"

"你们室主任不是跟你不错吗？可以请他帮帮我们。"

速加语气很平静，但态度十分坚决。华茜芳无可奈何地默认了他的话。她很少被别人安排，但她发现今天终于有人安排了她。她知道，新婚初期两人关系的定位，将深刻地决定以后漫长的家庭生活。她不能过于顺从他。她说："最好你自己直接去找他。我出面不太好。"

"那好，我明天就去。"速加很爽快地答应了。

华茜芳的心里有点怪怪的，说不出是什么滋味。

华茜芳不知道第二天速加和马远是怎么谈的，速加只对她说，马远已经答应了。室里开选题讨论会时，华茜芳发现马远已经以他自己的名义把速加的书报上了。这件事儿，也许他们三个人都有点心照不宣。

天更冷了。

冬天的脚步已经逼近了，风一吹，枯黄的树叶哗啦啦地飘下来。路上倒是挺干净，可树根底下的落叶就没人去管了。人踩上去，显得特别松软。

后天，就是华茜芳结婚的日子。马远和她约好了，在离单位五公里以外的南林公园见个面。就像结婚登记是一项必不可少的程序一样，他们今天的约会也是不可省略的。他们沿着林间小道走了很久，等到夜色渐渐浓重起来，他们坐到了一张长椅上。

晚风从他们头顶的树林上呼呼地掠过，他们都觉得身上有点发冷。他们很久都没有开口说话，就这么坐着。

华茜芳怕冷似的把身体靠了上来，她轻轻地咳嗽了几声，马远伸手抱住了她的肩。树林里实在有点冷，马远已经准备提议回去了。这时候，华茜芳像片树叶似的倒在了他的腿上。

马远把手放在她的头发上，他没有抚摸她。他的手没有动。他们的与性有关的默契和灵犀今天暂时被冻僵了。马远感到他的腿有点发麻，他把手从华茜芳的头下面插下去，他想让她坐好。这时，他的手感到了一股温热，一片潮湿的温热涂在他的手心。他一下子没反应过来那是什么。这时候，他听见华茜芳吸溜了一下鼻子。

她好像在流泪，又好像是感冒了。他不动声色地用手帕把手擦干净，又把手帕递给华茜芳。

"还有几个月你就要评职称了，"马远自己也不知道他怎么突然说起这个，"你放心，你肯定能上的。"

华茜芳抬起头，看了他一眼，说："你就想起这个吗？"马远没有答话。好一会儿，她说，"这儿太冷了，我们回去吧。"

他们走出树林。林外的星空是明朗的，脚下松软的树叶给马远微微发麻的双腿带来了一种虚幻的感觉。马远仿佛看见很多往事的碎片鱼贯着扑面而来。他试图把这些碎片按某种逻辑连成一串，画出轨迹，这样好预测他们以后的故事，但它们恍若疾速的子弹，穿透他的脑袋，呼啸着远去了。

他们没有再说话。在这里，语言肯定是要失去分寸的，要么过于庄重，要么失之于轻佻。事实上，这次约会既不是了结，也不是开端，它只是一个漫长过程中的小小停顿。

路很窄，他们一前一后地走着。夜色里，你只能看见两个黑色的影子在移动。

游 刃

1

叶蓁蓁有一把刀，纯钢的。她用它切蔬菜、切水果，有时还用它切肉。按说，生熟菜用刀应该分开，但叶蓁蓁不理这个茬儿。刀很快，白刃如霜。叶蓁蓁有一次学着古书上说的，拔了几根头发搭在刀刃上，用力一吹气，再吹气，头发却一根也没断。叶蓁蓁并不因此怪她的刀不快，她想的是，书上的话可不能全信；书上的假话，正如老实人说的谎，特别容易让人上当。

叶蓁蓁见过太多的书呆子，这些人几乎没有吃得开的。叶蓁蓁认定，一个女人决不能用呆气去读书。有些书是骗人的，它们都很美，开头尤其吸引人，你一不留神就会滑进去，但你却绝不可能获得书中的完美结局。叶蓁蓁上过书的当，也吃过书没读好的亏。上高中的时候，她和一个男同学谈恋爱，谈得很认真，很投入，上课的时候眉目传情，放学以后经常一起逛街；晚上通电话，差不多一个星期还要写一封信。现在叶蓁蓁常常在心里自嘲，认为那是小猫小狗的爱情，但当时她可没想到这些。他们恋爱的后期，高考临近了，他们都很认真地复习，在最炎热也最艰苦的那段时间里，那个男孩提出两个人分开看书，男孩说，我们一定不能分心，要考好，考上同一所大学，同一个专业，那样我们就可以在一起读书了。他们甚至商定了具体的学校和专业。他们的功课都属中上，叶蓁蓁相对还要好一点。这样的计划很美好，看上去也相当实在，然而最后的结果是，那个男孩榜上有名，而叶蓁蓁却考砸了。

　　叶蓁蓁惊呆了，她看着自己的分数单，宛若五雷轰顶，一切的美好设想都仿佛沙滩上小孩子堆砌的城堡，海浪一冲，立即无声地坍塌了。考完两门后她就知道考得不好，但这个分数是这么的尴尬，本科上不了，专科也就差几分。索性差个十万八千里也就算了。这就像跳高，从横杆上高高跃过当然光彩，横杆太高，从底下一钻而过也就彻底死了再跳的心思，最可恨的就是下了死力气，却不高不矮把那根横杆撞出老远。这是最令人沮丧的情况了。叶蓁蓁大哭了一场。她本以为男孩会来安慰她，但他没有。她从别的同学那儿知道，他已经在收拾行装，准备到学校报到了。叶蓁蓁恨他，恨自己。她心里还奇怪，他怎么就考上了呢？他们上中学的时候，一起看电影、溜旱冰，一起看武侠小说，一起打游戏，考试时有时还一起作弊，常常还是自己帮他，可是他死用了几个月的功，竟然真的考上了。叶蓁蓁由此第一次感到了男人的厉害，也注意到了男人的神秘。叶蓁蓁在家里伤了几天心，发了几天呆，电话铃一响她就以为是他的电话，后来一次次失望，她都懒得去接了。按常理，她本可以打个电话去祝贺一下，但她觉得自己打电话过去话很难说，想想，本来两人信誓旦旦，相约在大学校园，现在人家就要去赴约了，自己却去不了，你说什么好呢？拿到高考成绩的第三天下午，她决定还是要到男孩家去一下，她想见见他。为了自尊，叶蓁蓁已经在家里躲了好几天，她沉着脸这里坐坐，那里摸摸，但是心却像片柳絮似的没个着落处。她在家里又蹲了一天，等两眼的红肿全退了，这才出门。

路是叶蓁蓁走熟走惯了的。她头脑空空，仿佛是她的双腿带着她的心、拖着她的身体往前走。男孩家住的是平房，她去的时候正是傍晚，全家人正忙得喜气洋洋。男孩的妈妈正在收拾墙角的几件行李。看见叶蓁蓁来了，她很客气地招呼了一下，马上喊男孩出来。男孩乍一见她有点慌张。他这一慌，叶蓁蓁心里立即透亮。他们进了男孩的房间，但没有像往常那样把门关上。男孩的爸爸原本就比较喜欢叶蓁蓁，他端了一盆切好的橙子进来，叶蓁蓁拿起一片，他一转身出去，叶蓁蓁就把橙子又放回盘子里。他们两个无话可说。男孩桌上摊开的书是叶蓁蓁买的，《侠客行》的上册，叶蓁蓁目光在上面稍一扫，男孩马上拿起来，翻了几下，说，我刚刚看完，正好还给你。叶蓁蓁心里冷笑，她没有伸手接书，反而从口袋里又拿出一本，是《侠客行》的下册，她原本是带给他看的，现在没有必要了。叶蓁蓁把两本书并在一起，卷在手上。她说，我走了。她看见男孩的脸红了。男孩送她出门时，他妈妈在门口说，走啦，不再坐一会儿吗？你们以后就不常见到了，再坐一会儿吧。叶蓁蓁没有搭理她。他妈妈又自顾自地说，现在也真是，连个炮仗也不给放，家里一点喜庆也没有！叶蓁蓁看见男孩狠狠瞪了他妈妈一眼。叶蓁蓁的脸涨得通红，她快步走出了门。她一句祝贺的话都没有说，她也不想说。她想原来他家的人对她是多好，可今天自己肯定还不如一串炮仗，炮仗还能增添喜气，可今天她是讨人嫌的。

叶蓁蓁头也不回地走远了。从背后看过去，她的步态自如、坦然，其实她的眼泪早已流了出来，面颊凉飕飕的。她猛然发现自己走错了，本该过街却没过，但她担心被身后的眼睛笑话，索性沿着墙根一直走下去。到无人处，她捂住了脸。

她在外面吃了一碗面条。回到家，家里人正等她吃饭，她说自己已经吃过了。她父亲问她在哪儿吃的，叶蓁蓁不耐烦地说，你不是知道我到同学家去吗，我在他们家吃过了。她父亲眼睛一亮，连连夸那个男孩聪明，有前途，说，这个小家伙不错！她妈妈也凑过来，唠叨个不停。叶蓁蓁烦透了，她躲进自己的小房间，把声音关在外面。声音关不住，声声入耳，她隔着门喊道：你们别烦了好不好！还让不让别人看书！她父亲说，你还打算再考啊？你要是想上的话，我们单位有几个代培的指标，专门照顾马上就要退休的职工的子女。你要愿意，我就去报个名。叶蓁蓁一听，猛地把门拉开，说，有这种好事？

父亲说，我也是才听说，我骗你干吗？

叶蓁蓁说：那我要上。你去想办法。

她父亲说：你就等着吧。

他显得挺有把握。叶蓁蓁心里很疑惑，有点云里雾里。她一贯在心里瞧不起她的父亲，懒惰、窝囊，还又贪杯，一辈子就当了个小科员。她根本就不相信代培的事能成。他要忙就让他忙去吧。她躺在床上，前思后想，觉得自己没考上，首先是家庭环境差，不是书香门第；她甚至怀疑自己的脑子也不太灵：老子就这个样子，女儿又能怎么样？还有，她自己太傻了，复习期间，甚至考试的时候，脑子里还满是那个男孩。把未来想得太美，未曾考完，四肢先酥了，脑子先醉了，还考个鬼！可恨那个混蛋倒是稳扎稳打、步步为营，竟然考上了。他调好一瓶酒，你一杯，我一杯，自己一点事儿没有，把个叶蓁蓁醉倒了。叶蓁蓁倒了他不管，自己径自上大学去了！叶蓁蓁恨得牙痒痒的，脸上的眼泪是没有了，皮肤绷得发脆。那一瞬间，叶蓁蓁恨不能拿把刀捅他一下。要知道，这次恋爱是叶蓁蓁的初恋，而且她当时以为这也就是最后一次爱了，她是准备和他结婚，过一辈子的。

男孩在叶蓁蓁的精神上留下了深刻的印记。他还有一些东西留在叶蓁蓁这儿，叶蓁蓁把它们理成了一堆，准备找机会还给他。有一把刀是他们在扬州玩的时候跟一个哑巴买的。合手，锋利，看上去又很漂亮，叶蓁蓁把它留下来了。那时候夏天他们在叶蓁蓁的房间吃西瓜时，他喜欢把刀顶在拇指根上用食指拨得刀滴溜溜转，引得她一惊一乍的。叶蓁蓁非常喜欢这把刀。以后她搬了好几次住处，刀她却一直带着。

叶蓁蓁还真的上了大学，是代培的大专。叶蓁蓁简直不敢相信她父亲还能办出这样的漂亮事儿。后来她才知道，父亲的单位因为效益极差，除了实在没有办法的，没人愿意让子女自投罗网。不过单位欺她父亲膀子不硬，压根儿不肯出钱，最后她父亲自己给单位交了培养费，单位才给她办了手续。

但不管怎么说，叶蓁蓁去上大学了。

她从此不再提那个男孩的名字。她的新环境里没人知道，原来的熟人也渐渐地把他们的那段故事淡忘了。说起来，哪个女孩没有这样一段最初的、不成功的故事呢？她的学校和那个男孩所在的学校各自位于城市的两侧，但他们的家相距不远，有时他们还会偶然碰上。刚开始时她的心还会猛地刺痛一下，后来就变成了一种痒丝丝的感觉，好像是阴天的陈年旧创。旧创在她的隐秘处，外人并不知道，只她自己有数。

叶蓁蓁觉得这样的感觉并不坏，甚至对她还挺有好处。

2

叶蓁蓁长得不错，刚进大学时还有点小丫头模样，半年以后就出落出来了。她不属于那种一露面就光彩照人、四座惊艳的类型，而是一个不显山不露水的温柔可人的女孩。她如果着意打扮化妆也可以引人注目，但有些古话其实是很有道理的，"红颜薄命"，但这句话落不到她的头上；过于招人不是什么好事。从二年级开始，系里的男生们开始给他们瞩意的女生取绰号，有几个女生被他们归纳起来，称作"两菜一汤"。"两菜"指的是两个姓蔡的女生，长得漂亮，风流，绯闻不断。"一汤"指的就是叶蓁蓁。叶蓁蓁开始还不知道这个绰号是什么意思，后来蔡坤一点破，她气坏了。她找个机会向一个嬉皮笑脸的男生发了火。凭什么呀！蔡坤姓蔡，被他们说一说还有点道理，可自己并不姓汤呀！蔡坤倒是并不在意被男生们挂在嘴上，心里还有点得意，她劝叶蓁蓁道：他们狗嘴里吐不出象牙，是拿你凑凑数的，我们系里没有姓汤的女生，只好拿你这个叶子来做汤。叶蓁蓁正色地说：什么叶子叶子的，你可不要再给我叫出什么难听的来！

没想到，从此叶蓁蓁又有了一个绰号：叶子。慢慢地就叫出了名，叶蓁蓁默认了。"两菜"是两个荤菜，而叶子是素净的，叶蓁蓁很满意这种对比。她决不愿意自己像支香烟似的老被男生们挂在嘴边。事实上对她有意的男生很不少，她对他们也很礼貌客气，但就是不假以辞色。她显得很随和，但是很有主见。她读自己的书，做自己的事。

叶蓁蓁和蔡坤住同一个寝室。她们的房间是正对楼梯的那一间，小而窄，住两个人。在叶蓁蓁看来，蔡坤的身体是吸引男人的目光和流言蜚语的箭靶子，她漂亮、性感，但是太轻佻了，是个不知道保护自己的傻女人。叶蓁蓁和她住在一起，因此目睹了好几次情感的聚合和分离。大学才上了两年吧，算一算，蔡坤已经谈过三个男朋友了；有两个时间太短，不超过两个月，还不算在内。叶蓁蓁冷眼旁观，她发现，蔡坤每一次交男朋友都是认真、投入的，可是也许正是因为她投入得太快了，太认真了，男孩最终都会离开她。每一次蔡坤都会哭一场，伤心好几天。蓬头乱发，其状堪怜。可这并不妨碍她不久后再去爱上别人。蔡坤就像个贪水的小孩，见了一汪好水就要跳下去，扑腾两下，再上来。蔡坤为了恋爱而伤心的时间很多，这几乎成了她的一种常见状态。叶蓁蓁看着她，就像看见一个贪水的孩子湿衫裹身，被冻得瑟瑟发抖，流鼻涕打喷嚏，又可怜又可恨。叶蓁蓁说她是"多情的种子乱发芽"，她还不服气。

　　叶蓁蓁暗地里观察了蔡坤前后的几个男朋友，觉得没有一个瞧得上的。长得有好有差，这一点也还在其次，主要是，综合水平都不高，不上档次。这些男生一个个都很肤浅、单薄，还喜欢夸夸其谈。一个男朋友，不光要给你提供爱情，还应该能够给你提供实在的帮助。就叶蓁蓁班上的男生而言，放眼望去，没一个够格。叶蓁蓁看着他们，心不跳，脸不红，没感觉。

　　叶蓁蓁很平静地读着大学。她的心有很多表情，但脸上总是文文静静的。他们这个班全是代培的学生，学校不甚重视，前两年每年换一个班主任。叶蓁蓁对这一点很恼火，也有点泄气。这两个班主任都很喜欢她，对她不错，但是都没有能当到最后，当到她毕业。三年级开始，新班主任又到任了，是个刚从本校外系毕业的学生，叫秦明。秦明的家不在麦城，是外地农村的。他刚从学生变成老师，工作特别有热情。他经常到学生宿舍来，学生们叫他"秦老师"，他的脸还要红一红。班上有几个男生原来就认识他，和秦明聊天聊得高兴，有点得意忘形，有时就会直呼其名，这时候秦明的脸就会一红，表情会顿一顿。那些粗心的男生是注意不到这些的，或者注意到了也不屑去琢磨。可叶蓁蓁看出秦明在乎这个。碰到秦明时，如果有其他同学在场，叶蓁蓁一般不主动搭话，只静静地站在一旁；如果是单独碰上，叶蓁蓁就会红着脸轻轻地喊一声："秦老师。"秦明红着脸应一声，然后他们各自走路。秦明虽然没有回头，但他头脑里有叶蓁蓁远去的背影在走。

　　叶蓁蓁不是班干部，但班上有活动，秦明布置她一点工作，她会悄没声地妥帖地做好。秦明对她印象非常好。

秦明到男生宿舍去过以后，往往会穿过马路，到女生宿舍来坐坐。蔡坤很健谈，话多，秦明经常和她聊天。叶蓁蓁坐着听，或者看看书，偶尔也插一两句话。蔡坤对秦明很热情，常常拿叶蓁蓁的水果招待秦明。她们宿舍只有一把刀，就是叶蓁蓁从家里带来的那一把，她们有时买点菜回宿舍自己做饭，也用这把刀切菜。蔡坤削水果时就把刀从砧板上拿过来，也不擦，油腻腻的就削。秦明到底是从农村来的，并不在乎。叶蓁蓁心里很不快。她觉得秦明对蔡坤似乎有好感。她奇怪，怎么会的呢？难道秦明对蔡坤还不了解吗？他可能还不知道她的恋爱经历，但蔡坤名声不好，他总该有所耳闻吧？叶蓁蓁认为一个女人的恋爱老是失败，肯定有她的必然性。习惯性失恋就像习惯性流产一样，一旦落下病根，就很难治好。叶蓁蓁想到这儿，心里又有了底。

有一天傍晚，叶蓁蓁正在洗头，秦明来了。叶蓁蓁有点慌乱，她平时打了个独辫子，这会儿却披头散发，发梢还在往下滴水；盆里的水是第一遍洗头水，浮着灰色的泡沫，显得挺脏，叶蓁蓁很不愿意让他看见自己的这副模样。她招呼他坐，一面用身子掩着水盆，出去把水倒掉了。叶蓁蓁给他泡了一杯茶，找块手帕把头发绾在脑后。秦明坐在凳子上，叶蓁蓁倚在他对面的上下床上用干毛巾擦着头发。他们一时找不出什么话来说。叶蓁蓁额上有一绺湿发贴在眉毛边，秦明忍不住想提醒她；她的脸上湿湿的，鼻子那儿挂了一滴水，两腮绯红，秦明看得痴了。他立即意识到什么，脸一下红到耳根，他搭讪着说，蔡坤出去了？马上就觉得不好，却已收不回。叶蓁蓁若无其事地说，她出去了。好像是个男生在下面把她喊走了。其实叶蓁蓁回到宿舍蔡坤就已不在，她并不知道蔡坤哪儿去了。叶蓁蓁说，你找她有事啊？

秦明忙说，没有。我顺便到你们这儿来看看。秦明这会儿已经自然下来。他开玩笑地说，怎么，一定有事才能来呀？

叶蓁蓁说，哪能呢。我看你每次来都和她聊得挺欢的。

秦明说，哪儿呀。我是和你们两个聊天，只是你不太爱说话。

叶蓁蓁说，我没有蔡坤会说。她活络得很。

她活络吗？秦明说，我问你个事儿，有几个男生喊蔡坤的时候，老是拖腔调的，还偷偷地笑，这是怎么回事？

叶蓁蓁笑着说，我也不知道。

秦明说，不，你知道。

叶蓁蓁说，可能是她有个绰号，叫什么"彩色宽银幕"吧——你肯定听说了。

秦明说，我真的不知道。这是什么意思？蔡坤——彩宽，是彩色宽银幕的缩写吧？

叶蓁蓁说，对呀。他们大概是笑蔡坤长得胖、宽，又喜欢穿大红大绿的鲜艳衣服吧，这帮男生不是好东西！

秦明稍一想，哈哈大笑起来。叶蓁蓁笑一下，说，秦老师，你可不能说是我告诉你的。蔡坤知道了要跟我吵架的。

秦明说，我当然不会说。不过她就这么厉害？

叶蓁蓁说，反正我不敢惹她。

他们随后又东一句西一句地说了一会儿话。天黑了，屋内的光线暗淡下来。

叶蓁蓁拉开了日光灯。秦明说，蔡坤一般什么时候回来？叶蓁蓁说，那可不一定。秦明说，她是在谈恋爱吗？叶蓁蓁说，可能吧。秦明看着她说：现在大学里有不少学生在谈恋爱。你没有谈吧？叶蓁蓁说，没有。秦明说，为什么？叶蓁蓁说，不为什么。总不能因为别人谈我也就谈吧。正说着，蔡坤回来了，她神色委顿，似乎情绪不好。秦明随口说了两句话，就告辞了。叶蓁蓁送他。一出门，秦明回头看看房里，两人相视一笑，好像共同保守了一个有趣的秘密。

从此以后，秦明和叶蓁蓁就有了一种特殊的关系。虽然他们是师生，这种关系一旦罩上玫瑰色会特别地引人注目，这使他们两个都格外小心，但同时，他们的接触也就多了不少机会和借口。他们都不愿意招摇过市，他们最经常的见面地点还是叶蓁蓁的宿舍。蔡坤有时中途回来，他们原来谈得挺热闹，一下子就会冷场，或者马上改变话题。蔡坤开始时很不满，有时还用话刺两句，他们都商量好似的显得很大度、友好，从来也不反唇相讥。慢慢地，蔡坤也就算了。应该说，她和秦明本来也还没什么，她也并不缺乏男朋友，倒是不愿意再失去叶蓁蓁这个女友。蔡坤和叶蓁蓁也许说不上有什么友谊，但她们友好；一个宿舍就两个人，还闹别扭，有个什么劲呢？蔡坤想得挺开，她不但容忍秦明和叶蓁蓁在宿舍里约会，后来，她甚至还主动提供一些方便。

叶蓁蓁和秦明渐渐形成了一种默契。他们在人前很节制、客气，若无其事，私下里他们非常亲热。几乎每一天，白天和晚上，秦明都要在老师和情人之间进行一次角色转换，他沉迷于这种游戏。每念于此，秦明都会耳热心跳。他爱叶蓁蓁。秦明家境不好，叶蓁蓁其实也只是出身于小市民家庭，但她很会强调农村和城市的区别，她会在约会时对秦明当天的在班上的讲话或其他表现提出批评，有时也会给一点赞许。叶蓁蓁经常说：你这件衣服和裤子颜色不配；穿牛仔裤不能穿皮鞋，你不知道吗？秦明嘴上不一定服气，也不一定言听计从，但心里对她的审美眼光非常服气。秦明记得，前两年他们稻乡的一个大学生把对象带回去，那个女孩是城里的，他家里人那个兴得哼，恨不得敲大锣让全村人都去看。现在想来，那个女孩矮矮的，土土的，哪儿比得上他的叶蓁蓁呢？他真的非常爱她。

有时候晚上在一起秦明非常激动，他们拥抱、接吻、互相抚摸。冲动之下，秦明还想进一步动作，叶蓁蓁就会坚决地拒绝他。她说，我还在上学，我害怕出事。秦明说，出什么事？叶蓁蓁说，你真不知道？万一我怀上孩子怎么办？！秦明说，不会吧？叶蓁蓁说，不会，你怎么知道的？！你好像是老经验了嘛！秦明吓得再不敢开口。他虽然被拒绝了，但他还是觉得叶蓁蓁好。持重、贞洁，多么难得。秦明以后抱着叶蓁蓁时虽然还会冲动，但他立即就会想到怀上孩子这种危险，他的头脑里就会出现一个朦胧的婴儿，这个婴儿虽然不清晰，但是他是那么的大，那一瞬间几乎占据了他的整个脑子。事后回想起来，他觉得自己的大脑那一刻非常像一个即将破壳的旺鸡蛋。

很快，叶蓁蓁只剩一个学期就要毕业了。很自然地，他们的恋爱多了一个共同的话题，那就是分配。本来，这件事与他们两个关系都不大。叶蓁蓁是代培的，当然要回她父亲原来的单位；秦明也只担任这一个班的班主任，所有的学生都已有了去处，他不必烦这个神。但叶蓁蓁越来越显得闷闷不乐，终于有一天，在秦明的单身宿舍，叶蓁蓁说，我不想回我父亲的单位，你一点也不关心我！

秦明说，我可从来没听你说过。为什么呢？

叶蓁蓁说，你应该想到的。我父亲去年就退休了，我到那个单位一点依靠都没有，我怎么办？

秦明说，那有什么关系呢？我在这个学校里又有什么依靠呢，不是也还可以吗？

叶蓁蓁说，你可是个男人呀。而且——，她可怜巴巴地说，那个单位效益那么差，我会很穷的。

秦明不说话。因为事情确实非常难办。叶蓁蓁说，你愿意我们今后很穷吗？

这句话打动了秦明。他说，我当然不愿意。可是，你是签了合同的呀，而且，那个单位出了代培费，能放你吗？

叶蓁蓁说，对了，我想起来了，培养费是我父亲自己出的。我父亲把钱交到单位，再由单位交到学校的。肯定是这样！其实叶蓁蓁已经盘算了好长时间，这一条是最有力的理由了。她看秦明满脸狐疑，得意地说，我父亲早留了这一手，宁可自己出这笔钱。他是很有韬略的。

秦明说，可班上那么多同学，要是都不愿意回代培单位，那不就乱了套吗？

叶蓁蓁生气地说，你只想到你的工作！你就不想，他们也是自己出的钱吗？

秦明说，可你是我的女朋友，别人会说闲话的。

叶蓁蓁的脸一下涨得通红。她大声说，学校知道了这层关系，更应该照顾！她哭了起来。没想到做你的女朋友，事情反而办不成！

秦明慌了手脚。宿舍里虽然没有别人，但单身宿舍隔音很差，他很担心叶蓁蓁的哭声被同事们听见。门外有人走过去，走到他门口，脚步声小了下来，秦明想那人肯定竖直了耳朵。秦明着急地指指门外，叶蓁蓁狠狠瞪了他一眼，擦擦眼泪，不哭了。秦明说，你哭什么呢？我们不正商量这事儿吗？你让我想想看，怎么个弄法。

叶蓁蓁说，我也不是蛮不讲理，偏要你弄成。我们总得努力一下吧？秦明说，那当然。

以后的一段时间，他们两人一直在为这件事情奔波。难度肯定是有的，辛苦更不必说了。代培单位的事倒好办，劳资科正为下岗职工没处去犯愁，虽然他们两个去的时候那个科长端着架子，咬死了要履行合同，让他们多跑了好几趟，但最后三条烟两瓶酒也就解决了。倒是学校这一头很麻烦，按规定，叶蓁蓁至少要回原单位所属的工业局。秦明想了很多办法，求了不少领导，终于还是办成了。说到底，秦明的人缘不错，他在本校上学，能够留校工作，总有一些领导赏识他。现在青年教师肯当班主任的不多，学校也考虑到要稳定队伍。秦明和叶蓁蓁终于如愿以偿。两人互相看看，都瘦了一圈。

叶蓁蓁对秦明非常好。秦明在外面跑，她在宿舍里给他做饭。秦明宿舍里还有一个单身汉，形单影只，看到别人这一对儿过着像模像样的小日子，不免眼红心热，冷不丁会冒一两句冷言冷语，叶蓁蓁开始假装听不懂，后来有些受不了，索性把菜买到自己宿舍，做好了再用饭盒带过来。秦明从外面火辣辣的太阳下回来，叶蓁蓁把饭菜摆好，说，这个菜可能还不错；那个菜肯定淡了，盐不够了；没有买到嫩肉粉，肉有点老。秦明吃着叶蓁蓁精心做的菜，觉得一切都恰到好处地香。

3

事情有了眉目的那一天，叶蓁蓁高兴得不得了。她把毛巾递给满头大汗的秦明，又忙着去打洗脸水。天实在是太热了，秦明微微地喘着气。叶蓁蓁抱着秦明，把手吊在他的脖子上，两人的腮贴腮。叶蓁蓁闻到了他头上和身上的那种非常纯朴的泥土般的气息，她觉得有了依靠，她沉醉于这种感觉。他们两个紧紧地拥抱在一起。

秦明微微有些头晕。这些天他好像总是在出差，总好像是在路上。叶蓁蓁对他的依赖和温柔使他平生第一次真切地感到了一个男人的自豪。本来他顾虑很多，现在他反而觉得这件事既然已经做了，就一定要做到底，他知道，事情还没有最后成功，他现在还只是在半途。他的内心深处，只有和叶蓁蓁结了婚成了家才能算是他人生道路上的一个停靠点。叶蓁蓁和他聊天时曾经说起过，两人都在本校的双职工夫妇，学校分房记分时可以加九分，一下子不知要超过多少人！叶蓁蓁也许是随口说的，但是这话在秦明心里生了根。他们结了婚，几年后就可分到房子，再过几年生个孩子，最好是个男孩。他们的孩子可以上本校的幼儿园，他们两个都在学校，不必再交赞助费。这一切都令秦明心驰神往。

　　天热得人身上味道很不好，有一种动物的气息。叶蓁蓁红着脸，轻轻推开秦明，去给他开西瓜。那把称手的刀不在秦明宿舍，只有一把菜刀，她嗅嗅，皱皱眉头，上面有一丝鱼腥气。秦明说，我来吧。他使出小时候在别人瓜田里偷瓜的手段，用指甲在瓜上用力一划，再用掌一击，瓜就开了。黑子红瓤，煞是漂亮。两人吃着瓜，秦明说，现在原单位是退了，下一步怎么办？叶蓁蓁不说话。秦明说，我们要去找接收单位了吧？叶蓁蓁说，那是要去找的呀，要是不找，那怎么办啊？叶蓁蓁当然想到了下面的这一步，但她显得柔弱、无助。秦明已经习惯了她的这种神情，但他还是感到了一点沉重，甚至还有点隐约的不快。他马上就责备自己，不该这样。这本来就是自己的事情。叶蓁蓁虽然很漂亮，但朴素大方，不贪穿，不贪玩，比他的那些同事的女朋友们不知好到哪里去了，况且，找单位的事，他已经有了一点门道。这一段时间他在学校里跑，听到了一个消息，校学报编辑部原来的校对出国，马上要招聘一个校对员。这是一个机会。

　　他们决定在公布招聘的消息以前先去拜访几个关键人物。学报的张副主编态度有些冷淡，他希望新来的校对员是一个熟手，显然不欢迎叶蓁蓁来应聘。秦明和叶蓁蓁去他家拜访的时候，他淡淡地说：是学统计的吧？我们这个校对的工作，不是要统计错别字，而是要把它们挑出来。叶蓁蓁一下子面红耳赤。从副主编家出来，叶蓁蓁小声地哭起来，她说她不想去应聘了。秦明好一会儿才劝住她。事实上，由于这个职位并不被人看重，正式去应聘的时候，他们的竞争对手并不多。他们找过人，又提前好多天突击学习了校对符号甚至一些编辑的常用技能，正式招聘时，一张卷子一做，叶蓁蓁立即显得鹤立鸡群。她被聘用了。

正式报到以前，叶蓁蓁先到学报编辑部去了一下。张副主编正好在，他表示欢迎，但看得出来，他的态度有点夹生。叶蓁蓁把这事说给秦明听，秦明很担心以后不好处。叶蓁蓁反过来劝他。叶蓁蓁心里有底，她觉得只要她愿意，她可以和所有人，特别是男人处好关系。她对自己很有信心。

一切都定下来后，学校放暑假了。秦明和叶蓁蓁商定，到秦明的老家看看。

秦明的老家是苏北平原上的一个小村子，叫稻乡，离他们所在的麦城有两百公里，长途汽车要开五个多小时。秦明每个寒暑假都要回去，但这一次的心情与以往不同。一路上，他不停地对叶蓁蓁介绍着他的家乡。稻乡和麦城是那么的不一样，任何一点都可以让他讲上好一阵。汽车开向苏北的腹地，公路越来越窄，柏油路渐渐变成了简易公路，最后变成了更简陋的三合土路；路边的行道树也越来越矮，越来越不成样。汽车进入稻乡境内，车身颠簸得咣当当乱响，对面讲话都听不清了，秦明指着远处随风起伏的浩荡的芦苇，大声告诉叶蓁蓁，稻乡古称"楚水"，到处都是河湾港汊，前面那个地方叫"十字坡"，《水浒传》里就写过这个地方……他的声音非常大，汽车为了避让一辆满不在乎的自行车，猛地一停，他的声音把满车人的目光都引了过来，两人的脸全红了。周围的人注意到了他们稍显不同的衣着和外地口音，不少人在打量他们，两人都有点不自在。

这是叶蓁蓁平生第一次到农村来，她感到新鲜，又感到惶惑，甚至还有点怕。车子那么脏，车窗也关不拢，公路上的灰尘长驱直入，一直钻到她鼻子里，她用纸巾一擦，鼻孔黑黑的，像烟囱口。如果不是秦明的家在这儿，她八辈子也不会到这种地方来。上车不久，她的真丝衬衣的袖口上就不知从哪里粘上了一块口香糖，她用纸擦了半天也没弄掉。她没有声张，怕秦明多心，悄悄把袖子挽起来。她在车上一直觉得身上有了谁的口臭，她恶心死了。秦明一路上不停地唠叨，其实听了不一会儿她就失去了兴趣。她心里想：秦明就生活在这样的地方吗？他的童年和少年时代是怎么样度过的呢？公路边有几个小孩在放羊，飞驰的汽车把小羊吓得颠颠地往路基下跑，叶蓁蓁不由地想，秦明在这儿放过羊吗？打过猪草吗？

汽车的终点离秦明的家还有十几里路。他们下了车，又上了一种当地俗称"秃秃秃"的机动三轮车。这种车上只有硬板凳，开起来像只青蛙，活蹦乱跳。叶蓁蓁被颠得浑身好像就要散架，耳朵里"沙啦沙啦"的，脑袋像个沙锤。车子终于停下来时，天已经全黑了。

村口有人在接他们。他们本没带多少东西，秦明手上的一个包一下车就被他的弟弟抢过去了。秦明的父亲有点手足无措，他见叶蓁蓁背了一个小包，马上就来伸手拉，叶蓁蓁推让了几下，也就由他了。她本想说这包是女孩随身带的，但她不知道怎么说，也不好意思。秦明和他的家人不停地说着稻乡的土话，她一句也听不懂。他们沿着一条灰色的土路向村子里走去。村里有电，但灯光暗淡。叶蓁蓁想，要在这儿待几天呢？

秦明的家在村边上，后面是一条河，前面是别的人家。房子有三间，中间堂屋，一盏电灯高高地吊在梁上，光线昏暗。他们到家时，秦明的母亲正在煮饭弄菜。厨房在院子里，他母亲里里外外忙个不停。她弄好了，招呼叶蓁蓁吃饭，想开口，想是怕她听不懂，只做了个含糊的手势。

饭菜是丰盛的。秦明的父亲一直要秦明给叶蓁蓁夹菜，后来索性自己动手。大块的肉，大段的鱼堆在她碗里，但叶蓁蓁坐了长时间的车，没胃口。而且她觉得，菜太咸了。

晚上睡觉也成了问题。东房间原来是秦明父母睡，西房间秦明的弟弟住。秦明他们一回来，他父母想把自己的房间让出来给他们住，但他们不知道儿子和女朋友是否愿意住在一起。秦明和他父母叽咕了一会儿，红着脸出来问叶蓁蓁。叶蓁蓁狠狠瞪了他一眼，说，你们倒想得挺好！我可不愿睡你父母的床。你原来在家睡哪儿？秦明说，我和我弟弟睡在西房间。叶蓁蓁说，那我就睡西房间，叫你弟弟出去借宿。秦明涨红着脸，躲闪着她的目光说，那倒是可以，只是西房间只有一张床。叶蓁蓁说，那你也出去借宿嘛！我可是跟你说好的，我只是来玩玩的。秦明想说什么又没敢说，低着头去安排了。

忙了好一阵才算睡下来。但叶蓁蓁几乎一夜没有睡着。盖的是新买的一床浴巾，天也不是太热，可叶蓁蓁总觉得浑身痒痒不对劲。床上似乎有一种说不出的怪味儿，好像是一股小男孩发育期的气味。她把枕头反过来，身子睡在他弟弟不常睡的床的外沿，蚊子又趁机隔着蚊帐咬了她一夜。翻来覆去刚要迷糊过去，又要方便一下。秦明临出去时交代了，就用床下的痰盂，但她一蹲上去，叮叮咚咚一响，吓了她自己一跳，生怕东房间他的父母听见。这么一折腾，睡意全无。不一会儿，远近的公鸡开始叫，秦明的母亲也起来喂猪了。

第二天一起来，叶蓁蓁脸上气色很不好。她想把痰盂拿去倒了，但又不知道厕所在哪儿。正迟疑间，秦明的母亲进来了。叶蓁蓁刚想问，秦明母亲已经来端痰盂，她拦也拦不住。她又急又羞，好像不知有多少隐私被别人看见。由此她一天的心情都变得很恶劣。对别人她还算礼貌客气，对秦明就有些爱理不理。秦明好像伺候个大小姐，没人的时候总赔着个笑脸，生怕她不高兴。他家的厕所和猪圈毗邻，人和猪合用一个粪池；厕所没有门，只有张帘子挡着，人在里面，隔壁有猪在哼哼，还要提防外面的人贸然闯进来。叶蓁蓁上厕所他就在外面看着。一天过去了，两个人都很累。

白天，他家里常有一些亲戚来串门，叶蓁蓁知道他们是来看城里来的"新媳妇"的。他们用稻乡口音的普通话和她聊天，叶蓁蓁话不多。还有些好事的亲戚言辞闪烁地打听她和秦明什么时候办喜事。她又好气又好笑。第三天晚上，他们到河堤上散步，叶蓁蓁说，她想回麦城了。秦明说，不是说好了住十天的吗？叶蓁蓁说，你不觉得我们都很累吗？你父母亲整天忙个不停，我们走了他们就可以歇歇了。秦明不答话。叶蓁蓁说，要么我先走，你再待一段时间吧。秦明说，我当然和你一起走。

秦明提出要走，他家里并没有多做挽留。他父亲虽是个农民，但是相当聪明，他也许最先看出了儿子的这桩婚事最终只能是一场空。他连"把儿子托付给你，你帮我们好好管管他"之类的套话都没有说，倒让叶蓁蓁有点心中耿耿。在回去的汽车上，叶蓁蓁心情轻松。她知道，自己是再也不会到这个地方来了。她心里如果有爱，也只是爱在麦城的秦明；再往深处想想，她爱秦明到底又有多深呢？也许是被什么说不出的东西夸大了吧！

他们回到了学校。剩下来的假期叶蓁蓁忙了一阵。先是分配教工宿舍，搬家，然后临近开学了，又开始办手续，到新单位报到。这时候她心里和秦明已经有了一点隐约的距离。她几乎已经看到了他们的结果。为了避免经常和秦明待在一起，她基本上不住教工宿舍，差不多每天都回家。

秋天的时候，秦明的母亲来麦城看病，叶蓁蓁还是陪了好几天。但她越来越不耐烦，她非常怕同事们看见。有一次他母亲在医院门口随地吐痰，被人家抓住要罚款，她倒是想把钱一交就走路，但他母亲不肯，在那儿吵吵嚷嚷，叶蓁蓁觉得非常丢脸。秦明母亲看病花了不少钱，自己带来的钱很快用完了，就用儿子的。秦明觉得这天经地义，叶蓁蓁却看不下去。为了钱，他们也大吵了几次。秦明的母亲看在眼里，心中气苦，病没看出个名堂就回去了。为这事，叶蓁蓁和秦明都伤了感情。

　　叶蓁蓁在新单位上班，事情很多。单位是老单位，她是新手。她在心里打定了主意，和秦明的交往应该结束了。这种交往的目的地应该是婚姻，但是显而易见，那个婚姻必定是不美好的，既然这样，那就应该果断终止。叶蓁蓁是个拿得起放得下的人，这使她比一般女孩要高明，也就比较厉害，虽然她看上去是那么温柔，但这只是表象。她大学的同室蔡坤毕业后分在了工业局，有时还来玩玩。叶蓁蓁对秦明的冷淡连她也感觉到了。有一次秦明来看叶蓁蓁，蔡坤正好也在。叶蓁蓁的态度冷淡而客气，她甚至又开始称秦明为老师了。秦明脸上挂不住，一会儿就走了。蔡坤看不过去，起身送他。蔡坤是个直性子，送走了秦明一回来，就问叶蓁蓁到底是怎么一回事。叶蓁蓁不愿回答，只说合不来。蔡坤说，怎么合不来，你们那时候不是挺好的吗？我还有点嫉妒哩。叶蓁蓁说，这种事情怎么讲得清呢？我还看你跟你那些男朋友都挺好的哩！你还不是都跟他们散了？蔡坤说，那不一样的，秦明人很实在，要不是他，你肯定留不了校的。叶蓁蓁警觉地说，这是他刚才对你说的？蔡坤说，我也这么想。叶蓁蓁眼睛盯着桌上那把刀，冷笑着说，随他怎么说吧，反正我和他是一刀两断了！蔡坤看着叶蓁蓁铁青的脸，由衷地说，你比我行，我真的要向你学习。叶蓁蓁拿着那把刀，手上玩着心里想：这不是学就能学来的。她想起了高中时的那次恋爱，也想起了她从秦明身上得到的那些实在的帮助，刹那间心中也闪过了一丝愧疚，但这也只是一闪之念而已。

　　他们也并没有大吵一场再分手，渐渐地，秦明也就不来找她了。他们还生活在同一所学校，吵得反目成仇满城风雨对谁都没好处。秦明在路上再见到叶蓁蓁，只远远地点点头，算是打个招呼。不管分手的具体原因是什么，就结果来看，他是被这个女孩利用了，但他没有办法。事实上，被别人踩在脚下的垫脚石，是很少有机会叫屈的。

这个女人哪，不寻常！秦明也只能叹口气而已。

其实平心而论，叶蓁蓁在这件事情上倒似乎并没有一个完整的计划，她只权衡利害时比较精明，斩断羁绊时比较果断而已。或者说，她非常实际。

4

叶蓁蓁到学报工作，张副主编并不太欢迎。他自己的女儿高中毕业没考上大学，在学生宿舍管理科当临时工。这孩子自己学习不行，不成器，倒怪父亲没手段，不能给她谋个好差事。张副主编当然不至于硬想把这样的女儿弄进自己单位，但一个和女儿年龄相仿的女孩子得到了他手下的这个职位，他心里总有些说不出的不愉快。平心而论，叶蓁蓁精明、温顺，并不讨厌，甚至可以说还很讨喜，她也才只是一个新手，本可以先带一带，但张副主编对她的要求很严格。她未来以前，张副主编曾说过，校对这个工作可不是要去统计错别字，是要去找出错别字的，现在张副主编自己倒常常做一做统计错别字的事。他把校样里叶蓁蓁漏校的错别字用红笔圈出来，轻轻地放在叶蓁蓁桌上，叶蓁蓁的脸一下子就全红了。他在人多时并不提这件事，算是给叶蓁蓁留了面子。叶蓁蓁很快体会到了他的老辣。学报的作者们写出一篇论文都算得上是呕心沥血，对论文里出现的错别字都特别敏感，叶蓁蓁虽然还没有出过大纰漏，但她上班不久就亲眼见到了一个作者来编辑部告她的前任的状，她觉得压力挺大。

　　她尽力地熟悉业务，同时，她也悄悄观察着单位的情况。她发现，主编的年龄已近六十，虽然暂时还掌握着实权，但肯定很快就要退下去。张副主编和主编的关系比较尴尬，可他掌握着单位的未来，这也就掌握着她叶蓁蓁的未来。叶蓁蓁对主编是心存感念的，要不是他拿主张，叶蓁蓁进不来；但叶蓁蓁和他保持着一种很有分寸的关系，她听话、勤恳，但这都止于八个小时内。她打定了主意，那就是：两个领导的话她都听，但如果两人意见相左，她最后还是听张副主编的。幸亏她还只是一个校对，这样让她为难的情况极少；少到统计规律还起不了作用，还没有人能据此看出她内心的取舍。

　　和所有有野心的副职一样，张副主编原来很担心来一个不贴心的人，现在他终于发现，叶蓁蓁是乖巧的，聪明的。正当用人之际，单位原来的人立场都已定，对新来的人更应该着意关照。他对叶蓁蓁的态度好多了，就连讲话的语气也和蔼了不少。他们的学报是月刊，校对的工作量并不大，叶蓁蓁熟悉了以后，尚有不少空余时间，她问张副主编，有没有什么事情要她帮忙。张副主编考虑了一下，拿给她一篇文章，让她试着编编。张副主编看见叶蓁蓁的眼睛亮了一下。他明白，这个姑娘是不会甘于长期当个校对的。

　　那段时间叶蓁蓁非常忙。文章是一篇校外稿，题目是《从实验到案头》，论述的是科技著作的写作方法。文章非常浅显，严格说来，不能算是一篇论文，但她编得很认真，这不光因为这是她第一次编稿子，而且她注意到，文章的作者是麦城师范大学的校长。编这篇文章时，叶蓁蓁有一种莫名的兴奋感。她敏锐地注意到了文章后面的背景，具体是什么，她还说不清楚，但她本能地意识到她应该走进去。文章罗列的参考文献略有些语焉不详，她请示了张副主编，得到同意后，她打算直接去跟作者联系。

光是这篇文章她还不至于太忙，后来蔡坤又来添了不少麻烦。那天晚上，叶蓁蓁正在看书，蔡坤来了。她进来后没有把门随手关上，红着脸瞟瞟门外。叶蓁蓁知道后面肯定还有一个人，是她的男朋友。叶蓁蓁开玩笑地说：come in！不想应声进来了一个金发蓝眼的外国人。叶蓁蓁吓了一跳。蔡坤说，这是思麦尔，师大的留学生。思麦尔说，你好！说着伸出毛茸茸的手。叶蓁蓁握着手，偷偷瞥蔡坤一眼，蔡坤倒是大大方方的，叶蓁蓁反而有点脸红。

叶蓁蓁拿出瓜子和水果招待他们。思麦尔规规矩矩坐在椅子上，只要了一杯茶，神情像个小学生。叶蓁蓁一时不知道怎么开口。蔡坤说，思麦尔是美国加州来的，学汉语。思麦尔又说，你好！

叶蓁蓁忍不住想笑。她问，在中国生活习惯吗？

思麦尔说，习惯。我、爱、中、国。

他这几个字是一字一句说出来的，显得十分诚挚。叶蓁蓁不知道，其实几乎所有的老外对他们不熟悉的中国人都是这么说的，这差不多已经成为一种套话。她好奇地问，你爱中国什么呢？

思麦尔说，中国画好看，字也好看。中国的女孩漂亮，——说这话时他看了一眼蔡坤。他说，中国菜非常好吃！

叶蓁蓁忍不住笑了出来。她一下子想起了蔡坤的姓氏。两菜一汤。蔡坤愣一下，也笑起来。思麦尔不解地看看她们。

叶蓁蓁忙说：没什么。我们想起了一个故事。蔡坤急忙向她瞪了一眼。

思麦尔说，故事？见她们两人好像不想说，也就不问了。他说，叶小姐，你在什么地方工作？

叶蓁蓁说，我在学报上班。

　　思麦尔不知道学报是什么。蔡坤拿过一张纸，写：学报，教他念。念完了，又用叶蓁蓁的刀子把纸裁成一个小方块，递给思麦尔。思麦尔从口袋掏出一个小本子，原来里面还有不少这样的卡片。上面写的都是汉字，有的是蔡坤写的，另外一些想来就是思麦尔自己写的了。思麦尔的字迹歪歪扭扭，和中国小学生写的还有不同，很像是中国的中风病人为恢复功能写的字。

　　他们就这样聊着天，不知不觉已经十一点。叶蓁蓁看他们还不想走，开始猜测他们的来意。她用眼睛询问了蔡坤好几次，蔡坤才扭捏地说，你的同室怎么还不回来，出差了吧？

　　叶蓁蓁说，是啊。要十几天哩。

　　蔡坤说，我想来住几天。

　　叶蓁蓁吃了一惊。她说，好啊。可你单位不是有宿舍吗？她觉得有点蹊跷。

　　蔡坤对着她耳朵悄悄说，我有麻烦了。要上医院做掉，在你这儿歇几天。

　　思麦尔假装翻着卡片，不朝这边看。叶蓁蓁轻声问，是他的吗？蔡坤点点头。叶蓁蓁说，那你不是可以住到师大的留学生宿舍去吗？你可不能便宜了他，他应该照顾你。

　　蔡坤说，他们外国人不懂得坐小月子的。

　　叶蓁蓁说，那我就懂啦？我可不会伺候你。

　　蔡坤说，我不要你伺候。我只要个地方休息就行了。

　　叶蓁蓁看她实在有些可怜，只好答应了。那边思麦尔看她一点头，神情也松弛了下来。叶蓁蓁隐约觉得思麦尔并不简单，蔡坤可能又要吃亏。但叶蓁蓁不想再多嘴。蔡坤吃亏也不是这一次了。

　　到医院的那一天叶蓁蓁也去了。说是陪蔡坤，其实她自己心里也有点好奇。那是个上午，麦城妇产医院的人很多，大多是成双成对来的。蔡坤本不愿让思麦尔跟着，但他执意要来，想来也是好奇，也就由他了。思麦尔在医院门口一出现，就有不少人盯着他看，还有人窃窃私语，直瞅着蔡坤和叶蓁蓁的肚子。叶蓁蓁很恼火，因为蔡坤的肚子看上去和她的并没有什么两样。思麦尔大概也感觉到了什么，不肯再进去。三人说好，思麦尔在外面等着。

做人流的大多是些二十上下的姑娘。走廊的长椅上坐了不少人，一个卫生员拖着个筐子走过去，里面装满了沾着黄药水和血污的卫生纸和棉球。蔡坤的脸开始发白。叶蓁蓁这时才知道，蔡坤早就来预约过。叶蓁蓁拿着她的预约单到窗口去缴费，然后回来陪蔡坤坐在长椅上等着喊号。

手术室外面有一个弹簧门，一个慈眉善目的医生坐在门口，喊到一个，就把她领进去。有一个姑娘做好了出来，脸色蜡黄，好像步子都迈不稳了；被喊进去的姑娘脸都吓白了。叶蓁蓁去看了一下排队的病历，还有好一会儿才轮到，就让蔡坤先等着，自己下去走走。蔡坤可怜巴巴地看着她，但叶蓁蓁心一硬，还是走了。她已经有点后悔陪蔡坤来了。

她下了二楼，出了医院，看见思麦尔正在医院前面的一个书摊那儿看书。叶蓁蓁走过去，拍拍他的肩。思麦尔一回头，见是她，就问，多少钱？叶蓁蓁把数目告诉他，思麦尔说，太贵了，太贵了。他说，我们上去看看吧。叶蓁蓁不愿意跟他上去现世，故意落在他后面好远。

叶蓁蓁上了楼，看见思麦尔正在弹簧门那儿对那个医生说着什么，好多人围在旁边。叶蓁蓁没有看见蔡坤，想来她已经进去了。思麦尔的汉语半生不熟，但大意大家都还能听懂。他说，手术费太贵了。我的女朋友已经来过一次，我知道中国有个制度，第二次是可以打折的。那女医生大出意外，好半天才听懂他的话。她又好气又好笑，说，什么打折，你以为是买处理品啊？思麦尔说，你不相信她是第二次来吗？你可以看病历嘛！围观的人全笑起来。女医生见他不是开玩笑，气得说不出话，想骂他，又不太敢。人群开始起哄，叶蓁蓁见势头不好，不敢再躲在外面作壁上观，忙挤进去一把把他拖出来。思麦尔不服气，嘴里还叽里咕噜不知讲的什么东西。叶蓁蓁拖着他走到医院外面，要他先走。不由他分说，拦辆车把他塞进去了。

叶蓁蓁后悔死了。思麦尔要来，她之所以没有反对，是因为她自觉事情与自己无关，他跟着来挺好玩的，不想倒大大地出了一次洋相。她本不想再上去，但一看楼上，还有不少人从窗户往外看。她想她还是应该回去，要不然人家还不知要怎么想。她急急地上了楼，对那个正在那儿大骂的女医生说，你别生气，这个老外神经有毛病，我们公司马上就要把他遣送回国了。女医生说，他真有神经病？我看他是个外国瘪三！又问，你是他什么人？叶蓁蓁说，我是公司的翻译。女医生说，这些女孩真不得了，外国瘪三都要。叶蓁蓁说，现在这种事儿呀，嗨！她声音很小，生怕里面的蔡坤听见。她见周围的人看自己的眼神都正常了，才放了心。这件事本来就与她没关系，至于别人怎样去想蔡坤，叶蓁蓁顾不上了。她今天已经够意思了。

蔡坤在里面疼还疼不过来，她只知道外面有事儿，却不知道与自己有关。她从里面出来，脸色蜡黄，两腿岔岔的。她一点也没注意到别人看她的眼神。她还想歇一歇，叶蓁蓁却把她一搀就往外走。她们一下楼梯，后面的人就笑了起来。蔡坤不知端底，有气无力地骂，少见多怪！轻轻闭上了眼睛。

她们打车回去。叶蓁蓁在车上想，现在和外国人谈恋爱的人太多了，那些写这些的小说还推波助澜，真是害人不浅。蔡坤这次恋爱肯定又是不得善终。那个女医生说得对，思麦尔是个外国瘪三！

　　蔡坤在叶蓁蓁那儿住了一星期。叶蓁蓁不想再烦，也就没有多少事儿。思麦尔只在第二天来坐了一会儿，后来就不见踪影。星期六那天，蔡坤待不住了，要走。叶蓁蓁也不留她。她知道蔡坤肯定是要去找思麦尔。叶蓁蓁没有多说什么，由她去。蔡坤在这儿几天，叶蓁蓁手上的事或多或少被耽误了一些。她一想起思麦尔跟人家谈打折的事就要笑；一想起妇产医院的弹簧门里隐约传出的女人的叫疼声，又惕惕自警。她可不想到那种地方去。

　　蔡坤走后的第二天，叶蓁蓁就开始与那篇论文的作者联系。叶蓁蓁不是个爱读书的人，但她和作者见面以前，把那本编辑必读的《著编译审校指南》中的有关章节又翻了一遍。这是工具书，读了有用。说到底，叶蓁蓁认为读书本身也是一种工具，或者手段。她心里有了底，就约好时间，同作者见面。

　　师大的余校长是图书情报专业出身，作为一个学校的校长，他的学问并不高。连叶蓁蓁都有点奇怪，他怎么会去写这样一篇严格说来只能算是科普文章的"论文"。后来叶蓁蓁当然知道了，余校长不会做学问，但是很会做领导。初次见面，叶蓁蓁相当紧张。他们约好的时间已经临近下班，叶蓁蓁踩着光可鉴人的紫红色楼梯，上了师大校长办公楼的二楼。她怯生生地敲开了门，余校长正在里面等她。

　　余校长的办公室铺着地毯。见她进来，余校长从办公桌前站起身，招呼她坐在沙发上，自己在另一张沙发上坐下。余校长说，为了一篇文章，你们还这样认真，值得我们的学报好好学习。叶蓁蓁说，哪里，您能给我们赐稿，我们那儿上上下下都很重视的。

　　这时候有人敲门，进来的是校办的公务员，他拿了一份文件请校长签字。余校长说，你先放在桌上吧，我下午再看。你先去给这位叶编辑泡杯茶。他说，我的杂事太多，文章还要多麻烦你。叶蓁蓁说，您太客气了。她带点顽皮地说，我正好可以借机向您请教，我还是个新手哩。余校长说，好，好。

　　叶蓁蓁拿出文章的校样和一个笔记本，他们开始具体地谈文章。到了下班的时间，他们已经把问题基本解决了。叶蓁蓁发现，余校长其实并没有她原先想象的那么威严，那么高不可攀。事实上，大多数领导的严厉都是表现给他们的下属看的，这是一种需要。校长可能会对他的副手发火，把他骂得狗血淋头，但他决不会向一个普通的职工发脾气。叶蓁蓁在大学里已经待了几年，今天还是第一次到一个大学校长的办公室里来，虽然余校长不是她那所学校的校长，叶蓁蓁还是感觉到一种发自内心的兴奋和刺激。她觉得这有一种说不出的挑战性。

　　余校长下班了，叶蓁蓁也跟着出去。到了师大外面的十字路口，叶蓁蓁决定不回学校的宿舍了。她发现如果她回父母家，她就可以和余校长同一段路。余校长的家离师大不远，叶蓁蓁推着车陪着他走。他们边走边闲聊，原来余校长和叶蓁蓁单位的两个领导都是熟人。余校长很高兴，一路上脸上都带着笑容。平常在这段路上他一般都是板着脸的。经常有人等在路上向他反映学校的情况，他很烦这个。他只有一个儿子，走在身边的叶蓁蓁此刻倒很像是他的女儿。余校长突然发现，能够心情轻松地走在这段路上，是多么愉快。他是个校长，位高权重，但他其实也缺少人的亲近，那种看上去不带功利目的的亲近。其实接近领导，有时并不像你事先想象的那么困难，细心的叶蓁蓁体会到了这一点。

　　走了大概一站路，余校长的家到了。这是位于宁夏路和青岛路交会处的一小楼，一道弧形的围墙把小楼和马路隔开。叶蓁蓁没想到余校长的家就在这儿，每次回父母家，她都要路过这里；每每经过这儿，叶蓁蓁在自行车上瞥见围墙里的深宅大院，心里都会闪过一丝没来由的嫉妒和向往。她现在站在铁门外，余校长问，不进去坐一会儿吗？叶蓁蓁迟疑了一下，忍住进去的欲望，说，不进去了，今天已经耽误您不少时间了。余校长说，那好吧，有事你可以再跟我联系。

余校长摁摁门铃，开门的是一个小伙子。余校长说，这是我儿子，余志。对了，你们还是同行。叶蓁蓁伸出手，说，你好。两人握握手。

余志是《科技信息报》的编辑兼记者。其貌不扬，看上去有点大大咧咧。叶蓁蓁和他的初识是不期而至的。后来余志对她说，第一次见面他就对她有了一个好印象，他说，我一见你就爱上你了！

叶蓁蓁骑上自行车，离开了余校长家门口。她有点兴奋，骑得很快，红色的风衣被迎面的风鼓起来。她沿着弧形的围墙骑过去，像一道弧线从一个圆的外面划过去。她预感到，自己总有一天会进入围墙里面的那个世界。她说不出有什么理由，只是隐隐地感到她很想进去。她想着，她盼望着，这就足够让她兴奋了。

5

叶蓁蓁已经半个多月没有回家了。她内心一直不太愿意回去。她明白，自己总有一天会进入另外一个家庭，或者说会自己组建一个小家，不管怎样，总归会比现在她父母小巷子里的家要美好、体面。她骑车回家时，父亲正在巷子口和几个老头老太打牌，她打了个招呼就绕过去进了巷子。母亲正在家里忙饭，见她回来，略略有些吃惊。她帮母亲把最后一点菜择好，就回了自己的房间。十多天没回来，桌上蒙了薄薄的一层灰。她本不打算待多长时间，也就懒得去收拾。母亲唠叨着，一边炒菜，一边数落着丈夫的种种不是。油锅里叭啦叭啦响，也听不清她讲的是些什么。叶蓁蓁从小书架上找了几本要带到学校去的书，随意拿一本在手上翻。她今天心情愉快，外面繁杂的声音作为一种背景，把她的心情衬托得格外轻松。母亲把饭弄好了，大声说，喂，你去喊你爸爸回来吃饭！叶蓁蓁说，喊他干吗，他肚子饿了还不知道回来呀？母亲说，他没有数的，打起牌来就没命。这么说着，父亲回来了，一进门就说，哈，又在讲我的坏话。母亲说，我还以为有人会给你管饭哩！

一家人围着桌子吃饭。和以往叶蓁蓁回来一样，老两口儿又开始互相数落对方，希望女儿当裁判。叶蓁蓁笑眯眯地只管吃饭，不搭理他们。两人觉得无趣，慢慢也就住了嘴。饭快吃完了，老太太冲老头连连使了几个眼色，老头先是假装看不见，赖不过，问叶蓁蓁说，你和那个姓秦的老师，现在还来往不来往啊？叶蓁蓁说，来往啊，怎么啦？那怎么不见他到我们家来呀？叶蓁蓁说，他来干什么，本来就是一般的朋友嘛。你这么惦着他干吗？父亲语塞。她母亲说，你们原来不是挺好的吗？你暑假不是还——叶蓁蓁打断她的话，说，好了，我知道你们的心思。你们放心好了，我的事自己会拿主张的。她笑嘻嘻地说，到时候保证让你们高兴就是了。

老两口儿对视一下，都觉得女儿是真的长大了，有点捉摸不透。但女儿很开心，似乎胸有成竹，这一点他们都能看出来。既然这样，他们也就不烦了。叶蓁蓁的父亲吃完饭又拿出一个小酒杯，倒了点洋河咪一咪。他年轻时也曾是个聪明人，只不过他性格的刚度不够，庸常的生活过快地把他给磨圆了。退休后除了打打牌，他也莳弄莳弄花草，有时候还温习温习古诗词。桃之夭夭，其叶蓁蓁，他曾把女儿名字的出典讲给她听，女儿只是撇撇嘴。她对父亲的掉书袋没兴趣。

叶蓁蓁吃完饭，喝了杯水，就不愿再待。她把几本书带上，就骑车走了。经过余校长家时，她看了一下表，离上班还有一个多小时，那两扇大铁门关得死死的，里面的人想是都在午睡。这个时间是不会有人从那里面走出来的。叶蓁蓁把脚踩在路牙上稍一迟疑，蹬上车子走了。

以后叶蓁蓁又找过余校长两次，第一次是把清样送给他过目，后来杂志印出来了，叶蓁蓁又给他把样刊送去。叶蓁蓁没有事先打招呼，她提前半个小时下了班，带上样刊在余校长家门口等。不一会儿，余志先下班回来了。那天叶蓁蓁显得很漂亮，一如她平时那么恬静，但又多了一丝俏丽。余志见了她眼睛一亮。叶蓁蓁说，我回家路过这儿，正好把样刊给你爸爸带来。余志说，我爸爸今天中午在学校开会，不回来吃饭了，你把杂志给我吧。叶蓁蓁把杂志递给他。余志说，你们学校我有好几个朋友，下次去找你们玩。叶蓁蓁说，你认识谁呀？余志说了几个名字，叶蓁蓁"哦"一声，点点头，其实这几个人她一个也不认识。叶蓁蓁说，你要来先给我打个电话吧。余志马上掏出自己的名片给叶蓁蓁；叶蓁蓁没有印名片，余志又拿出一张名片，在背面把她的电话号码记下了。

几天后，叶蓁蓁接到了余志的第一个电话。她心里对这个电话是有准备的，但还是觉得有点意外。余志说，我现在就在你们学校的南园门口，我找那几个朋友玩，他们一个也不在。叶蓁蓁说，你没跟他们约好吗？余志稍一愣，说，我是到附近办事，顺便找找他们的。你快下班了吧，我们一起走好吧？叶蓁蓁在电话里沉吟了一下，其实她在心里早已答应了。

这算是他们的第一次约会。后来他们的见面就逐渐频繁了。他们互相都有主动约对方的时候，但一般都要找一点借口，制造一点偶然。叶蓁蓁了解到，余志还没有女朋友，原先谈没谈过，她并不在乎。显然，余志喜欢叶蓁蓁，把她当女朋友来处；而叶蓁蓁也很中意余志，她觉得他合乎自己的理想。

他们经常在一起玩。他们的交往是一种典型的都市青年的恋爱程序。看电影，坐茶馆，逛公园，等等。晚上，在无人处，他们拥抱、接吻，但还没有发疯，或者说，叶蓁蓁控制着他们恋爱程序的进度。发疯的这一天应该是难忘和无可反悔的，她决不能轻率。叶蓁蓁意识到，虽然说余志有一个相当醒目的家庭背景，但实际上他并不像外人所惯常想象的那样老练或者纨绔。因为家里管得紧，他虽然看上去大大咧咧，其实内心甚至还有一点腼腆。这很好。叶蓁蓁觉得自己运气不错，因为她明白，即使余志具有干部子弟常见的那些毛病，她还是要和他恋爱的。

叶蓁蓁偶尔也跟余志到他家里去。第一次去的时候，余志掏出钥匙把锁打开，用力一推，宽大的铁门上的那个小边门吱呀一声打开了。余志进了门，看叶蓁蓁愣着不动，说，进来呀。叶蓁蓁好像突然醒过来似地，抬脚跨进了那道门槛。一时间，她心中感慨，但是难以言说。院子很大，小楼位于院子的北边。通往小楼的小路边长了几棵梧桐树，还有一棵雪松，枝叶间有一些鸟儿在闹。路边的小苗圃里胡乱长了一些鸡冠花和菊花，花倒是开着，但显得脏兮兮的。叶蓁蓁想，这么好的一个院子，其实长一些月季花多好呢？如果怕麻烦，弄几棵黄杨或者铁树，一年四季都有了绿色，也很不错的。叶蓁蓁对花木所知有限，她所想到的几种花木都在她父亲的花盆里长着。

余校长和他夫人都看出儿子和叶蓁蓁正在谈恋爱。余校长对叶蓁蓁印象很好，他认为娇生惯养的儿子正需要这样一个文静而又懂事理的妻子。夫人则不同，她对一切来找她儿子的女孩都有一种本能的防范。对叶蓁蓁的家庭出身和学历她也不甚满意。这些她虽然不放在脸上，但叶蓁蓁打电话来，她接了，经常会说，他在睡觉，或者，他今天在家里有事。叶蓁蓁在门口等余志，她会对儿子说，早点回家，不要玩过头了！叶蓁蓁当然能听出这些话的弦外之音，但她假装没听懂。她知道，最后的结果取决于余志，而余志依恋着她，基于这一点，她的命运掌握在自己手里。

余志家有一个五十多岁的苏北保姆，她整天埋头做事，话很少。保姆第一次开口就吓了叶蓁蓁一跳：她的口音和秦明的母亲实在是太像了。她的心头掠过了一丝愧疚，但仿佛是一阵风，一拂而过。遥望在秦明的老家稻乡的那些日子，一切都已经恍若隔世。余志的父母都不在家的时候，她有时会帮保姆择择菜，拉拉家常，从这里她可以了解余志家很多不为外人所知的细节。保姆和叶蓁蓁很亲近，她心里知道，自己无论在这个家里做多久，干得多卖力，也永远只是一个保姆，而她预感到，眼前的这个姑娘终究将成为这个家庭的女主人。她本能地愿意帮助叶蓁蓁。叶蓁蓁打的电话如果是她接的，她会避开余志的母亲悄悄地喊余志来接。叶蓁蓁择完了菜，兴致上来还要帮她洗，她总是急忙拦住：别，别，怎么能要你洗呢！她不光是怜惜叶蓁蓁，同时也带一点讨好的意思。

有一天晚上叶蓁蓁和余志到天音广场去跳迪斯科。这是麦城最好的迪斯科舞厅，里面的重金属音乐震耳欲聋，声浪仿佛无形的冲击波击穿了人们的心智，穿透了每个人的肉体，所有的人都好像黑色透明的影子在舞场中颠动。桌子凳子杯子在轻微地颤，人在大幅度地扭，大厅在声浪的轰击中颤抖。叶蓁蓁和余志面对面地跳，他们似乎在互相撩拨，又好像在进行一场较量。聚光灯下的领舞台上，一个长发披肩的男歌手声嘶力竭地喊：朋友们，该说的我们说了没有？底下答：说了！歌手喊：那么该做的，我们做了没有？底下更大声地答：做了！仿佛所有的人都疯了。

一曲跳完，接着的是一支"老萨"，余志紧紧地搂着叶蓁蓁，随着音乐轻轻地晃动。余志对着叶蓁蓁的耳朵柔声问，该做的我们做了吗？叶蓁蓁含笑答道，可该说的我们说了吗？余志说，说了，说了，我爱你。他说，我们回去吧。

　　出了舞厅，叶蓁蓁问，我们去哪儿？余志说，当然是到我家。太热了，我们去坐坐吧，时间还早。我爸妈到一个朋友家做客，肯定还没回去。

　　他们打车到了余志家的门口。余志轻轻地开了门，他们蹑手蹑脚地上楼，楼梯间是保姆的卧室，他们生怕被她听见。楼梯是木头的，脚步再轻，保姆还是听到了。

　　一进余志的房间，叶蓁蓁就被紧紧地抱住了。余志发烫的面颊贴在叶蓁蓁温热的脸上。我要你，我要你，余志颤抖地说。他一只手紧紧地抱着叶蓁蓁的肩，另一只手按在她的臀部。他们深深地接吻，两人的舌头仿佛水桶里的两条鱼。叶蓁蓁晃晃头，偏开来，刚要说什么，余志一把抱起了她，走到床边。他们倒在了床上。叶蓁蓁说，不能，不能这样，我害怕。余志说，我要，我要。他已经把叶蓁蓁上衣的扣子全部解开了。他开始摸索裙子的拉链。叶蓁蓁撑住他的身体，说，这不对，我们应该等到结婚。余志说，就是今天，今天就是我们的新婚之夜。他的身体重重地压了下来……

　　叶蓁蓁的身体微微发抖，宛如微风拂动的树叶；但这树叶不是风中的落叶，它通过枝条和树干，与根连在一起；风在吹，但树的根没有动。叶蓁蓁也开始激动，她的意识深处有一根神经还一直醒着。他们都没有经验，难免有点不得要领，本能是他们不请自来的老师。他们很快真正地融成了一体。叶蓁蓁轻声说，你轻点儿，轻点儿，我有点疼。余志稍稍轻柔了一些，但很快又疯狂起来。他大声地喘息着。叶蓁蓁突然想起了妇产医院的弹簧门里传出的痛苦的呻吟，她的心咯噔一下，直往下沉，但她立即就勇敢起来，不再理睬这暗处的呻吟。房间里黑沉沉的，叶蓁蓁的大脑里出现了无数晦涩的幻觉，仿佛昼夜交界处的景色。

　　一把刀，寒光四射的柳叶小刀。刀在一棵树的分杈处游动。

刀在游。树皮破了，露出了淡绿色的木质。出现了一个"V"形的缺口。

一根尖锐的树枝凑过来，凑过来。然后准确地挤进了缺口。一股浓浓的树汁汩汩地渗了出来。流下去。

剧烈的奔跑终于到达了终点，余志像挨了一枪似的一震，身体绷成了一张弓，又慢慢地软了下来。叶蓁蓁的脑海刹那间变得透亮。嫁接，是的，嫁接。她多少次见过莳弄花草的父亲给花木嫁接的情形。父亲说，这棵石榴品种不行，嫁接一下就好了。啊，嫁接，嫁接。她的身体的某一处有一种细碎而又坚定的疼痛，她想起了树杈处的刀口上黏稠的液汁。余志翻下身，躺在她的旁边，轻轻地喘息着。他揽过叶蓁蓁，说，叶子，我爱你。

叶蓁蓁嘤嘤地啜泣起来。她说，你把我弄疼了。我也爱你。

这一夜叶蓁蓁睡得很香。窗帘透出晨光时，她醒了。她柔和的目光轻抚着朦胧的光线勾勒出的家具和电器的轮廓，全身感觉到一种长途跋涉后的慵倦。这时候，她听见了走廊的对面余志父母的房间里传出了一连串轻微的声音，她想，他们是要起床晨练了。她推推余志，说，我要走了。余志说，现在吗？叶蓁蓁说，对，要不你爸妈就要起来了。我不想让他们看见。

他们很快地穿好了衣服，下楼。快到楼下时，叶蓁蓁似乎脚一软，踩了一个空，她啊呀了一声。余志吓坏了，他抢到叶蓁蓁前面，三步并两步走向院门，轻声把门拉开了。叶蓁蓁出门时，余志问，脚扭了吗？你怎么回学校呢？叶蓁蓁苦着脸说，有点疼，不过不碍事的。我走回去，正好算是早锻炼。余志不敢多耽搁，说了声，我爱你，就把门关上回去了。

保姆早就醒了，即使叶蓁蓁不在楼梯上扭一下脚，她也猜出了夜里的事情。叶蓁蓁扭脚的声音一响，她在楼梯间里为她干着急。小姑娘家脸皮薄，她生怕叶蓁蓁被余志的父母看见。她当然不会想到，其实叶蓁蓁是不怕被余志父母看见的。她怕，而叶蓁蓁不，这一点注定叶蓁蓁终将成为这个家庭的一员，而她只能做一个保姆。

余志上了楼，吓了一跳。他看见母亲正穿着睡衣在他房间等着。他后悔不迭，刚才怎么就忘了把门随手拉上呢！母亲铁青着脸瞪着他，又把视线射到床上。余志一看床单，火烫了似的把目光跳开了：那儿有一块血迹，他也是才发现。他脸都吓白了。

她走啦？他母亲问。

走了。

你这个浑小子，不知自重的东西！

余志被母亲一骂，索性不怕了。他脖子一梗说，妈，你不要骂我。我是要跟她结婚的。我肯定要跟叶子结婚的，你拦不住我。

余志的母亲气得手直哆嗦。她知道自己拦不住儿子。在这个问题上，老头子肯定和儿子站在一边。自己是孤立的。这时候，余校长过来了，他在门口探了一下头，说，好了，换换衣服去跑步吧。再不出去路上的行人就多啦！

此时，叶蓁蓁正走在通往学校的路上。毕业后，她还没有这么早起来过。她走得不紧不慢。不少身着运动衣的人在马路上跑步。

叶蓁蓁觉得空气清新极了。

6

不久以后，叶蓁蓁和余志结婚了。结婚后，他们就住在那座小楼里。新房相当漂亮，婚礼也很热闹，叶蓁蓁学校的校长和学报的两个领导都去了。

　　婚后的生活很平静。余志的母亲对她客客气气，但并不亲密。余志的母亲很喜欢小孩子。家里有带孩子的客人来，她都要和人家的孩子逗上半天。叶蓁蓁还看出，虽然她在省计生委当处长，但重男轻女的思想大概比普通老百姓还要厉害。叶蓁蓁从余志那儿知道，他母亲经常暗地里问他，他们准备什么时候要孩子。叶蓁蓁意识到，生一个男孩对自己相当重要。她找来了几本生男生女的书和一些什么表格，放在枕边，没事就翻翻。她希望在生孩子这件事上，自己也是幸运的。不过这事还早，她还没有列入计划。

　　她在家里显得很勤快。不过她已经不再帮保姆择菜弄饭，只是特别喜欢整理小楼前的院子，她到城外的林业大学弄来了不少花木，甚至把她父亲的一盆杜鹃和一盆鹊舌黄杨也讨来了。她把杂草野枝全部清除干净，挖坑、灌水，施复合肥，还垒了好几个花台。忙了好一阵，终于将整个院子整治得焕然一新。

　　学报编辑部也有了一些变化。主编退休了，张副主编接任主编职位。给老主编开欢送会的那天，好几个人都讲了很动感情的话。叶蓁蓁一直吃着瓜子，不说话。她心里明白两个领导原来的过节。她可不想为了老主编去得罪现任主编。这种会弄不好就会开成个站队会。但一言不发也说不过去，叶蓁蓁轮到最后才说了几句感谢惜别之类的场面上的话。她料定如果她连这几句都不说，所有的人，包括张主编都会认为她势利薄情得太过分了。

　　事实上叶蓁蓁的判断是不错的。老主编既已退休，张主编也就不去斤斤计较。说两句好话没什么，但说得过于溢美，大动感情，张主编就会认为此人是公开对自己表示不满，甚至是一种示威。叶蓁蓁的分寸把握得最为恰到好处。

细心的人会发现婚后的叶蓁蓁和以前相比有了很大的变化。看上去，她的文静和不多管闲事还一如以往，但她变得比以前随和了。在工作的间隙，她经常和年轻的同事们聊聊天，开开玩笑。她的心态似乎比以前松弛。如果说以前她有点类似于一块略带混浊的冰，大家虽然都知道这块冰里面裹了一点什么东西，但乍一看去有点难以捉摸；现在呢，这块冰化了，成了水，变得松弛而流动。她和张主编的关系也更好了。有一次单位聚餐，同事们互相斗酒，席间难免拉拉扯扯。叶蓁蓁去敬张主编，张主编耍滑不喝，叶蓁蓁就去拉他，似乎是脚下一踉跄，她一头栽到了张主编的怀里。说时迟，那时快，当时也就是一眨眼的事儿，大多数人并未注意。但由此，他们俩的关系无形中又近了一层。

有时候叶蓁蓁在路上会碰上秦明，有一个女孩子经常和他走在一起。叶蓁蓁自忖从长相上那个女孩绝对比不上自己，但她看着秦明和她边走边谈、言笑晏晏的样子，心里还是飘来一丝失落。余志大大咧咧的性格她原本就知道，也不以为意，结婚后，她发现他的这种秉性比她原先想象的要严重得多。叶蓁蓁觉察到，余志可能只在意他自己。他几乎每天下班都要带回几盘录像带，武打的居多，吃了饭乒乒乓乓地看上一晚上。他对自己的事业根本不烦心，反正有父母关照。叶蓁蓁觉得心里有点空。

叶蓁蓁走在校园的林荫大道上，有时心思会很落寞，仿佛是走在深秋里。深秋的原野丰硕而充盈，但地上的芳草日渐萎黄了。

老主编退休一个多月后，编辑部重新安排工作。张主编宣布，叶蓁蓁正式担任编辑工作，校对工作由一个月后将要分配来的一个大学生接任。

这是一道好多人一辈子也没跨过去的门槛。叶蓁蓁回到家，语气平淡地把这个消息告诉了余志。刚才在会上，叶蓁蓁也表现得很平静，只有在从学校到家里的路上，她满面的春风才微笑着洋溢出来。路上没有人认识她。余志看上去倒也很高兴，他说应该庆贺一下。晚上，他们早早上了床，好好地庆祝了一下。

第二天是星期六，不用上班，他们稍稍赖了一会儿床。刚准备起来，床头的电话响了。电话是蔡坤打来的。她可怜巴巴地说，叶子，你来看看我吧。我病了。叶蓁蓁说，什么病，重不重？蔡坤说，你来吧，来了就知道了。

叶蓁蓁已经很久没见蔡坤。乍一见她，着实吓了一跳。蔡坤半躺在她宿舍的单人床上，面色死灰，脸整个小了一圈。现在的她，仿佛一张黑白照片，和"彩色宽银幕"一点边也搭不上。蔡坤一见她，眼泪就流了下来。叶蓁蓁说，你怎么啦？病得很重吗？蔡坤哭得更厉害。她说，我不想活了。叶蓁蓁坐在她床边上，蔡坤一下子抓住了她的手。叶蓁蓁这时才看见，蔡坤的左手腕上围着一圈纱布。她立即明白了。

蔡坤抽抽搭搭，好不容易才把事情说清楚。原来，那个思麦尔几个月前回国了。临走前信誓旦旦，说回国后就要把蔡坤办出去。蔡坤买了很多东西送他，在机场上哭哭啼啼，依依惜别。不想蔡坤再给他去信，思麦尔压根就不回。蔡坤实在忍不住，就按他留的一个号码往美国打长途。她自己英语不行，找了个口语不错的小姐妹代打。不想电话打通了，那边说，We don't have a Smael here.（没这个人！）蔡坤呆了。更可恨的是那个小姐妹不几天就把这件事当个笑话传遍了全单位。蔡坤又羞又恨，一气之下，用刀子在手腕上划了一刀。好在同室的女孩正好回来，喊人把她送到了医院。蔡坤说，我当时真的不想活了。

叶蓁蓁劝了好半天，蔡坤才止住哭。她说，美国比我们先进两百年哩，我就是想出去。

叶蓁蓁想，大概蔡坤是恨自己出生得太早，把到美国去看成是跨越时间、过两百年后的生活的一种手段了。想得倒是不错，可惜计划太虚了。

　　两人又叽叽咕咕说了好一阵话。叶蓁蓁打算走了。临走前，她随手翻开蔡坤床头的书，一看，是《初刻拍案惊奇》。她翻开的那一页正好写有那首著名的诗，诗曰：二八佳人体如酥，腰间仗剑斩愚夫……后面还有两句。如果不看后面两句，写的倒像是个江湖女侠。叶蓁蓁见了好笑，啪地把书合上了。女人让刀沾上人血，不管这血是别人的还是自己的，都只能算是个"匹妇"。她站起身，准备走时，目光正好落在桌上的一把水果刀上，她想蔡坤切脉恐怕就是用的这把刀吧。刀现在很干净，没有血迹，躺在桌上闪闪发亮。叶蓁蓁想起了自己的那把刀。结婚时她扔了不少东西，但这把刀她没舍得扔，她又把它带到了新家。

　　这会儿，那把刀正静静地躺在她家的写字台上。那确实是很称手的一把刀。

暗红与枯白

土

清明节那天，天阴沉着，但没有下雨。我去镇北的墓地给爷爷上坟。

我已经三十岁，爷爷去世也快三十年了。多年来，我一直在外地上学、工作，每年最多回来一次，一般也都安排在春节。也就是说，我已经很多年没给爷爷上过坟了。在我模糊的记忆里，爷爷的坟位于公墓的最北边，那是整个墓地地势最高的地方。据奶奶和父亲说，爷爷的个子很高，在他们那辈人里是非常少见的。父亲说，他小时候跟爷爷去看草台班子演戏，他总是骑在爷爷的肩上，不管站得多远，都没人能够挡住他们两个。我记得，爷爷的坟不光地势高，坟本身也很高。

我去给爷爷上坟，奶奶在前面给我们带路。父亲和姑妈跟在我身后。姑妈手里的提篮里，有几样素菜和馒头米饭，还有一壶酒，爷爷生前就好这个。他一辈子没过上几天好日子，对他来说，酒是浇愁的水，又是治病的药。父亲说，在他的印象里，爷爷似乎一直就是一个佝偻着腰沉默寡言的老头子。在傍晚昏暗的光线下，爷爷独自一人坐在小桌前，他的面前是一个锡质的小酒壶和一碟花生米。他坐在那儿，不说话，偶尔抿一口酒，有年幼的儿女从他身边跑过去，他就拈一颗花生米送到他们嘴边。桌子摆在风灯下面的阴影里，爷爷的脸上没有笑容。爷爷去世时我刚过周岁，对一切还没有什么印象，但我听说他很喜欢我。我过周岁那天，他煮了猪肝，切一片塞在我嘴里，说，吃吧，吃吧，吃了我们长大了就会说官话了。在我们家乡话里，"肝"和"官"是同音的，爷爷肯定希望他的长孙长大后能做官，当了官至少可以不被人欺负。但我已经三十岁了，大概再也不能满足爷爷的希望了。带给爷爷的酒装在他生前常用的锡壶里，锡壶平时不知放在什么地方，每年清明节前几天奶奶就会把它拿出来，擦得锃亮。这锃亮的酒壶现在躺在姑妈的提篮里，随着步伐轻轻摇晃。黑暗的壶中有清澈的酒一路晃动，拖着一道初春嫩绿似的淡淡酒香。

　　爷爷是个老实厚道的人，他只活了不到五十岁。他一辈子最大的成绩就是靠他做烧饼油条的手艺养活了老老小小近十口，而且还把旧屋拆了，砌了一座一上一下的小砖楼。几十年后这座老屋当然已经相当破旧，而且前不久已经被拆掉了，但它毕竟为我们家的人遮挡了几十年的风雨。房子造好后不久爷爷就开始生病，没几年就病死了。可以说，这座房子耗尽了爷爷的最后一点精力。

　　我原本以为爷爷是土生土长的本地人，长大以后我才知道，他不是。爷爷的祖籍究竟在哪儿，他自己也未必知道。我想这肯定是爷爷心中的一块隐痛。他虽然心灵手巧，但识字不多。他无法找到自己的根，就迫切地希望能在这块地方扎下根来。我想这是爷爷当年含辛茹苦、忍气吞声地造起这座房子的更为深层的原因。

　　四十年前的初春，爷爷的房子开工了。宅基地旁边的空地上，搭起了一间小草棚，一家人临时住在里面。前面的几天是顺利的。但第七天一大早，天色变阴了。爷爷担心春天的雨一下起来就没个头，他心急火燎地赶到领班的木匠家，请人家早点开工，他想抢在雨前把梁上好，房子封了顶，就不怕雨淋了。爷爷回到家，没想到工地上已经闹成了一锅粥。爷爷的头"嗡"了一下。他险些晕倒。

爷爷的个子很高，他老远就看见他异父异母的哥哥天忠正和我奶奶指手画脚地吵着，天忠的老婆搬了个马桶坐在人群中间，正在破口大骂。他立即明白了是怎么一回事。围观的人群见爷爷来了，马上闪开一条道，但他几乎没有力气走过去了。

上一辈分家的时候，爷爷的房子里有一条穿堂而过的走道，是留给天忠家去河边用的。爷爷开工前已经找天忠协商过，愿意把新房子造小一点，在房子的西面留一条走道，因为走道摆在新房子里太不像样了，而且实际上根本就没法布局。爷爷和天忠商量的时候显得低三下四，他从小就被他这个异父异母的哥哥欺负怕了。天忠吸着爷爷敬的纸烟摆摆手说，谁叫我们是兄弟呢，你就先开工吧！爷爷万万想不到，到了这个节骨眼上，怎么又翻出这个话来了呢！

这时木匠瓦匠们陆续来了，但他们没法干活。穷人家造房不容易，一天工也窝不起呀！爷爷可怜巴巴地说，大哥，你不是答应过了吗？天忠眼一横，说，我答应什么啦？！天忠的儿子、二十岁的镇工商联主任成如也跳了过来，他手一挥对着众人大声说，你们大家说说，祖上传下来的地基，我叔叔想一家独吞，你们说有没有这个理？

爷爷还想争辩，那边天忠老婆已经把马桶一脚蹬翻了，她跳脚大骂，叫你们砌！叫你们砌！尿屎流了一地，臭气熏天。这是最为恶毒的诅咒。奶奶急了眼，猛地扑过去和她扭打在一起……

那天雨倒是没有下下来，但工是完全停了。那时我父亲兄弟姊妹几个还小，只会坐在草棚子里面哭。爷爷蹲在地上，嘴里不停地说，他们是算准了的，他们这是拿捏我呀！天全黑下来的时候，爷爷突然不声不响地出了家门。奶奶悄悄跟在他身后，她看见爷爷过了小街，进了天忠家的门。她想喊住他，但她终于没敢出声。

晚上，爷爷东借西凑地搬了五担稻子到天忠家。第二天，房子重又开工了。看上去，天忠还是高抬贵手了。

但事实上，爷爷在完成了他一生中最大的一件事业的同时，也给他的后人遗下了一个沉重的隐患。死者长已矣，但恩怨未断。

纵横的田埂上，行人如织。小镇是沿着东西向的"车路河"一路撒开的，长长的小镇延伸着形成了一道弧形，它的北边三四里远相当于焦点的地方就是墓地。上坟的人从小镇的各个巷口走出来，沿着田间小道向墓地汇集。

初春时节，田埂上的枯草开始泛绿，柳树的枝条也吐出了嫩芽。我们走了约莫一刻钟，前面墓地已经遥遥在望了。那儿是死者的世界，是归宿，而身后是他们曾经生活过的尘世。上坟的人都很少说话，熟人见了也只是点点头。我想着我的爷爷，我相信其他的人也都想着他们死去的亲人。天空是阴沉的，那些死去的灵魂也许早已鸟儿一般从墓地腾空而起，盘旋在田野的上空，在行人中寻找着他们各自的家人。爷爷，你看见我们了吗？

暗　红

春节前，父亲分别写信给在青海的叔叔和在省城的我，让我们回来。小镇搞规划，我们家的老屋要拆了。他让我们回来商量。老屋位于小镇的最中心，屋前是小街，屋后是那条贯穿全镇的小河。小河把小镇一分为二，河上有三座桥，中间的一座很久以前叫"中正桥"，新中国成立后改了名，叫"中大桥"。桥上原来有木制的顶棚，是一座廊桥，是夏天乘凉的好地方，但在我记事后不久就拆掉了。我们的老屋就在"中大桥"下。

老屋虽说是一座砖楼，但很不气派，它显然要比小街对面成如家的轩堂高屋矮很多。老屋临水而建，我小时候经常站在楼上趴在吱吱响的木栏杆上向下面的小河里张望，我对东来西往的船上站着的鱼鹰和船尾拴着的狗特别着迷。我觉得划桨的船像鸟儿，而那些橹船后面吱吱呀呀的橹则非常像大鱼的尾巴。我父母亲住在他们工作的中学里，但我每年回去都要在老屋里住上几天。这次春节一回家我就知道，老屋肯定是要拆了。一家人都很伤心，奶奶一说起这个就要掉眼泪，但这是没办法的事。

按规划，小河北边的这一排房子全要拆掉，小河填平，铺成大街。拆迁是从小镇的两端向中间进行的，我亲眼看见推土机把几家拒绝搬迁的房子轰隆隆地推为平地。

我们一家在抑郁的气氛里度过了老屋里的最后一个春节。拆迁的最后期限越来越近了。奶奶原来一直住在老屋里，她本以为可以一直住到死，还可以把老屋传给我们。但现在不行了，她最后的栖身之所不久将被夷为平地。老屋拆掉后，镇上将会在镇外的居民区给一块地皮，再补偿一万块钱，可这点钱怎么够造房子呢？但如果不造，地皮就只好荒在那儿，或者把它卖掉，奶奶跟我父母住。奶奶无论如何也不同意这样。她总觉得我们在这个小镇上应该有一座房子，一个根。奶奶一流泪，父亲和叔叔都慌了，他们咬咬牙说，那就造吧！

叔叔很小就到了青海，退休以前是不可能调回老家了，他和父亲谈

了两个晚上，最后商定父亲和他各出一半的钱把房子造好，房子的产权
归我父亲，奶奶住在里面，日常生活由我父母负责照料；他退休后再回
来住，但不传给他的孩子。父亲起草了一个协议，他和叔叔都在上面签
了字。

　　我对这个方案没有提出异议。父母都已经老了，退休后他们未必会
愿意随我到省城生活，而且我自己也只是一个平庸无能的人，老了以后
没准儿还得回到我出生的家乡。我也得为我自己留一条后路。

　　父亲和叔叔签好协议的第二天晚上，奶奶亲自下厨为儿孙们做了一
桌饭菜。天气很冷，叔叔几天后就要起程回到更为寒冷的青海去，这很
可能是老屋里的最后一顿团圆饭了。奶奶显得挺开心，但席间的气氛总
是有点黯淡。奶奶说，我们在这个地方扎下个根不容易啊！当年造这座
房子，受了多少气，吃了多少苦，你们是不记得了！

　　奶奶一辈子也忘不了四十多年前造老屋时的惨痛经历。奶奶不识
字，牙也掉了不少，她讲不清楚。从我成年以后，她一有机会就讲给我
听，慢慢地，我心里也就有了个梗概。造屋时父亲已经十多岁，很多事
他应该记得，但他对这件事绝口不提，即使奶奶讲的时候他在场，他也
从不插话。小街对面，成如家的房子已经翻建了好几次，我们家的房子
却越来越破败，作为长子，父亲心里肯定不好受。奶奶还在唠叨，叔叔
说，妈，你就别讲了。这次拆迁正好是个机会，我们肯定给你砌一座更
好的，上下三层，怎么样？奶奶说，再好也没有我们这块地皮好啊！一
辈子住在这儿，说走就走了。还有，你说得倒轻巧，你们哪来那么多钱
呢？叔叔说，妈，那你就不用操心了，我们有办法。叔叔讲这话时，声
音挺大，但明显底气不足。我们都不是暴发户，几万块钱，谈何容易！
但我想人有时候也就是为了一口气，爷爷奶奶省吃俭用、精打细算、含
辛茹苦、忍气吞声造成的房子，不能在我们手里被连锅端掉。所有的人

都需要一个老家。

我们吃完了饭，商量着尽快把老屋的东西搬到我父母单位的房子去，讲好第二天去镇外的居民区看看，争取能挑一块好一些的地皮。这个时候，小街对面成如家的大儿子大龙来了。他寒暄了几句，很快进入了正题。他说，奶奶在这儿，两个叔叔也在这儿，他看了我一眼，说，我爸爸让我来说一下，你们老屋要拆迁，镇上划的那块地皮，还应该带我们家一份哩！我们都愣住了。奶奶急了，她大声说，大龙啊，可不能这样说！这房子都砌了几十年了，怎么现在又讲出这个话呢！大龙说，我爸说原来祖上分家的时候这块地方就有我们家的一条走道，你们当年造屋时我爷爷就不同意，好说歹说，我爷爷看在弟兄的情分上才答应让你们造的。现在要拆迁了，当然要弄清爽。他的口气硬起来。我奶奶一急，结结巴巴地说不清楚了，我听出大意是说，当年为了那条走道，我家已经给了他们五担稻子了。父亲和叔叔一直没有插话，那时他们还小，好多内情并不知道。听奶奶这么一说，叔叔插嘴道，给了五担稻子，那就是买下来了。我说，五担稻子，当时可是值不少钱的。大龙突然站起身，把手一伸，说，谁说给了稻子？有没有字据？奶奶呆了，她说，天地良心，我们哪儿想到要立个字呢？！不过听老明海说当时是请了马四来圆弯子的，他知道这个事。

我看见父亲和叔叔的眼睛都亮了一下。大龙冷笑着说，马四早死了，随你们怎么说！父亲显然气急了，他说，大龙啊，你怎么能这样讲呢？那我问你，你说这块地基上有你们家的走道，你们又有什么证据呢？大龙说，我们当然有！

几个人的目光一齐射向大龙。有？在哪儿？四十年都过去了，大龙的爷爷天忠和他奶奶十年前就死了，当事人大多已经故去，历史早该被掩埋了。大龙胸有成竹地说，我们有叔爷爷亲手立的字据。我们一时都愣了，说不出话。叔叔掏出打火机，给大龙递一支烟，点着，说，那我们倒没有听说过，你能不能给我们看一看？我看出叔叔似乎有些紧张。大龙长长地吹出一口烟，说，字据我没带来，在我爸爸手上。他说，你们真要看，等双方都请了证人，约个时间再看吧。他撂下这句话就走了，临走时还让我有空去坐坐。

奶奶一直呆呆地坐在那儿，大龙一出门我们就问她，字据到底是怎么一回事，她听说过没有。奶奶突然哭起来。人家八成不是瞎说啊！奶奶流着泪说，怪不得老头子那天晚上躲躲闪闪地到他家去，这个死鬼呀，一回来就喝闷酒，问他什么也不肯说。他肯定是被逼了没办法啦！人家儿子是工商联主任啊……奶奶哭哭啼啼说个没完，把大家都弄得心烦意乱。我这时已经完全相信，字据的事并非子虚乌有。虽然我还没有看到那个字据，但我可以想象出识字不多的爷爷在立那个字据时的那种无奈和绝望。爷爷也是没办法。

叔叔说，刚才我把打火机拿在手上，我就想着只要大龙把字据拿出来，我就一把抢过来烧掉！我们一家人都继承了爷爷的身高，叔叔长得尤其魁梧，真要抢，大龙当然不是对手。但父亲说，你想得太简单了，他们能把字据不声不响地在手上捏了四十年，会这么轻易地就拿出来？奶奶还在淌眼泪，她开始咒骂成如一家：你个咬人的狗不叫啊！平时见了面还婶婶、婶婶地喊得挺亲，怎么一下子就翻了脸呢?！老明海被你们欺负了一辈子，死了还捏着他的把柄啊！你们家高堂大屋，一块地皮你们还要劈一刀啊……

这时屋里的电灯灭了，小镇停电了。奶奶摸摸索索找出蜡烛点上。老屋里的气氛非常黯淡。我们商量好，尽快找好证人，先看一看究竟是一张什么样的字据。但不管怎么说，第二天挑地皮的事只好先搁一搁了，因为无论挑中哪一块，成如家那蓄谋已久的大手都会拦腰劈过来。

我走出家门，看见小街对面的成如家正灯火通明，洗麻将的声音一阵阵传过来。我有些奇怪，但随即明白有门路的人家都在制药厂挂了电线，停电是停不到他们的。成如一家人胜券在握，所以他们还在过年，但我们的春节已经被提前结束了。这次小镇拆迁，成如家是大大受益的。我们家的这一排房子拆掉后和小河一起被铺成大街，成如家就成了临街的门面，每月的房租就是一笔可观的收入。可是他还不放过我们。

夜已经很深。我和父亲回中学的家。路上，父亲对我说，成如家可能就是想再敲一笔钱，到时候，我们再想想办法，跟他们砍砍价。父亲说，他要在他手上把这件事清清爽爽地了结掉，不能再留个尾巴拖到我身上了。

第三天，我们终于看到了爷爷留下的字据。父亲请了镇文化站的史站长做证人，成如家说他们就不再找证人了，成如自己甚至都没有出面，他直接让大龙把字据带到了我奶奶家，这显得他们既大度又自信。大龙从一个本子里拿出了字据，看我们几个一眼，递给了史站长。史站长把字据放在我父亲和叔叔面前的桌子上。

这是一张巴掌大的小纸条，纸质粗劣，上面用非常拙劣的毛笔字写着：

> 兹有朱明海家因造房来与朱天忠家商议。朱明海家堂屋中间有朱天忠家永远走道一条，不得抵赖。立此为据，永无反悔。

朱明海是爷爷的大名。字据后面有两个指印，一个是证人马四的，另一个就是我爷爷的。指印当初也许像血一样的鲜红，但四十年过去了，当它第一次呈现在我们的面前时，它已经变成了暗红色。马四的指印很小，怯怯地靠在我爷爷粗大的指印旁边，我想马四一定是个瘦小的老头，但他是证人，而我爷爷只是一个被人家胁迫和敲诈的可怜人。我早就听说，天忠的儿子成如当了几十年的工商联主任，他有一个绝招，就是让人家站在大凳上，不承认错误就不给下来。爷爷肯定是实在没有办法了。

我注意到字据上"朱明海家堂屋中间有朱天忠家永远走道一条"中的"永远"两个字是字据写好后再加上去的，这两个字的意思是成如家的人永远可以出来找麻烦，只要他们觉得时机成熟。我父亲和叔叔呆呆地看着字据一句话也说不出。我想打人，想破口大骂，我的心里充满了仇恨和辛酸。大龙把字据拿回去，宝贝一样小心翼翼地夹在本子里。他面有得色地走了，那张字据却一直印在我脑子里，爷爷那暗红色的指印在我脑海里，鲜血一样不断地洇散开来。

这算什么字据啊！是地契？合同？招供状？还是保证书？遥想爷爷在那个黑沉沉的夜里咬咬牙摁下指印的佝偻身躯，我心里一阵刺痛。这是我爷爷四十年前的疼痛穿越了漫长的时空后在我身上激起的回应。

芦苇飘絮

墓地北面临水，其他三面都与田野相接，除了北面的大河，墓地边缘的所有地方都是入口，所有的地方也都能够走出去。奶奶迈着她的"解放脚"走在最前面，我们在墓地里穿行。我们路过了一个个土坟砖坟水泥坟，许多坟墓已经被早来的人整理一新了。不少坟前都有人在忙碌。一堆堆纸钱明亮地燃烧着，青烟挟着纸灰升上去，又被铅灰色的天空压下来，在墓地的上空经久不散。墓地里的路也许是世界上最凌乱的路了，每个坟的周围都有一圈灰白的小路，所有的路都能走通，但没有一条路是直的。我们跟着奶奶向北走了约莫十几分钟，远远地，已经听到了河水拍岸的声音，奶奶停下脚，说，到了。

姑妈把篮子放下来，我帮着她整理碗碟。父亲从篮子里拿出打好的纸钱，找了个土块压在上面，以防被风吹乱。奶奶围着爷爷的坟四下打量着，她的嘴里轻声唠叨着什么，我依稀听见她说的是：老明海呀，你大孙子看你来了。我心里一酸，但我没有表露出来。爷爷的坟地是最高的，但很多的坟顶都超过了他的坟。我站在他的坟前四下张望，我看见了各式各样的坟，有的用青砖或水泥砌成，气度不凡；还有很多则十分寒酸，因为多年没人照料，已经快被枯萎的荒草湮没了。这儿是小镇唯一的墓地，虽说这些年实行了火葬，但骨灰还是在这里入土。这块死寂的墓地掩埋着无数的恩恩怨怨和悲欢离合。我指着不远处一座高大气派的坟问奶奶，那是谁家的？奶奶说，那就是成如他老子老天忠的坟啊。奶奶叹口气不再说话。我仇恨地看着那座坟，那座钢筋水泥造的坟，它前面的墓碑都比我爷爷的坟顶要高出好多。

奶奶几天前已经请人给坟培了一次土，但爷爷的坟相比之下还是显得那么破败。坟墓是死者的房子，是飘荡的灵魂的栖息地。我仿佛看见爷爷的目光正酸楚和无奈地看着我。我感到了一股无地自容的羞愧。

姑妈已经在坟前的平地上摆好了酒杯。我蹲下身，端起爷爷的锡酒壶在杯子里斟满了酒。姑妈轻声说，爹，你喝吧。爷爷的坟上那些刚培上去的新土很像是一件旧衣上的补丁，灰色的旧土上已经钻出了嫩黄的草芽。土里的草根每年都会活过来，爷爷在这儿已经躺了快三十年了。

墓地北面的大河哗哗地拍打着河岸，河边刚刚开始发芽的芦苇在混浊的河水里摇动。这些年，老家的芦苇已经日渐稀少，也许过不了多少年，芦苇也会像原先这儿随处可见的银杏和苦楝树那样销声匿迹。家乡的镇名叫"芦舟"，很久以前，小镇的周围到处都是浩浩荡荡的芦苇，小镇仿佛是停泊在芦苇荡里的一条小船。

　　爷爷降生在镇外的一个破庙里。那是 1911 年的秋天，辛亥革命就发生在这一年。奶奶没有文化，有很多事她讲不清楚，她的讲述从来都是断断续续甚至前言不搭后语的，但我还是从她那儿了解了这件事的基本脉络。作为一个家族的根，爷爷是离我最为亲近的一个人。1911 年的秋天，芦苇枯黄的季节，小镇的天空纷纷扬扬地飘满了白色的芦苇絮，人们忙碌地收割着芦苇，镇里镇外的几乎所有空地上都堆满了小山一样的芦苇堆。有一天的黄昏时分，静悄悄的芦荡深处传来了一阵嘈杂的马蹄声，一支兵马沿着芦苇夹拥的小路迤逦而来。这支队伍衣冠不整，人疲马乏。那时候，芦苇荡里兵匪出没，小镇的人见惯了拿刀拿枪的人，但这支队伍却显然与众不同。百十人的队伍中有大约一半是骑兵，而且讲北方话，这说明他们来自遥远而又干旱的北方。他们没有进入小镇，当天晚上，他们就驻扎在镇外的土地庙附近。见过这支兵马的人大多早已过世，十年前我和父亲曾经一一拜访过他们，岁月把他们原本就不甚清楚的记忆冲刷得几乎荡然无存了。但我们拜访的三个人都肯定地说，带领这支队伍的是一个身高个大、满脸络腮胡子的汉子，他骑着一匹高头大马。这个人就是我爷爷的父亲，我的曾祖父。多少次，我仿佛看见我的曾祖父带着那支队伍从芦苇荡深处的小路走来，细碎杂乱的马蹄声在广阔无垠的芦苇的上空拂动。队伍来到小镇的南面，曾祖父勒住了马缰，骏马昂起头一声长嘶，在夕阳的逆光映照下，我似乎可以清晰地看见曾祖父的面庞。我相信他的脸和爷爷的照片一定有几分相似。

　　曾祖父的队伍只在镇外的土地庙住了一天，第二天中午时分他们又开拔了。曾祖父的队伍里有一个唯一的女人，那就是我的曾祖母，那时候她怀着我爷爷。

曾祖父为了某种我们无法知晓的原因不得不继续前进，他只好把他快临盆的妻子暂时安顿在土地庙里。曾祖父留了一个兵服侍妻子，然后他跨上他的战马带着队伍向芦苇荡的深处走去。曾祖父这一去如泥牛入海，杳无音讯，再也没有回来。

不久，曾祖母生下了我爷爷。因为生在庙里，爷爷的名字就叫明海。可以想见，那段日子肯定极为艰难。爷爷满月后不久，那个留下来的兵就借去镇上买东西的机会悄悄跑掉了。曾祖母先是变卖随身的东西，后来只好靠给人家缝缝补补糊口。异乡异客，以泪洗面；孤儿寡母，度日如年。

曾祖母带着未满周岁的爷爷在土地庙里住了将近一年，芦苇枯了，芦苇又青了，无边的芦苇掩没了来路，也挡住了去路，天天倚门望归的曾祖母绝望了。破庙断墙，难避风雨。经人撮合，曾祖母当了米铺老板的"补房"，这人就是老天忠的父亲。

曾祖母总算又有了一个家。但我相信她的内心是愁苦的，事实上，我爷爷四岁多她就撒手西去了，她死时绝对不会超过三十岁。我爷爷终于成了一个没爹没娘的"拖油瓶"的孩子。据说天忠的父亲还是厚道的，虽说是粗茶淡饭，但他把我爷爷养大了，并给他成了家。爷爷和天忠分门立户的时候，他为分家动了心思，他在我爷爷的堂屋里给天忠留了一条走道，他大概是希望以此把两个异父异母的兄弟串在一起。天忠的父亲是个不坏的人。

爷爷继承了曾祖父高大的身材，但他没有见过自己的父亲，他甚至没能继承他父亲的姓氏；后来，他又失去了母亲，长大后，他可能连母亲的面容也逐渐淡忘了。"拖油瓶"的孩子是可怜的，他被大他几岁的天忠欺负了一辈子。爷爷刚开口讲话说的就是苏北话，但骨子里他是一个异乡人。也许他曾经以为他在小镇造了一座房子就算是落地生根了，但事实证明这只是一个天真的愿望。很多年过去了，天忠和成如一家从来也没遗忘过爷爷的那个字据；春节过后也已经好些日子，我虽然回到了我客居的省城，但字据上爷爷那个暗红色的指印一直刻在我的脑海里，仿佛一枚冰冷粗糙的印章。

　　我曾经问过那几个还活着的老人，那支队伍当时穿的什么样的衣服，打的什么旗号，有没有留辫子，几个老人说法不一，我相信他们事实上已经完全没有印象了。芦舟是一个政治气氛非常淡的地方，也许他们当时就没有留心。我也查找过十卷本的《昭阳县志》，试图从中找到一些线索，哪怕只是只言片语也好，最终我还是一无所获。我不知道我的曾祖父从哪里来，又是到哪里去；不知道他经过这个小镇是执行任务长途奔袭，还是突围之后的亡命天涯；我也不知道他和他的队伍是属于"革命党"，还是属于清朝的军队。我甚至不知道自己到底是汉族人，还是满族人。这一切，我无从查询。

　　说到底，芦舟是我的出生地，但不是我的祖籍。从我爷爷开始，我们谁都不知道我们的根究竟在哪里。

　　爷爷死在了异乡，葬在了芦舟的这片墓地。他一世凄苦。临死前爷爷的神志非常清楚。他抬起他无力的手，拍打着床边说，我就这样死了，我就这样死了吗？！他的内心一定非常不甘愿。命运对他实在是太残酷了。

　　多年的风雨已经把爷爷的坟冲刷剥蚀得很厉害，我随着父亲在爷爷的坟前深深地磕下头去，我心里计划着要把爷爷的坟好好地修一修。

枯 白

这些年，芦舟祭奠死者的仪式有了很大的改进，最明显的变化莫过于在死者坟前焚化的纸钱了。街上不少小店里现在都卖一种印着"冥府银行发行"的纸钱，面值大到几百兆，买回去就可以烧。即使是自己动手做，也省却了不少工序，黄毛纸买回来都不用錾子打后再用手折了，直接把一百元的钞票在纸上一比画，就算完了。

我们给爷爷烧的纸钱还是采用最原始和传统的方法。我并不相信烧了后爷爷真的就会收到，但我已经多年不做这件事，很愿意认认真真地完成一种仪式。这件事女人不能动手，据说女人的手摸过的纸钱烧了死者也收不到。十刀纸钱我和父亲整整做了一上午，父亲用锤錾在纸上凿出花纹，我一张张把它们折好。在叮叮当当的铁器打击声中，我感到了心灵的平静。

清明节这天，天空是阴郁的，墓地的空气阴冷而潮湿。很多人影在远近晃动，但墓地静悄悄的。磕完头，父亲点着了纸钱，我也蹲在旁边用一根小木棍拨弄着火堆。火光熊熊，我脸和手上的皮肤有一种强烈的灼痛感。今年的清明节，叔叔没有回来，青海实在是太远了。他来信问房子的事现在怎么样了。父亲回信把情况大概讲了一下。

春节后，叔叔回青海前我们曾经商量了一个方案，我们打算请人出来说和，和成如家好好谈一下。一块地皮，时价大概一万，按面积算，一条走道至多占十分之一，我们愿意补偿他们一千元。再不行，多一些也可以。我们以为，局部总不会大于整体，一条走道总不至于要我们一万元吧？商量好方案后，叔叔就走了。我则暂时不回省城，利用寒假的最后一段时间和父亲一起把事情落实下来。这一次请的中人还是文化站的史站长。我们等着史站长的回话，心里还挺有把握，我想他们大不了狮子大开口吧，顶多把我计划中明年的婚期再推迟一点。地皮拿到后，房子是一定要造的，而且要造得好一点。奶奶已是风烛残年，她需要一个养老送终的地方。这次回家，我明显地感到，父母的身体也大不如前了，小时候，父亲是我的保护神，我没有哥哥，我在外面被别人家的孩子欺负了，如果我确实有理，又被欺负得比较惨，都是父亲去和人家讲理。上大学时我假期在家，有一次在街上被一辆自行车撞了，父亲非常激烈地和那个人争吵，虽然我撞得还不算重。可是终于有一天，我发现父亲老了，他显得特别豁达，但我经常会察觉到里面的一丝无奈。我知道父亲已经到了需要我分担担子，甚至需要我保护的年龄。作为儿子，我应该帮助父母把房子造起来。他们很快就要退休，不能永远住在条件很差的公房里。那座计划中就要建造的房子，对我们整个一个大家来说，都显得很重要。即使我和叔叔客居外地，我们回来探亲也需要一个落脚点吧？不管怎么说爷爷在这儿造起了一座房子，总不能在我们手上被连根拔掉。

但史站长的回话让我们大吃一惊。成如说，他们家不是为了钱，只是祖上分下来的家产要有个说法。他们不要钱，只要自己家的地。我们家的新地皮分在哪儿，他们的走道也跟到哪儿。听听，多么有理啊！这条莫须有的走道，就像附骨之疽，你根本没有办法把它剔除。史站长传过话以后长叹一口气，我相信内心里他也同情我们，但他表示他不愿再给这件事当中人了。

但事情总归要解决。父亲又去找了他的几个比较有交情的朋友，但没有人愿意出面调停。别人也知道，成如一家的头不是那么好剃的。芦舟不大，镇上大多数人家拐弯抹角都沾亲带故，只有我们是外乡人。况且人家可能还会想，我和叔叔都在外地工作，我父母亲以后可以跟我过，奶奶日后一去世，我们家在芦舟就再也没有顶门立户的男人了。人家这样想，不能说没有道理，因为这样的结局，几乎已是举目可见了。

　　爷爷坟前的纸钱烧完了，烟雾悄悄地熏出了我的眼泪。一股轻微的风吹过来，在坟前打起了旋儿，仿佛有一只无形的手把纸灰抓起来，扬向天空。我抬起热辣辣的双眼茫然四顾，突然我看见远处天忠的墓那儿，成如和大龙一家也在上坟。他们显然早已发现了我们。那边虽然也是静悄悄的，但我还是能从他们稍带夸张的动作中看出一股大大咧咧的洋洋自得。我恨他们，但我拿他们一点办法也没有。父亲和叔叔在信中商定，尽快向法院起诉。我知道，这场官司并无胜算。我扭过头，不愿意再看那边。父亲和姑妈已经开始收拾碗碟，准备回家。这时候我听见了一阵奇怪的声音，我下意识地回过头去。我看见大龙从屁股后面抽出了一个大哥大，大龙讲了一阵，又把大哥大递给他老子讲。因为距离的关系，他们讲话的声音我听不清楚。我恨恨地想，你们总不至于是在向坟墓里的老天忠汇报吧！我难以想象，这一家三代为什么要把事情做得这么绝！我长叹一口气。

　　我最后绕着爷爷的坟走了一圈。这儿是墓地的尽头，爷爷的坟的首当其冲被北来的野风和河水冲击淘蚀得十分单薄。我的目光到处，突然火烫了似的哆嗦了一下：我看见爷爷的坟上，一块被剥蚀的地方，有一根小小的枯骨正闪着惨白的荧光。我的头脑里闷雷似的轰响了一下。我呆呆地站在那儿，我什么也说不出，我也不敢对我奶奶他们说什么。我的腿发软，口发干，我五内俱痛，热血奔涌。我悄悄地蹲下身，默默地打量着这根白骨。这是一根指骨，纤细、修长，多年的风霜侵蚀使得龟裂的指骨业已断离脱落，成为依次排列的三节白色小管。指骨无力地躺在灰褐色的坟土上，我忍不住用手轻轻地触摸了一下，我的手近乎于麻木，一股难以言说的感觉直逼心头。我抓起一把土，轻轻地撒在了白骨上。白骨被覆盖了，惨白的荧光透过坟土，依然没有消失。我站起身，扭过头去。

这根指骨属于一只长满老茧的操劳终身的手；这只手属于一个被飘忽无定的命运之风吹落到此的可怜人，他就是我的爷爷。

曾经摩挲过我的头发的一双手！

这里是坟的西侧，按照方位判断，这一定是我爷爷右手的指骨。它是什么时候破土而出的呢？

四十年前，这根手指还有血有肉。在昏黄的油灯下，它哆嗦着在一张"字据"上摁下了一个鲜红的指印。爷爷的心颤着、痛着，现在这种疼痛再一次穿越时空，在我的心里激起了回应。我的眼泪流了下来。

爷爷手上造起的房子已经被拆掉，新大街也快铺好了。我的父辈和我大概是很难在芦舟再建起一个家了。我发誓要重修爷爷的坟，它至少要比老天忠的坟高大气派。虽然客居他乡的我已经失去了故乡，但爷爷漂泊的灵魂需要一个安息地。奶奶他们站在坟的另一侧，他们刚才没有注意到我。看见我站起了身，父亲说：

我们走吧？

我说，走吧。

看蛇展去

金良和刘健商量好，他们打算看蛇展去。

金良和刘健玩得最好。刘健家有兄弟三个，但他只和刘健玩。刘健是老二，他下面还有一个双胞胎的弟弟。生下这对双胞胎时，他爹一高兴，把老大原来的名字也改了，三兄弟分别叫：刘红、刘太、刘阳。后来就这名字就惹出了祸，人家讲他爹狗胆包天，竟自吹生出"红太阳"，反动透顶！他爹被捉到台上批斗了好一阵，还把扫地的簸箕顶在他爹的头上。他爹下了台子回到家，一咬牙，又给儿子重取了名字，老大刘洪，老二刘健，老三还叫刘阳。这是去年他们上二年级时的事，一开始金良还叫不惯，常常喊错，——刘太！后来也就慢慢逼过来了。刘健的弟弟和他长得几乎一模一样，连他们的父母有时都会认错，但金良却能够分出来。他发现刘健的弟弟一年到头总是拖着两道黄龙鼻涕，是个"鼻涕虎"，而刘健的脸上很干净。金良当然不愿意跟一个拖鼻涕的小孩玩，而刘健的哥哥刘洪比他们大了好几岁，已经上初中，嘴唇上也已生出毛茸茸的小胡子，你就是凑上去要人家带你玩，人家也不愿搭理你。所以金良只跟刘健玩。他们是好朋友，而且，他们同班，家也离得很近。

刘健家有不少小人书，大多是一些发霉的货色。书都被刘健的哥哥霸占着，说是小孩子不能看，看了要中毒。他自己倒常常躲在小屋子里看得津津有味。金良问那是些什么书，刘健说有一本《西厢记》，还有一本《追鱼》。金良问什么是"追鱼"，刘健说，好像是什么《红楼梦》里的故事。金良还是不懂，他想不管是"西厢记"还是"红楼梦"，都是房子里的什么故事，而"红楼梦"肯定是红楼上做的一个梦。不用看他就知道，一定有一个人在上面睡觉，脑袋里有一个圈圈绕出来，里面就是他做的梦。其实金良还是很想看看那个人做的究竟是个什么梦的，但他们没法搞出那些书。后来他们想了个办法，让刘健去跟他哥哥说，要是不给他们看，就报告老师去，说他看"封资修"。他哥果然怕了，赶忙塞了本书给他们。这是一本《薛仁贵征东》，是古人打仗的故事，他们很感兴趣。书已经霉得不成样子，触鼻就是一股霉气，纸也已经发黄。他们坐在一个草堆边，头挨头一人扯着一边看，不想看得兴起，两人为了你看得慢他翻得快抢了起来，一把就把书扯破了。纸本已发脆，经不起这一扯，被风一吹，碎片像灰色的蝴蝶那样飘了一地。刘健当时就吓哭了，他怕他哥打他。金良也呆了，他不知道怎么办才好。等刘健哭够了，两人把地上的碎片一片片找来，到锅里抠了点粥，小心翼翼地把书糊好。其实哪能糊得好呢？手一捏就知道厚了不少。两人商量了一下，趁家里还有外人在时当着人的面把书还给了他哥哥。他哥果然慌张，看也没看就塞到床底下去了。两人都松了一口气。

金良觉得很内疚。刘健脾气好，他头发黄黄软软的，说起话来细声细气，像个丫头，他虽然没有责怪金良，但金良总觉得欠了他的情，而且他们再也不敢去刘健的哥哥那儿要书了。刘健倒是不计较，他们还是在一起玩。金良有一次从同学那儿借到一本《谈蛇》，上面有很多插图，有不少字他还不认识。他自己花三天就看完了，主动提出来借给刘健看。刘健很高兴，他整天埋头看那本书，连上课也把书藏在抽屉里看。他看得有滋有味，还经常指出一个字，问金良识不识。金良心里很着急，他跟同学借了五天，同学已经催了他一次，但他不好意思去催刘健。他想刘健怎么看得这么慢啊，刘健再问他字时，他就说：你快点好不好？字不认识你不会读半边嘛！我明天就要还人家了。刘健一听，连忙又趴到书上去了。第二天，同学来要书，金良只好去找刘健。去的时候刘健还捧着书在看，那同学不容商量，一把就把书拽过去了。刘健的样子有点可怜巴巴的。

　　但他们终于知道了世界上还有那么多种蛇，蝮蛇、蝰蛇、竹叶青、金环蛇、银环蛇、眼镜蛇，最毒的是眼镜王蛇，它能把毒汁射出几米远！他们知道世界上有一个蛇岛，差不多世界上各种各样的蛇都集中在那个地方。它们会吊在树上，伪装成树枝的样子，等着海鸟落下来。那是个什么样的岛啊！——可是他们这里只有水蛇，细细的，在水田的田埂上蹿来蹿去，它们只会捉青蛙。海在遥远的东边、一个不可知的地方。蛇岛离他们是多么远啊！

　　他们那一阵经常会向其他同学提出一些关于蛇的稀奇古怪的问题，同学当然答不出。就连那个借书给他们的同学也经常会被他们问得一愣一愣的。金良问：响尾蛇为什么要把尾巴擦得嘎嘎响？同学们瞎猜，谁也说不对，刘健答：是为了警告敌人！刘健又问：你们知道蛇为什么要脱壳？他们还是答不出来，金良答：这是为了长身体，要不然蛇壳就把它勒住了，它怎么长得大？那一阵，他们十分迷恋这样的问答。有一天，那个借书给他们的同学突然不服气地说：神气个屁！我看过蛇展，各种各样的蛇，书上的蛇我全见过，你们看过没有？就会纸上谈兵！金良和刘健都愣了。他们当然没看过。而且他们连听都没听说过。听口气，借书的同学也才看过不久，因为上个星期六还没听他说过这件事。他肯定就是这个星期天去看的。这时候上课了。整个一节课，金良都神不守舍。他坐立不安，不时看一眼刘健，刘健也在看他。好不容易熬到下课，金良立即就去找那个同学，求他告诉哪儿现在有蛇展。那家伙神气活现，就是不肯说，直到金良答应把那本他一直舍不得借人的《滚雷英雄杨根思》借给他看，他才说出来。原来蛇展就在稻乡镇，现在也许还没有走！这对他们的诱惑实在是太大了。

他们决定看蛇展去。逃学是免不了的，反正上课也不学什么东西，大家也就是玩，下课出去玩，上课在教室玩。况且他们知道，学了也没什么用，人家早就说过了，不学 ABC，照样干革命。而蛇展他们以前连听都没听说过。他们想象着那些五花八门的蛇，想着它们绞在一起时是个什么样子，金良猜测，那些蛇很可能就是从蛇岛上捉来的，要不然，哪儿去捉那么多的蛇呢？看蛇展去，看蛇展去！去看看那些从未见过的家伙！这是一种非常强烈的愿望。想到这里，他们几乎一分钟也不愿再等。他们讲好，吃了中饭，他们不去学校，直接就上路。金良的奶奶就住在稻乡镇，还有几个姑姑也在那儿，他正好也可以去看看奶奶。他想奶奶。金良想，奶奶她们肯定已经看过了，也许还不止看了一次。金良的奶奶家和镇上的文化站只隔了一条街，金良料定，蛇展肯定就办在文化站里。奶奶和文化站的人非常熟，他们去看，很可能人家连票都不会跟他们要，看多长时间都行。

他们上路了。为了防止家里人起疑，他们约好，把书包带上，做出去上学的样子。他们走得很早，以免遇上同学。这一去至少要两天，当天是回不来的。金良怕家里担心，走前趁爸妈捧着饭碗到别人家串门，撕下一页作业纸，在上面写道：我去看蛇展了。想一想，又写：我和刘健一起去。他把纸条放在饭桌上，用一个碗压好。然后他悄悄溜出门，喊上刘健上路了。

他们的村子叫徐扬庄。庄上的人都知道一句话，叫：徐扬出脚苦，出门三十五。就是说这个庄子很偏僻，庄上人赶集，不管是到北边的安丰镇还是到南面的稻乡镇，都要走三十五里路。这么长的路金良和刘健还从来没有单独走过。他们走得很快，如果顺利的话，他们还可能在晚上文化站关门以前赶到。出了庄子，他们走上了大堤，田野静悄悄的，大人们还没有上工。张着满帆的风车正呼呼地转，车轴吱呀呀响着，水上得很急，塘里的水都被激浑了。他们看到一条巴掌大的鲫鱼，不知怎么被水斗带了上来，被浑水呛得发蒙，在水塘里乱蹿。他们没有心思去理它，只回头看了几眼就往前走了。经过学校时，他们看到了河堤下的校园。学校的小操场上空荡荡的，不见一个人影。大风在上面卷起一团团烟尘，有几张纸被风刮了起来，仿佛断了线的风筝，在天上飞舞。操场东角的篮球架上拉了一根绳子，绳子上挂满了衣服，在风里乱晃，他们看见教体育的黄老师穿着一身蓝色的运动服，不知从什么地方冒了出来，手忙脚乱地收他的衣服；一件衣服被风刮了出去，在地上乱跑，黄老师弯着腰在后面追。金良和刘健猫着身，加快步子跑远了。

他们走在高高的大堤上。大堤的左边是长长的蚌涎河，右边是宽阔的麦田，麦子在风的推动下波浪般起伏着。只有在堤上，你才能真正感受到风的力量。他们的双耳灌满了风，人也有些打飘，他们此刻真切地感觉到了自己的瘦弱。风是那么硬，穿过单薄的衣服，直透到他们身上，他们觉得浑身发紧。到现在为止，路他们还是熟的。每年清明节，学校都要带他们到大营去祭扫烈士墓，但那时有老师带着，而且所有的同学一起去。他们排着长队，打着红旗，唱着革命歌曲，十几里路走上一上午也就到了。可今天他们只有两个人，路也要远上一倍多。这是他们第一次自己出门走这么远的路。快到大营的时候，金良觉得走不动了，脚上的布鞋已经很旧，脚掌处薄得没几层布，每一次踩在地上，他都能真切地感觉到地面的形状。一个土坷垃把他的脚掌硌了一下，脚狠狠一疼。他苦着脸说：我们歇歇吧。他一屁股坐在路边。刘健看来也已走不动，腿一弯，在他对面坐下了。

人一坐下，风似乎就小多了。只有头发还在风中乱动。一时间，他们暂时忘记了此行的目的；刘健茫然地看着伸向远方的大堤，金良呆呆地看着他。没有一个人注意到这两个孩子。金良把鞋子脱下来，倒倒里面的沙子，看看脚，脚倒是没有起泡，但是脏得厉害，像是猪脚爪。刘健说：我有点饿，你呢？金良说：我也饿。他的肚子咕咕响。他们上午约好了，中饭都多吃了一碗饭，不想还是不顶事。刘健站起身，往大堤下走，他说：我要去喝口水，喝了水肚子就实在了。金良跟在他后面，他的嘴里进了不少沙子，很不舒服，正好用水漱一漱。堤岸非常陡，刘健让金良先喝，自己拉着他的手。突然，他大声叫了起来：蛇！蛇！只见一条水蛇出现在河中间，正向岸边游来。河里浪很大，所以蛇快到岸边时他们才发现。蛇头微微地昂着，蛇身在后面扭着拨水。浪头打来时，它一下子不见了，马上又露了出来，还保持着刚才同样的姿势。金良"噗"一声，把嘴里的水朝它射过去，然后转身往岸上爬。他似乎这时才想起，他们是去看蛇展的。时间已经不早了，他们应该快一点。

他们已经沿着大堤走了十几里，再往前走就是大营，现在他们应该下大堤，向右拐。后面的路他们没走过，刘健跟他爸赶过几次集，但他们都是撑船去的。下了大堤，两人心中都有些迟疑，不知道他们走得对不对。看看天上，太阳浑浑地挂着，已经偏西了。堤下的风明显小了很多，一个老头正在路边放牛。刘健上去问：大爷，往稻乡怎么走？老头说：沿着这条路一直往前走，过一个桥就到陆荡了，到了陆荡你们再问吧。两人道了谢。经过牛身边时，金良还在它屁股上拍了一下，牛颠颠地跑开了。走出不远，老头在身后大声说：你们是去看蛇展的吧？快去快去！我们这儿的人都去看过了。刘健停住脚问：蛇展还在那儿吗？老头说：在呀，怎么会不在，他嘿嘿笑着说，你们是逃学的吧？我一看就晓得了。金良和刘健看看身上背的书包，不再搭话，飞快地跑远了。

风小了，不知什么时候就完全停了。太阳昏昏的没有一丝力量，他们身上开始收汗，黏糊糊像和鳗鱼一起洗过澡。现在书包完全成了累赘，怎么背都嫌多。金良想，要是路过学校时把它藏在一个什么地方，比如一个树洞里，那就好了，怎么那时就没想到呢？可是现在不行了，这个地方他们一点也不熟悉，弄不好明天自己找不到，倒被别的小孩拿走。看天色，学校差不多该放学了，然后大人们也该收工了，他想起了自己写的那个条子，心中隐约有一丝不安。爸妈也许会急得上火，说不定回来后还要挨一顿打，但一想到很快就将看到那个奇妙的蛇展，还可以见到已经有半年多没见的奶奶，他的心中又高兴起来。

太阳已经开始西沉，路程也快过去了一半。他们过了一个小木桥，进了陆荡村。

陆荡真干净！一条小街铺着红砖，街上清清爽爽，不见一处垃圾。街两边的墙上用石灰刷着不少标语，有一条是：移风易俗，讲究卫生！一只红毛大公鸡雄赳赳地领着一群母鸡在标语下觅食，但街上看不见鸡屎；这儿的猪圈栏很高，一头"约克夏"两爪搭在猪栏上嗷嗷叫，大概是饿了，但它爬不出来。他们徐扬庄的猪满地跑，跟狗差不多，所以庄上到处是猪尿猪粪。陆荡的人可真是讲卫生啊。他原先就听说过这个讲卫生的陆荡，今天终于亲眼看见了。金良很喜欢这个地方。

出了陆荡是一座水泥桥。过了桥就是一大片芦苇荡，芦苇长得比人高。太阳温温地照在芦苇上，看上去顶端有些发红。金良想：原来这就是"陆荡"啊。芦苇在夕阳下轻轻地晃着，阳光被揉碎了，洒在他们身上，他们仿佛走在一条小巷里。突然，他们身前的芦苇丛里哗啦啦一阵响，一只野鸡腾空而起，飞上了天。野鸡的尾雉射出艳丽而夺目的光芒。两人都吓了一跳，刘健"啊"的一声叫了出来。野鸡盘旋在半空，流连不去。刘健举起手，虚起眼睛，瞄着它，嘴里"叭"地打了一枪。野鸡一惊，倏然远去了。老远了，他们还能看到野鸡那彩虹似的尾迹。

两人都有点惋惜，如果有枪，他们肯定能把它打下来，这一点毫无疑问。两人兴致勃勃地谈论着，不知不觉出了芦苇荡。走出几里，远处隐约可见一个村庄，他们不知道下面应该往哪里走。但除了这条路，两旁都是田埂，不往前走，又能往哪里去呢？他们的速度慢了下来，四下打量着。太阳已经比远处的房屋高不了多少了，他们心里有点发急。

这时候他们看见了一个小孩子，正在不远的田埂上慢腾腾地走着。他穿着一件草绿色的旧军装，衣服嫌大，空荡荡不合身。他看上去一副无所事事的模样，正挥着一根柳条抽打着两边的麦子，看见有人来了，他抬起眼，漫不经心地打量着他们。这个小孩看上去和他们差不多大。

刘健走上前去，小心翼翼地问：我们要到稻乡去，请问是不是还要往前走？

小孩狠狠抽一下手里的柳条，几根麦子倒了下去，他反问道：你们到稻乡去干什么？

我们去看蛇展。

啊！看蛇展？小孩立即来了劲，他一蹦就蹦到了小路上。我前天已经看过了，那么多的蛇！他凑上来道，我带你们去怎么样？

金良和刘健对视一下，一时不知说什么。

小孩急切地说：我姨妈就在稻乡，我认得路。怎么样？

刘健说：你告诉我们，还有多远？

小孩说：不远了，还有十几里路吧。

金良接过去问：蛇展好不好玩？

小孩说：当然好玩了，各种各样的蛇，嗬！你一辈子都见不了那么多！我们一起去吧？说着就要领路。

这个小孩脸上脏兮兮的，脸颊处有一道伤疤，还没长好，看上去有点野气。他脑袋很大，和他的细脖子不成比例。大头大头，下雨不愁，人家有伞，我有大头。金良想起了他们庄上的孩子常唱的这首儿歌，咧嘴笑了一下。人家都说，大头的孩子会出鬼主意，金良可不想跟他同行，就说：我们还是自己去吧。你不是已经看过了吗？说着拉一拉刘健。小孩在他们身后大声说：不要我带路，有你们瞧的！元友那边有个乱坟岗，里面有鬼火，还有丈人鬼、吊死鬼、僵尸鬼！你们等着吧！

刘健回头说：还有你个大头鬼！两人嬉笑着跑开了。那小孩气急了，捡了个土坷垃摔了过去，但他们已经去得远了。

前面的村子果然就是元友。元友很小，还没有他们的徐扬庄大。田里的人已经收工了，扛着农具的人诧异地看着他们。有一只灰毛大母狗拖着奶子跟在他们后面，斜眼盯着他们，一声不吭。两人大气不敢出，悄悄地加快了脚步，又不敢快跑，怕狗追上来。好不容易那狗在地上找到了个什么东西啃起来，两人才松了一口气。

出了村，是一个渡口。野渡无人。一条小船系在跨河的缆绳上。他们自己拽着绳子过了河，爬上高高的河岸。又走了一段，眼前出现了一段高大的土堤。土堤突兀地立在那儿，仿佛一座被截断的小山。迎面的这一面被铲平了，上面用石灰写着：农业学大寨！还有一条是：备战备荒为人民！每个字都有人那么大，真不知道人家是怎么写的。刘健问：你知道这是干什么的吗？金良说：我怎么不知道，是民兵打靶的，对不对？他们绕过了土堤，金良问：你知道他们的枪从哪边打？——告诉你，肯定是从这一边。他的手指着没标语的这面。刘健说：你怎么知道？我看哪边都一样。金良得意地说：我不会错的！那边有毛主席语录，谁敢打？那是现行反革命！刘健不吱声了，他知道金良肯定是对的。

这个地方地势较高，他们看到西边的田野尽头有一排高高的榆树，树梢上好像有几个喜鹊窝，一群喜鹊在树梢间盘旋，太阳被鹊窝的阴影挡了一下，又继续下滑了。更远的地方有个不知名的村子，有炊烟淡淡地升起来。天渐渐黑了下来。金良想，今天肯定是看不到蛇展了，只好明天起早看了。他心里略略有些沮丧，而且他的肚子现在真是饿极了。刘健大概也差不多，他说：我们走快点吧。

他们这时觉得今天可是有点吃苦了，也许他们真是不该自己出来的。可是如果他们不出来，又怎么能够看到蛇展呢？错过了这一次，他们以后还能再看到那些奇妙的蛇吗？——听说还有种蛇竟然是长了脚的！……想起这些，吃点苦又算得了什么呢？苦不苦，想想红军二万五；累不累，想想革命老前辈！写作文时，他们经常写到这样的句子，现在油然涌上了心头。一时间，他们浑身都有了力量。

但这样的力量终究是虚弱的，根本没有长性。就像泡炒米，看上去满满一大碗，吃下去屁事不顶。他们的身体很单薄，晚风一吹，寒意对穿般地透了过去。他们紧着皮肤深一脚浅一脚地往前走。前面是一条河，他们上了一座木桥，木桥在他们的脚下吱吱呀呀地呻吟着，好像随时都会倒掉。走到桥中间，他们看见一条带篷的水泥挂桨船"突突突"地开了过来。刘健喊：是电影船！

真的是电影船！而且就是他们公社的那一条。他们实在是太熟悉这条船了。船的两边绑着三根篙子，两长一短，那是竖银幕用的。这是电影船的标记。虽然看不太清，但他们知道，还有一台汽油机和发电机。

电影船停到哪里，哪个村子的打谷场上就会亮起一片灯光。电影船这是到哪里去呢？

船轰隆隆从桥下开过去了。声音被压在桥下，显得特别响。金良和刘健停在桥中央，呆呆看着电影船远去的影子。船开得很快，窄窄的河面被激出了哗哗的水声。金良想：这么晚了他们怎么还在路上？是船坏了吗？这时刘健突然大声喊：喂！你们到哪个庄子啊？船尾掌舵的人似乎听见了，他回头答了句什么，可机器声太响，他们什么也没听清。

船开过去了，河水还在轻轻地晃。金良和刘健都有些怅然若失。看方向，电影船说不定现在正是往他们的徐扬庄去，也许他们今天把一场电影给错过了。他们并不在乎看什么片子，电影船放的所有电影他们都已经看过，《地道战》《地雷战》《列宁在 1918》，样板戏，新闻简报，等等。看什么不重要，他们只是喜欢看。大人小孩全都喜欢看，那简直就是一种节日。看朝鲜电影《卖花姑娘》的那一阵，大家都看疯了。很多女人追着电影船，跟着看了好几遍，她们看了就哭，可还是要看。他们把电影都看熟了，看烂了，小孩子们几乎记得电影里所有的台词，银幕上讲上句，下面接下句；银幕上起个头，下面跟着唱。散电影时，大家扛着自家的凳子拼命地挤，好多人喊：不要挤，不要挤！让列宁同志先走！……今天不知船上带的是什么电影，但无论如何，他们是看不到了。

金良和刘健心里都有些丧气。他们慢腾腾地离开了木桥，继续往前走。陆荡和元友已经过去，稻乡就在他们脚下这条路的尽头，但他们暂时还看不见，而他们的徐扬已经是非常遥远了。他们是在路上，在一条通往他们向往着的稻乡的路上。此刻，只有那个蛇展还使他们的内心保持着一种温温的兴奋。金良在心里安慰着自己，电影船也许是到元友去，或者是陆荡。天已经这么晚了，他们开到徐扬已经几点了？况且，他们出来时也根本就没听说电影船要来呀。还是快点走路吧。

太阳早已沉下了地平线，只有西边的天光尚未完全消失，有黑黢黢的树影和村庄剪纸似的映在上面。金良和刘健鼓着劲头埋头赶路。他们很想停下来，坐在地上歇一歇，可现在夜幕业已合拢，他们实在是不敢坐下来。黑沉沉的夜色中，他们显得多么小。肚子更饿了，仿佛有只小手在里面使劲地抓；脚也疼得厉害起来。金良深一脚浅一脚地走着，他的脑子里空空的，浑身上下似乎只剩下一个空空的肚子和一双疼痛的脚。天已黑得看不清人的面容，身后的刘健粗粗地喘着气，呼吸声仿佛就在耳边。

远处传来了吱吱呀呀的声音，循声看去，他们看见了一个巨大的影子，那是一架风车。风车慢慢地转动着，给黑暗中的庄稼灌着水。和徐扬的风车一样，这儿的风车也有六个篷，在暗夜里，那些篷仿佛是灰色的，而且显得特别大。风车的转动有一种坚定的无法遏止的力量。经过风车附近时，他们的头皮有些发紧，似乎它会冷不丁把他们钩上去。这是他们第一次经过黑夜中的风车，那巨大的影子长时间地滞留在他们的脑海里。

这是一个没有月亮也没有星光的黑夜。走着走着，他们慢了下来。金良想起了在陆荡附近那个小孩子的话。元友已经过了，他说的那个坟地在哪儿？看他那个样子，倒不像纯粹是吓唬人的。事实上金良的心里一直都想着这个事儿，只是不敢说出口。经过一个小树林，他们快步穿了过去，生怕有什么怪物钻出来。刘健突然吞吞吐吐地问：你怕鬼吗？金良心里一激灵，说：我不怕！他弯下腰，在地上找什么东西。刘健问：你找什么？金良不答话，找到块砖头抓在手上。他说：怕什么，有鬼我就砸他一家伙！刘健也找根树枝抓在手上。两人都觉得胆气壮了些。野地里很静，他们的脚步声传得很远，走在后面的金良总觉得有人跟在他的后面。他其实怕极了，但他不好意思抢到刘健的前面。田埂太窄，他们只能一前一后地走。也不知是谁起的头，他们开始唱歌，直着嗓子唱。他们唱"我是一个兵"，唱"咱们工人有力量"。歌声很大，他们的身体也似乎放大了不少。他们边唱边走，嗓子比腿还要用力。

路的南面出现了一片树林。树林后面有一片房子，他们看见了几点灯光！这是个村子！

还有狗的叫声！越叫越凶，好像已经离他们不远。他们止住了脚。这时听到有人喝狗：花喜！别咬！那狗继续冲过来，突然在他们面前停住了。狗嘴里呼哧呼哧喷着气。他们一动也不敢动。

有人问：你们是哪儿的？怎么这么晚还在走夜路？

两人齐声答：我们是徐扬的。可他们看不见问话的人在哪儿。

一个黑影慢慢爬了上来。原来那儿有条小河，那人是从河里的小船上爬上岸的。小河像条白带子，蜿蜒着伸向远方。那人可能是在河里放鱼钩。

金良问：这是什么地方？

那人答：这是大顾啊！你们要到哪儿去？

金良答：我们要到稻乡去。我们去看蛇展。请问还有多远啊？

哦，看蛇展，那人理解地点点头，说：还有五里路。你们胆子可真大呀！

一句话说得金良差点哭出来。但他忍住了。刘健问：就是沿着这条路往前走吗？

对。再走一刻你们就能看见电灯光了。

那狗又"呜呜"地吼了几下。主人狠狠踢了它一脚，说道：去，别吓着人家小孩子！

金良的眼泪已经流出来了。但他没有出声。走了几步，他回头问：前面有乱坟岗吗？

那人说：那边不是——他指着路的北边。远处果然有一片黑沉沉的影子，仿佛也是一个村落。有几团蓝荧荧的火光在那儿隐约飘忽。那人说：那是鬼火。你们别怕，其实火下面什么都没有。你们从这儿往南拐吧，这样就可以绕过坟地了。他冲那条狗喝道：花喜，你送送他们！

这是一条通人性的狗。它忽一下就蹿到他们前面去了。金良和刘健三步并两步地跟在它后面，眼睛再也不敢朝身后的乱坟岗看。走了约莫里把路，那狗汪汪叫两声，往路边的田里一蹿，很快就不见了。

金良记住了那条狗的名字叫花喜。叫花喜的狗实在太多了，而且金良根本就没有看清它的颜色，但他以后总也忘不了那条花喜。

黑色的天幕上终于出现了一角灯光。那是稻乡的光，是电灯的光芒！

这是怎样一派灿烂的灯光啊！他们欢呼一声，不约而同地跑了起来。

路已经变宽，可以容他们并排地跑。路两边的树唰唰地往身后退去，他们的心咚咚地跳。他们都拿出了他们最快的速度，往那片灯光跑去。三十五里路，十多岁的少年，他们终于走到了！

到了！到了！看见了镇西的水塔，看见了轧花厂那高大的烟囱，还有从镇外一直延伸进去的那一排路灯！再近一点，连水塔下围墙上的白色标语都能看清了，标语写的是：工业学大庆！五个字间隔很大。标语的头尾上方各有一盏带罩的路灯，圆圆的光晕正好打在"工"字和"庆"字上，好像有谁画了圈，说这两个字写得特别好。

过了一座石拱桥，下了桥就是医院。石拱桥真拱，爬起来有点吃力。医院前面一个卖萝卜的小摊子正在收摊，摊主诧异地看了他们一眼。他们上了小街。

小街上铺着青砖，路灯照在上面亮油油的。两边的人家都关着门，光线从门缝里一家家地射出来，把他们身上照得忽明忽暗。店铺早已打了烊，百货公司黑沉沉的，看上去只是一排黑房子。他们的脚步声急切而沉重，拢在小街中传出很远。前面谁家的门"吱呀"一声开了，有人出来倒水，看见两个孩子，拐了一下，等他们过去，"哗"一声，在他们身后的地上泼出一片亮光。

金良在前面领路，刘健在后面问：还有多远？金良说：就到了，第七个路灯下就是。拐进小巷时，金良扭头朝小街北面看了一眼，那儿就是文化站，现在它的门关着，里面好像有人在打康乐棋。但这时他的心反而平静了。他只是觉得饿，还有点犯困。他这会儿最担心的是万一奶奶不在家，到谁家串门怎么办。

奶奶家黑乎乎的，没有一点声音。金良用力拍着门板，大声喊：奶奶！奶奶！

门里的灯"啪"一声亮了，奶奶在里面问：是谁呀？

是我，奶奶，我是金良呀！

奶奶听见了，好像一时不相信，说：是我的金良乖乖吗？

金良说：是我！

来了，来了。奶奶立即下了床。屋里传来一阵在床踏板上找鞋的声音。然后堂屋的灯亮了，门"吱呀"一声开了。

两个孩子拎着书包站在门口，昏黄的灯光下，他们蓬乱着头发，小脸上红扑扑的。金良喊：奶奶！

奶奶掩上怀，把他们的书包接下来，放在桌上，一把揽过金良道：我的乖乖！金良指指刘健说：这是我的同学。奶奶伸手摸着刘健的头发，问金良道：你爸爸呢？他怎么让你们自己来？

金良说：我们是来看蛇展的。他不晓得。

奶奶愣了一下，她似乎想说什么，但是没有说。她看看桌上的书包，生气地说：你们逃学了，是不是？

金良老实地说：是的。

奶奶鼻子里哼了一声，没有骂他。金良知道她就不会骂。她是奶奶啊！奶奶打来一盆水，让他们洗脸。等他们洗好了，去把那盆发黑的水泼掉。奶奶说：你们肯定饿坏了吧，我去给你们下馄饨。

奶奶拿着两个大号的搪瓷缸出了门。刘健迟疑地问：现在还有馄饨吗？金良说：你放心，我奶奶就在饮食店上班！说话间，隔壁的饮食店传来了敲门的声音，奶奶好像在跟谁说话。不一会儿，奶奶端着两个热气腾腾的搪瓷缸回来了。奶奶拿来两个大碗，倒上满满的馄饨，说：吃吧，吃吧。

他们真的是饿坏了，两人趴在桌上吃得"呼噜噜"响。他们根本吃不出任何滋味，只是在狠狠地杀饿。奶奶爱怜地看着他们，再把他们碗里加满。金良抬起头，透过热气，他看到奶奶的头发比去年过年时又花白了不少，心里酸酸的。

两大缸子馄饨很快就见了底，还有几个谁也吃不下了。金良主人似的问：刘健，你饱了吗？刘健说：饱了，说时还打了个饱嗝，他不好意思地红了脸。金良说：奶奶，我们明天要去看蛇展。

奶奶叹了口气道：乖乖，蛇展已经走了啊！

两个孩子都呆住了。他们对视一眼，直愣愣地看着奶奶。这是真的吗？他们真的走了吗？！

奶奶说：乖乖，他们今天下午刚走的呀。你们怎么不早点来呢？

金良发急道：我们一听说就来了！我们怎么知道他们今天走？他的眼睛里含了珠，眼看就要掉下来了。

刘健问：奶奶，你知道他们到哪儿去了吗？

奶奶说：听说是要到东台去。她咬咬牙道，明天你们要是还有劲，我带你们去，坐轮船去！

看来也只能这样了。

金良和刘健觉得浑身没力气，话都不愿说了。奶奶打水给他们洗脚。突然奶奶惊呼一声：你穿的这是什么鞋！她把鞋拿起来，看一看，往墙角一扔说：你妈就给你穿这样的鞋呀！她拎起金良湿淋淋的脚，看一看，在脚掌上拍了一下说：臭小子茧子还蛮厚！然后开始唠叨着数落金良的妈，说她不会做事。金良脖子一梗说：你别说我妈！奶奶叹口气，到柜里找了双百叶底的鞋出来，说是金良爸爸穿过的。他们打着哈欠在奶奶的安顿下躺下了。

奶奶的床真大，四面有很多木格子，就像一座小房子。奶奶搂着金良，刘健睡在另一头。奶奶身上有一股气味，很像爸爸身上的味道，但金良已经很久不跟爸爸睡一起了。他喜欢这种味道。灯一关，他很快就睡着了。

第二天一早奶奶就出去打听，蛇展的人到底到哪儿去了。人家告诉她，那些人可能不是去东台，而是到草堰去了；还有人说，那些人临走时说过的，他们要到更远的大丰去。究竟怎么办，奶奶自己也拿不准。她问金良，金良和刘健商量了一下，说他们不想去看了。他们实在累得不行，而且刘健已经很想回家了。

吃了早饭他们就要走，奶奶留也留不住。临走以前，他们自己到文化站看了一下。

什么都没有了。文化站里冷冷清清，只有几个老头在打扑克，脸上贴了不少纸条。乍一看，你根本想不到，这里昨天还有过一个蛇展，有那么多的蛇曾经被人从很远的地方带到这里来给人看。谁能知道，它们现在到底到哪儿去了？

两个孩子默默地站在文化站的展览室里，几个老头奇怪地看着他们。他们假装是在看墙上的大批判专栏，生怕别人笑话他们是专程来看蛇展的。他们四下打量着，看上去像是两个在别人办喜事后才赶到的捡炮仗的小皮孩。突然，刘健叫了起来：你看！顺着他的手指看去，地上是一条蛇蜕！

金良抢上去，捡起来。

蛇蜕很短，很轻，只有尺把长。但它肯定不属于本地的蛇。它嘴巴张着，看上去很狰狞；背上有一道细细的黑线，尾巴扁扁的，呈一种非常艳丽的红色。

这么漂亮的蛇蜕，那肯定是一条毒蛇。金良想起了一个梦，他看见一条蛇正在蜕壳，他飞快地挠着自己的头发，生怕被蛇数清楚。都说是蛇在蜕壳时如果数清了人的头发，这人就要死了。这个梦就是昨天夜里做的，可他看见蛇蜕时才想起来。

两人拉着蛇蜕研究着，引得打扑克的老头直朝这边看。刘健把蛇蜕塞进了书包，说：我们走吧。

奶奶已经在饮食店上班了，金良过去跟她道别。奶奶在他们手上塞了几根油条，再三叮嘱他们在路上不要贪玩。两人挥挥手走了。回头望去，奶奶的白发在晨光中闪烁。

他们上了路。蛇蜕装在刘健的书包里，简直没有分量。他们在路上商量好，回去后不讲没有看到蛇展，就讲看到了，非常好玩。别人如果不信，就把蛇蜕拿出来给他们看。

变　脸

　　我们的身边究竟是何时出现了这个会变脸的人，现在去考证已经没什么意义了。他姓何，叫何雨，是前年从外地的一所大学分来的。刚来的时候他很正常，只是长得不好看，有点苦相。说起来他的五官一无特点，既非獐头鼠目，又不是浓眉大眼，总之，十分平常，不幸的是这些部件一齐搭配在他的脸上，就显得颇为愁苦；而且他不太会来事儿，成天灰着一张脸，不讨喜——我们见过不少这样的人，不是么？他是庸常人群中的一个，只不过看上去很阴郁，一副心事重重的模样。作为一个很平常的人，何雨分到我们单位后做的是最平常的工作，没有谁需要去巴结他，当然也就没有多少人会去注意他。我们相信，他的变脸技艺是在到我们单位后的某一天才突然掌握的（也许是长期练习，突然领悟？），因为你很难设想，一个早就具备了某种绝技的人能够一直不露声色。总之有一天我们突然发现，我们身边出现了一个会变脸的人，这着实令我们感到无比兴奋。

　　在这个人材辈出、群星荟萃的时代，所有人都感到眼花缭乱，目迷五色，我们的视听器官都差不多麻木了。但这种麻木是相对的，一旦一个异常人物真正出现在我们的身边，我们还是抑制不住内心的激动。何雨的本领是异乎寻常的，他的变脸绝对不是我们通常所见的化妆或是整容，那种玩意儿不值一提，和何雨的变脸无法类比。何雨变脸既不需外人帮助，也不要借助任何工具，你看他，凝神屏息，正襟危坐，待四座安静，众目注视后，他沉稳地伸出双手（抖一抖袖子），开始飞快地调理他脸上的五官和肌肉。他的手摸到哪里，他的脸就改到哪里，一时间，你只能听到一连串轻微的手指和肌肉接触的声音。在一系列令人眼花缭乱的动作后，何雨长长地叹出一口气，双手垂处，一张迥异与他本相的脸展现在众人面前。观者目瞪口呆，突然间掌声雷动！

　　这是何雨第一次向大家展示他的变脸技艺。他是如何掌握这项技术的呢？这很费思量。是天生禀赋而后自我修炼，还是机缘垂青得异人传授？抑或是某一日突然间福至心灵？我们问他，他不肯说，总是顾左右而言他，我们也猜不出个所以然。我说不上是他的朋友（他本来就没朋友），但我和他同在一个办公室，平时接触稍多，据我观察，何雨一直比较喜欢看漫画，对用简单的线条勾勒出人的喜怒哀乐肯定颇有心得，这很可能就是他变脸技艺的基础之一。当然，他脸上的肌肉肯定也与众不同，要不然，拥有这项技艺的人肯定不是何雨，而首先应该是那些画家、雕塑家，或者是什么"泥人张"的传人了。要知道，即使是川剧里的变脸艺术，跟何雨的变脸也是不可同日而语的。

　　细想起来也有迹可循。就是说，何雨变脸技艺的形成大概也是个渐进的过程。先是，他阴郁的脸变得活络了些，在别人不注意时，眉毛、眼睛、鼻子、嘴巴常常上下左右地调动；后来，偶尔冲大家做做怪脸。终于有一天，他一时兴起，给我们表演了他的全套活计。这我在上文已经描述过，在后面你还将有所领略。

　　还要声明一点，我并不想在这篇小说里奚落或是嘲弄何雨。在这

个八仙过海的年代里，猪往前拱，鸡向后刨，一个人拥有了某项人所不
及的本事，应该不是一件坏事。都说，人一阔，脸就变，何雨是人还没
阔，先有了变脸的技艺。祸耶？福耶？

　　单位里着实热闹了好些天，从上到下，从单位的"头儿"，到我们
这些普通同事，人人都对何雨的绝技产生了浓厚的兴趣。工间操被自动
取消了，成了何雨表演变脸的专用时间。何雨端坐当中，众人围成一
团，点菜一般地观赏表演。——来个哭相！这当然是小菜一碟，话音刚
落，我们的面前出现了一张泪眼欲滴的苦脸，于是掌声一片。——来个
得意洋洋！这也不难，几秒钟的工夫，何雨就变了一张脸，好一副春风
得意的模样。气氛被喧起来了，难度也逐渐加大，——变个道貌岸然！
何雨略愣一下，抬起双手，在脸上搓了两下，他的脸又换了。谁没有
见过道貌岸然呢？他学得确实很像。看来这难不住他，有人又说：学个
×××吧。何雨怔住了，看上去有点为难。×××是我们这个城市的最
高领导，几乎每天我们都能在电视上见到他。我们都看着何雨，看他能
不能弄出来。那个提议的家伙说：看来你还是不行，只能弄点小儿科，
他嘿嘿笑道，黔驴技穷！这话把何雨激起来了，他梗着脖子说：我不
行？你等着！便不答话，抬起双手在脸上做开了。这一次难度不小，他
的手仿佛捏面人似的在脸上拽、点、拉、捏，间或默想片刻，挤挤眉，
弄弄眼，两手接着又忙活开了。大概忙了十来分钟，他的双手张开，捂
在脸上，然后，两手缓缓移动，宛如舞台上的帷幕那样分开……我们都
呆住了，所有的目光都集中在他的脸上。何雨说：拿面镜子过来！他连
语气都学得惟妙惟肖。我们都说：像！像！不要拿镜子了！大家齐声叫
好，掌声再次响了起来。

　　类似的情形持续了好多天，直到我们渐渐弄清了何雨技能的限制，

大家的兴奋点才逐渐分散。说起来，何雨的脸也并非万能，就表情而言他几乎是说来就来，但要说学人，也就是说，要他具体模仿某一个人，他有时就不能随心所欲了。想一想，道理也很简单：何雨的脸毕竟不是一团橡皮泥，里面是有骨头的。说到底，他只能模仿和他骨相类似的那一类人。但即使这样，何雨的变脸也算得上是一项绝技了，不是么？

何雨并不是那种得志猖狂的小人，况且他也还没有得志，但他上班时已不像以前那样唯唯诺诺，诚惶诚恐了。他的脸色比以前开朗了许多，至少原先的晦气已一扫而光。现在何雨脸上五官的位置有了些调整，而且是良性调整，也就是说，他把每天来上班时的脸改良了，这当然是得益于他的变脸技艺。我觉得这样看上去顺眼多了。但有些人不这么看，他们觉得看不习惯。其实这些人自己才令人费解，难道他们愿意整天跟一张愁苦的脸打交道吗？我对何雨的变化表示理解，——一个人又添了一套好衣服，你要求人家还继续穿着以前的那套破衣服不换，这不是太不通情理了吗？何况何雨也还是何雨，他并没有翘尾巴，他自己的工作只比以前做得更好，还常常帮帮别人的忙（这在以前是不可想象的）。以前单位的电话响了半天大家也懒得去接，现在何雨接得很及时；单位的报纸大家看得不亦乐乎，就是没人愿意往架子上夹，现在好了，何雨把它们分门别类夹得好好的。何雨现在变成了一个上进而朝气蓬勃的年轻人了，他改掉了爱睡懒觉的习惯（我们都知道这有多么难！），天天提前十分钟上班，我们上班时，他连开水都打好了。我们"头儿"的水平毕竟比那些普通群众要高一点，他在一次例会上表扬何雨说：大家都注意到，何雨同志现在的精神面貌比以前是大不一样了——底下有人咻咻窃笑，"头儿"咳嗽一声说，我说的不是脸！底下全放肆地笑了出来。"头儿"在哄笑声中继续说——我们希望他继续保持，发扬光大！有人在我身后接了一句：洗心革面！底下笑得更厉害了。我不满地朝身后瞪了一眼。我真诚地希望何雨能以此为契机，改变自己的形象，但愿好运气也能接踵而来。

　　经过最初的适应过程之后，大家对何雨的改变已经习以为常了。何雨也不是每天都变一张脸，就是说，他并不是每天都换一套行头。他每天来上班的模样都是固定的，看上去也很正常，和我们大家差不多。如果你是个不了解原委的人，决不会朝他多看一眼。作为一个身怀变脸绝技的人，我相信他难免会时常技痒，但他考虑再三后，终于优选出这样一套模样来面对我们这些同事。开始，大家还有兴趣对他的这套行头评头论脸，后来也就习惯了。好的效果也确实开始产生，至少，大家不再随意支使他了，而且，"头儿"不是也表扬他了吗？

　　何雨的变脸技艺如果只运用在改变他的寻常形象上，那确实是屈才了。别忘了，他只要简单地运用他的变脸本领就可以随时随地地变换表情：喜怒哀乐，威严或是卑微，他说来就来，随心所欲。何雨很恰当地运用着他的技艺。在不同的场合和不同的对象面前，他会准确地把握自己所应处的位置，恰如其分地做出相应的表情。如果说何雨正常的表情是一条水平线，那他在聆听"头儿"的指示时姿态就往下低一低，而当外面来了客人，而且这个客人是有求于我们单位的，他的姿态又会适当地抬一抬，处于水平线以上。一段时期以来，何雨把他的技艺运用得恰到好处。如果我们把他的这种变化像剪胶片似的各自剪开来看，就会发现，每一段胶片都恰如其分，何雨既不僭越倨傲，又不低三下四。这种变化对何雨来说游刃有余，但要是把各段胶片接好，连起来放，别人就有点眼花缭乱了。有人对此颇有微词，说何雨的脸像夏天的天气，说变就变，是一张鬼脸。但我注意到何雨实际上很有分寸，他表现得相当得体。他对同事们很有礼貌，说到底，他得罪过你我吗？我看没有；他模仿谁的面容勾引过谁的老婆吗？那更是没有！谁要是把何雨说成个反复无常品行卑下的小人，我首先要站出来反对。一个人生活在这个世界上，要生存要发展，不容易！而且，你能理直气壮地说，你在领导和群众面前心里就完全一样吗？我不敢这么说。就我而言，我也想变化，有时也变上一变，只不过我做得没那么顺溜，没那么得心应手罢了。总而言之，我认为对何雨的非议从根子上说都是缘于一种"酸葡萄"心理。设想一下：如果你运气好，也掌握了这项技艺，我不敢说你会模仿他人的面孔去勾引他老婆（我怕你打我耳光），但你就没想过可以模仿某个工资高的去冒领他一回工资吗？不管怎么说，反正我理解何雨。

　　再往深处说，何雨在某一个时刻所呈现的脸谱，和他当时的心情是不是就完全一致呢？我看不见得——不，不是不见得，简直就是不可能！——心里不服气，脸上却要彻底服气，没有架子，却要端上临时准备的架子，这有时也是一种折磨。事实上，何雨也还没有修炼到家，他的真情实感有时还是会从他的面具里透露出来，不过现在我没有说到这个，这是后话。

　　要说何雨在单位的地位，看上去并没有多大的变化。譬如单位分东西，他拿的还是最差的那一份。就说分水果吧，烂得最多的那一筐也还是归他。这倒不是因为他傻，看不出来——筐底都淌水了，他能看不出吗？他现在是心甘情愿去拿烂水果，这跟以前的情况不太一样。以前大家是把最差的东西剩给他，他拿了嘴里也会嘀咕，现在呢，他即使是第一个拿，也会主动去拿最坏的。这一来，那些贪小便宜的人很是满意。要说变化，何雨的人缘是比从前好多了。他不再计较这些小事，但我相信，他内心的想法绝不比以前少，也许还更多了。

　　有一天，何雨上班时一直喜滋滋的。我们陆续到单位时，他不光把开水烧好了，连地也拖得干干净净。开始大家还没太在意，因为这早已成了他的日常工作。但慢慢大家就觉得，今天有些反常，那种发自内心的喜悦是装不出来的。虽然他平时上班也是带的这张脸，但这张脸今天仿佛着了色，特别是眉毛那儿，可以说是喜上眉梢。他那天工作格外卖力，嘴里还断断续续地哼着歌。他这是怎么了？我们都在猜度，互相交换眼色，但都没有出言询问。快下班时，何雨一直在看表，后来他终于忍不住了，说要先走一步。但他并不马上就走，总在那儿整理桌子。我问他，究竟有什么好事，是不是交女朋友了？何雨嘴里说：哪儿啊！哪儿啊！脸上却是承认了。大家都来了劲，一起围上来关心他。何雨脸涨得通红，只说才认识，八字还没一撇哩。我们问：漂亮吗？何雨说，还可以吧，就不肯再说了。大家都嚷着要吃糖，何雨不肯，说等成了请大家喝喜酒，最后"头儿"拍了板，让何雨掏出五十块钱来，才让他走了。

我们都知道何雨谈恋爱了。看得出他心情很好。每天上班我们都要"拷问"他一番，让他谈谈最新情况。前一段时间进展是顺利的，我虽然没有亲见他和那个女孩会面的场面，但我可以想得出，他去见那个女孩时的面容肯定是他最体面的一张脸。这是何雨的专长。这一点其实大家都想到了，私下里也在议论。那天上班何雨破天荒地迟到了，想来是昨晚的恋爱结束得太迟。大家兴致都很高，好奇心陡涨，直截了当地要求何雨给我们做一做他谈恋爱时的那张脸。何雨不肯，说：还不就是现在这个样子吗？话音刚落，有人就戳破：不可能！你行头多，怎么可能穿工作服去谈恋爱！大家哄地笑了。何雨推辞不过，只好给我们做了一下。他只用手在脸上稍一整理，脸挤了几下就做好了，想来是天天运用，已经熟极而流。这张脸只是在上班的脸上做了一点调整，但这种调整极具成效。在这张脸面前，你一下子很难找出他以前那张苦脸的痕迹。何雨还是何雨，但他现在的脸面看上去不光体面、优雅，还略带幽默，简直人见人爱！何雨微笑着，他的脸上甚至还带有一丝含情脉脉的表情。我们这些观众都齐声叫起好来。

转眼间何雨的脸色沉了下来。他担心地说：她是个专业演员，这种人经历丰富，我怕她没有真心。

她再丰富还能丰富过你呀！马上有人说，演员才好，跟你天生一对！

大家全笑了起来。

万万没想到，何雨的恋爱很快就结束了。具体情况我们不知道，事后的传闻是这样的：

那个演员确实已动了真心，据说已经开始跟何雨商量结婚的事儿了。不想何雨一高兴却出了事。那天晚上他们在五星城啤酒屋见面，开头一切正常，两人喝着茶聊着天，笑语宴宴。后来一高兴，那女孩提出要些酒来喝。何雨开始不肯，说自己不会喝。那女孩说：不会喝酒的男人还像个男人吗？要不练练，结婚那天怎么办？何雨经不起这一激，说：喝就喝！几杯酒下肚，何雨脸也红了，舌头也短了。他原本不善喝酒（这我们都知道），单位聚会时他几乎滴酒不沾，但情绪一上来，又面对女朋友那张含情带嗔的俏脸，不知不觉就过了量，最后连脑袋都耷拉下来了。那女孩并没有在意，她去了趟洗手间，回来一看，何雨已经趴在桌子上了。她推推何雨，喊：喂！喂！何雨迷迷糊糊抬起头，把她吓了一跳——这人穿着何雨的衣服，但他不是何雨。女孩问：你是谁？你坐错了地方吧？何雨还没有醒过来，他舌头打卷说：我就是何雨，你来啦？女孩上上下下地打量着他，疑惑地说：你是何雨？你的脸——何雨一激灵，酒顿时醒了。他猛地捂住自己的脸，嘴里说：没什么，没什么，手忙脚乱。再抬起头来时，他的脸又恢复了。女孩怔怔地盯着他，突然大叫道：鬼！鬼！拎起自己的包就跑了。

那天何雨弄得很窝囊。几个保安围住他，反复地盘问，最后还差一点被弄到派出所去。听说何雨第二天又去找了那个女孩，坦诚地向她解释了自己的情况。女孩对他表示理解和同情，但决不愿意恢复旧好。事已至此，何雨也只好拉倒了。几个月后，那女孩和别人结了婚，何雨还去出席了婚礼。他那天憋了一股劲，不光打扮得衣冠楚楚，还做出了他有史以来最为派头的一张脸。宾客们都以为来了个显贵，请他坐了某一席的上座。

恋爱失败的何雨那一阵的情绪相当低落。他神情忧郁，不大搭理人。接近年底，单位里的气氛更加活跃了。一个周末，我们单位到郊外活动，全体人员乘一辆大客车到栖霞山游山。正是深秋时分，天高气爽，阳光灿烂，大家兴致勃勃，满车都是欢声笑语。上了山，大家爬山、采叶、登塔，玩得十分尽兴，只有何雨一个人沉着一张脸，看上去满腹心思。那天的一项主要安排是游览栖霞寺，我们一行沿着迤逦的山道往寺庙走去。

寺前高高的台阶两边，坐了不少看相算命的相士，面前都摆了一块招牌，上面写着"周公神课，逢凶化吉"或是"诸葛神卦，消灾禳祸"之类的话，和电视里某些"神药"的广告词颇为类似。相士们乍一见来了一彪游客，精神都为之一振，纷纷围上来招徕生意。我们都没有理会。佛门净地，毕竟拜菩萨要紧。进了寺庙，大家依次聚神敛意，焚香跪拜，望佛默祷，如此这般，人人都很认真。何雨排在最后一个，他拜得格外虔诚，嘴里还喃喃念叨着什么。出得山门，那些相士们又围了上来，比我们进寺时更加起劲。这些人拦在前面，嘴里念念有词，说的都是土话，听不太懂，大意是说你不久就有大的变故，言下之意是如果不算上一卦，说不定下山时就会不幸摔死。大部分人不信这些鬼话，绕开他们，加快步子跑远了。何雨是最后一个出来的，他一出寺门，离寺门最近的一个老者站了起来。他鹤发童颜，长须垂胸，道骨仙风。他对何雨说：这位先生，我给你算一卦，要是我说错了，你一个子儿都别给！何雨站住了，迟疑着。

已经走远的同事们又围了过来。我突然想起了什么，也来了兴致，怂恿何雨来一卦，看他说些什么。何雨同意了。

我问老相士：你是算命还是看相？

老相士答道：算命看相，本为一体！说时对我深看一眼，我吓得不再开口。

何雨面对老相士站好，我们众星拱月似的围在他身后。看得出，他有点紧张。

相士坐在他的小马扎上，闭上眼睛，端坐片刻，突然双目一睁，目光如电：先生，轻言慢语，冒渎莫怪，恕我直言了！

何雨惶恐地说：你说。

老相士敛容正色道：先生，观你之相，天庭饱满，气象尚新，所不足者唯地阁微削。先生祖泽绵延，积德甚厚，故虽印堂发暗，有不测之气，尚不致成灾，只须谨言慎行，决不至罹祸！

何雨表情严肃，等着他说下去。老相士说：不过你的运道似乎一直不好，要切记谨言慎行！

老相士口齿清楚，听得我们一愣一愣的。这老相士看来不可小觑。何雨掏出二十块钱，递给老相士。老相士坦然收下。何雨问：我该怎么办呢？

老相士道：我说过了，谨言慎行！老头说完更不答话，闭上了眼睛。

这一弄谁也不再敢让他算命了。大家议论纷纷地下了台阶。何雨皱着眉头想着什么，突然他说：我东西忘寺里了！反身上了台阶，我们目送他进了寺门。

　　下山是熟路，何雨自己会跟上来。我们下了山，在停车场上等了不少时间，眼见着一个人垂头丧气地走了过来。仔细一看，才看出是何雨。他的面貌跟刚才大不一样，所以我一下子没认出来。我心头一闪，突然想起了何雨人所不及的变脸本领，我猜测，他刚才并不是真的忘了什么东西，他很可能是变了脸，又去算了一卦，而且我推测，他找的一定还是那个老相士。回去的路上，何雨阴沉着脸，闷闷不乐。我几次想出言询问，都没有开口。后来我才知道，情况果然是这样：何雨回到寺里又转了一会儿，再出来时，他不光面貌迥异，甚至还把他身上的衣服反过来穿了。他走到老相士面前，往那儿一站，但还没等他讲出他已经默练数遍的土话，老相士一眼就把他给认出来了。老相士含笑说：你不用再算了，你的同事们还等着你哩。

　　此后的何雨神色萎靡，精神不振。我注意到，他又开始大大咧咧，不修边幅了。他上班前肯定还要把脸整一整，但已不像以前那么用功。转眼到了年终，单位的事多了起来。总结，评优，发年货，何雨也跟着忙了好一阵。年终小结的那天，何雨的劲头又高涨了些——谁不想拿一等奖呢？他的个人总结做得格外认真，光从字数看就比别人多了一倍；读得也认真，还不时抬头看大家一眼。我心中很有些恻然。

　　个人小结过后是无记名投票。计票的结果是：何雨只有两票。我投了他一票，大概还有他自己一票。何雨还是三等奖。领奖金的时候，我看到何雨嘻嘻哈哈，脸上显得满不在乎，但透过脸看进去，他心中凄然。以后的一段时间，何雨的情绪达到了最低点。他很少搭理人，总坐在桌子前发呆。他似乎已懒得再花精力去修饰他的脸了，大概和我们上班前草草地抹一把脸就来上班差不多，他稍稍做一下脸就出门了。这一来，他的脸就漫不经心地多了些变化，就是说，不像以前那样固定，有点乱了。

有一天下午，天气很好，冬日的阳光明晃晃地照进窗户，办公室里正好就我和他两个人。我在看报，何雨突然对我说：我知道，就你投了我一票，谢谢你。

我一时不知说什么好。

何雨说：真的，谢谢你。

我说：其实你还是注意一下仪表比较好……话一出口，我又觉得不妥。

何雨长叹一口气说：我管不了那么多了。说真的，我真不知道究竟该怎样面对这个世界了。

我没说话。沿着阳光看过去，何雨只呈现一个逆光的背影。

几天后，单位联欢。"头儿"想出了个新花样：搞个假面舞会，面具自备。有人跟何雨开玩笑，说他最方便，不必花钱了。何雨狠狠地瞪了他一眼。晚上的舞会开得很热闹，孙悟空猪八戒，牛头马面全都登了场。我有事去迟了一点，舞会已经开始了。进了门，乍一看，好像走进了一个幻境，一时间不见一个熟人，五花八门的面具把他们全隐蔽起来了。灯光又暗，即使仔细辨认我也看不出究竟谁是谁。突然间我想看看何雨，看看他今天到底是个什么样子。奇怪的是，我只在场上稍稍一扫就发现了他。他戴着一个猪八戒面具，正在那儿跳舞。他跳得不熟练，颇有些僵硬，影影绰绰的灯光下，我只能看见一个晃动的影子，但我坚信，我没有弄错。一曲终了，顶灯亮了，所有的人都摘下了面具，我终于看清，那确实就是他，是何雨。我有点迷惑，还有些恍惚，我自己也弄不清我是从哪儿把他认出来的，究竟是什么提醒了我。你说说，这到底是怎么回事儿？难道说，我比栖霞山上的那个老相士还要厉害吗？——这么说，连我自己都不相信。

第二天单位聚餐。菜肴很丰盛，酒也足，酒过数巡，大家都有些酒意。何雨酒量最小，当然第一个醉。喝到后来，何雨的脸撑不住，松了下来，还是原先的苦相。有人提议，让何雨变个脸，给大家助兴。何雨这次倒没有推辞，他打了个饱嗝，醉意蒙眬地说：变个脸？——你说变什么？"头儿"也醉了，他站起来，手往自己脸上一戳，说：就变我！

好！大家全都赞成。

好，你们等着。说时何雨站起了身。

确实喝多了，何雨的手显得迟缓，还有点颤抖。但片刻工夫也就变成了——实在是像！大概他们原本就骨相类似，只是何雨的脸看上去要稍瘦了一点，但乍一看去，神形兼备，几可乱真。

何雨看看大家，又直直地盯着"头儿"，斜着眼说：怎么样？

大家热烈鼓掌。何雨端起一杯酒，学着"头儿"的腔调说：同志们辛苦了一年，现在我敬大家一杯！他扬起脖子正要喝，突然愣住了。我们发现，"头儿"的脸色正急剧阴沉，仿佛山雨欲来。我们还没明白怎么回事，"啪！"一个耳光已经结结实实打在何雨的脸上！何雨手里的杯子掉在地上，摔得粉碎。我们都呆了。

何雨呆立在那儿，捂着自己的脸。他双手使劲揉搓着，像是想把那张脸揉碎。突然他拍着自己的脸喊道：天啦！我的脸死了！它变不回去了！

他的泪水流了下来，但那张脸，是真的变不回去了。

聚餐当然是不欢而散。后来"头儿"当着大家的面向何雨做了自我批评，说自己酒后失态，实在不应该。还让他到医院去看看。何雨去了，但医生也束手无策，何雨的脸只能就此固定了。你可以想象，我们单位从此有多么滑稽！——一个"头儿"，两张脸！虽说我们不会经常弄错，但这是多么尴尬！这样的情形持续了个把月，终于有一天，何雨给"头儿"留了张条子，悄悄离开了我们单位。他辞职了。

　　我们至今没有得到何雨的确切消息。听说他的脸后来治好了，又恢复了他的变脸功能，现在正在南方一家杂技团里当演员，专门表演他的变脸技艺，收入颇丰；还有人说，他其实是去了北方，在一家电影厂担任了特型演员。可我虽然一直留意，至今也还没有看到他出演的影片。

吞吐记

　　夫妻吵架，那是常事。锅哪有不碰勺子的？舌头和牙齿还要打架哩。但吵归吵，这里头却也有个计较：谁是舌头？谁是牙齿？这是夫妻的重要问题。牙齿绝对强势，受伤的永远是舌头。不幸的是，徐岛就是一条舌头。他做舌头，已经做了三年半了。

　　他脾气好，姿态高，作为一条舌头，自愈能力极强。锅和勺子那是硬碰硬，弄不好就倒勺砸锅散了伙，只有牙齿和舌头才能兼容，一来二去，不知不觉中他就成了舌头。做丈夫是难的，做舌头更难，但不做舌头，就可能连丈夫也做不成。他们磕磕碰碰过了三年多，平心而论，架没少吵，但大部分时间也还是风和日丽，平平淡淡的。说起来真正的大吵只有两次，除了眼下这次，那一次是三个月前。三年两大吵，说多不多，但都伤了筋动了骨。目前这一次正在冷战当中，孟佳决然回了娘家，后续如何发展，尚不可测。"这日子没法过了，我们离婚！"两次大吵，孟佳都说出了这个话。这是撒手锏，是快刀斩乱麻的那把刀。再深入研究一下，撒手锏和刀还不一样：亮出撒手锏，相当于亮出牙齿，其实不可怕，舌头让得快，身段再柔软些，那就伤不到婚姻；刀却意味着一刀两断。但无论如何，这句话是极值，是顶峰，是夫妻吵架的最强音，三个月前，孟佳说出这句话时，脸上就满是挥刀的表情。这就严重了，她动真的了。"我们没孩子，简单。钱、股票，一人一半，房子归你。"她冷笑道，"反正也是租的。我回我妈家。"话已至此，徐岛张口结舌。舌头成死肉了。

那次吵架的起因其实简单，鸡毛蒜皮，徐岛简直想不起来，想得起来他也不愿再提。总而言之，先是风起云涌，慢慢就电闪雷鸣，渐渐就暴风骤雨，昏天黑地起来，竟有了地震的征兆。说到底还是因为舌头也有血管和神经，还特别能够分辨酸甜苦辣咸，一不留神它还要乱动。你来我往，你一言我一语，虽说徐岛的话软和一些，不那么狠辣，但毕竟还是在回嘴。这在战略上就是个敌进我退，敌驻我扰的格局，未能完全执行不抵抗主义，待孟佳抛出吵架的最强音，基本就很难收拾了。

当时徐岛委屈求和，但孟佳心意已决。陈芝麻烂谷子全倒出来了。讲师当了七年，评不上副教授；臭袜子乱扔，不配对的有一打；整天跟女学生和蔼可亲循循善诱，谁知道想诱到哪里？乡下三姨六舅一大堆，前赴后继地来吃住——还凤凰男呢！凤凰男人不如鸡！鸡还会下蛋呢！徐岛抓住机会笑嘻嘻地指出她的逻辑错误：凤凰男属于雄性，即使是鸡也是公鸡，当然不会下蛋；又说臭袜子乱扔其实不是问题，全买一样的袜子就可以随便配对。这一来孟佳更上了火，说你是随便配对，我瞎眼配错了人，所以这婚是离定了！

徐岛虽说是大学讲师，其实有点木讷。但离婚当头，不得不勉力摇唇鼓舌。毕竟是教师，真动起嘴来还是颇有水准。孟佳说她是"瞎眼配错了人"，话一入耳，徐岛立即就分析出这个句子的结构："瞎眼"说的是遇人不淑，识人不准；"配错了人"表达的是结果；整个句子里饱含怨尤、后悔，更多的是指责，指责他辜负了她的青眼。徐岛找到缝隙，

立即以柔情渗入。他说你没有瞎眼啊，整个商场那么多人，你就挑中了
我，这是缘分，缘分啊！说起来他们的相识很浪漫。不是一般的浪漫，
是相当浪漫，简直富有传奇色彩。

　　那年换季时节，他想起自已还缺衣服，就到商场看看。其时他已相
亲多次，正处于将剩而未剩的关口，和商场的打折衣服其实颇为类似。
但他当时并没有自艾自怜的感觉，只想挑一件得体的衣服，买了走人。
他在一个柜台前看中了一件栗色夹克，出样在模特身上，配着米色裤
子，十分中意。于是开始还价。他是学地理的，下知地质水文，上晓日
月星辰，但对这上下之间的人间俗事却不擅长，还价只知道拦腰一刀，
再步步退让。可这套衣服不让还价，卖法也十分诡异：这男模特身边还
有个女模特，米黄上衣配栗色裙装——是情侣装，一起买，六折，单卖
就原价。徐岛犯了难。那女营业员笑吟吟地看着他，说这个活动效果极
佳，至今没有单卖一件。这对单身前来的徐岛简直是嘲讽，是奚落。徐
岛悻悻然，愤愤然，又有点恋恋不舍。这时候孟佳出现了，这是他们
第一次相遇。她已经注意他很久，饶有兴味地看他发窘。这时她走上
前去，果断指着女模特身上的衣服说："我要这一套。"营业员说："原
价。"孟佳说："我们一起买。"营业员斜眼看看她，看看他，说："这个
当然可以。不过……"徐岛立即点头，表示可以。但好事多磨，买个衣
服竟也一波三折。先是找不到合适的尺码，徐岛的衣服只能从模特身上
扒。模特是不穿内衣的，看着模特被脱得精光，徐岛觉得身上冷。这他
也忍了。那营业员却又有话："你们不试试衣服吗？不试你们还是不能
买。"原来这活动十分促狭，为了证明双方真是情侣，必须两人一起到
试衣间换衣服！徐岛刚想说那就不买了，孟佳却羞涩地看着他，满眼期
待。"试试吧，又不是内衣。"她这基本是出言相求了。羞涩是动人的，
信任是可贵的，你只有拿勇气去回报。徐岛涨红脸，拎着衣服就进了试

衣间。孟佳跟了进去。

这就是开始。他们认识了，恋爱了，结婚了，后来闹离婚，那也是后话。当时，营业员们在外面挤眉弄眼，哧哧地笑。她们竖起耳朵，盯着板壁，等待着发生事故。事故当然没有发生，发生的是故事。徐岛在试衣间里老实得很，差不多像是孟佳带进来的一具木质模特……回忆他们浪漫的初恋，是徐岛解决吵架拌嘴的必杀技，常常是他开个头，孟佳的机关枪射速就慢了，连发变成了点射，继而哑火沉默，徐岛再往下说，她忍不住就要纠正他的记忆错误——这些错误基本是故意的，是诱敌深入的那个口子。孟佳说他其实不老实，在试衣间里喘气喘得像干什么似的，这说明他心怀不轨。徐岛说我什么心怀不轨啊，我站得笔直，非礼勿视，连动都没敢动。我衣服都没试就买走了，那也算是豁出去了。孟佳说什么豁出去啊，我眼力好，一眼就看出你肯定合身的。徐岛连忙插话，说你的眼力绝对好，要不怎么找到我啊……总而言之，三绕两绕，就峰回路转了。

不过回忆往事这个必杀技也已过时了。上次大吵前就过时了。天下没有永远的必杀技。以前屡试不爽，但孟佳上次就已不吃这一套了。说到买的那两套衣服，徐岛以动作代替语言，马上找出来，试穿一下。上衣勉强可以，穿到裤子可就狼狈了。他肚子收紧，裤腰却还不肯配合。这可不是自找麻烦吗，他连忙想褪下来，孟佳话又来了。"你看看你自己那个样，我们都不是从前了！"她从小包里拿出离婚协议书，往徐岛面前一扔说："我字签过了，你不要往后躲。"

所以说，民政局迄今为止他们已去过两次，一次是结婚，一次是上次闹离婚。徐岛可不想再去。所幸他在大学工作，自由时间比较多，有足够的时间自我反省。有一本软性杂志，上面有一碗"心灵鸡汤"，说：我们要学习舌头，它柔韧而坚强，牙齿掉光了，舌头至死尚存。徐岛先是好笑，觉得这是典型的巧舌如簧，"言伪而辩"，突然一惊，这才明白自己自结婚以来，一直就是一条舌头。以前是不自觉的，因为成家不易，因为怕折腾，也因为孟佳持家过日子并无大错，他自然而然地成了舌头。都说唇亡齿寒，其实牙齿更重要。牙齿要是脱了岗，嘴就不成个模样了。嘴是什么？嘴就是家庭。补牙当然也可以，但不管是烤瓷的还是金牙，都亮得刺眼，闪耀着替补或小三的光泽。这个很难看。因此原配的牙齿是珍贵的，不能崩掉，唯一的办法就是继续做一条舌头，做一条自觉的舌头。上次离婚实际上是一场临界核爆，就是说一切都准备好了，按程序滚滚向前，却在最后一刻戛然而止。蘑菇云没有升起，但数据到手了，这数据就是：离婚很伤人，伤心、伤神、伤身体。

　　眼下这次吵架的起因倒很清楚，和他们的初识一样历历在目。相识带有点玫瑰色，这一次却直接由玫瑰引起。自从有心做一条自觉的舌头后，徐岛悄悄自律了。他变得更富有弹性，这种弹性符合他所揣摩的孟佳的心意。他更少出去和当年的朋友同学聚会，绝迹于娱乐场合，几乎成了一个宅男。舌头完全被牙齿封闭，他更顾家了。他也努力做一点浪漫。情人节那天，他乔痴装傻，到晚上老婆终于忍不住，气哼哼地说："你完全不把我放在心上！今天是什么日子？"徐岛说："我本想给你送花，但今天花太贵。要不这样，我手机里有玫瑰花存着，我给你发一朵。""可你没有发！""是啊，我本来想发的，后来想到一个彩信要五毛，这不符合你的治家理念，我决定用更好的办法表达心意。"孟佳疑惑地看着他。他摸出手机，调出玫瑰花，往她眼前一举道："你看吧。你看看就好了。我们何必舍近求远？"孟佳一愣，继而咯咯大笑。这个结果徐岛很满意。他们至今在为房子的首付而奋斗，这样的浪漫十分实惠，但这种实惠其实隐藏着他们的艰辛和寒酸。不几天，天气逐渐转暖，大地回春，城里随处可见春花烂漫，但孟佳倒开始常常脸色阴沉，时不时地抱怨发难。再提起那朵玫瑰花，她的评语是：我们过的这是什么日子！徐岛只得开阔胸襟，尽力调节。他回家常常说点趣事。说，他给一个"文凭班"上课，班上基本不是老板就是领导。这天他一进课堂就觉着不对，多了许多年轻面孔，原来的老学员不见了。下课一问才知道，原来年轻人都是秘书。秘书代领导上课。秘书们嘻嘻哈哈给他递烟，还说以后领导基本上就不再亲自上课了，请他包涵。徐岛把这事说给她听，本想逗她一乐，没想到她冷笑几声，开始嘲笑他不也经常代院长写论文？还"被自愿"呢，说到底还是自己没出息。又说你那班上不是有证券公司的老总吗？为什么不问问行情走向？徐岛说我问也问过的，可他说了比没说还害人，你也不是不知道。徐岛混得不好，职称上不去，钱挣不到，不多的钱买了股票原以为能多变出几平米，没想到他们可怜的钱一丢进去，就把股市砸下去了，一蹶不振。他混得不好，家就过不好。结婚几年还没有自己的房子就是铁证。

他们租了个两室一厅，稍作装修先住着。徐岛在学校原本也算个人才，也有一笔安家费的，但很可怜，首付都不够。他家里把他培养出来，已无余力；孟佳虽是独女，但父母是工人，母亲退休，父亲离世，也指望不上。他们房子虽不是自己的，但人气倒很旺。房子在二楼，楼下是一家证券公司。证券公司的大厅里熙熙攘攘，无数的人盯着那个大屏幕，间或还传出叫好声，鼓掌声，有的时候又像是集体死了人，当场号啕大哭的有，还有的人突然倒下去就没活过来。行情就在他家楼下，在饭桌下，在床底下。幸亏他们吃饭睡觉时楼下已经闭市，否则那真是颠簸起伏波澜壮阔了。股市是他们家邻居，股票却和他们不亲，这真是没办法的事。徐岛认了，就当那笔钱不存在，就当他们家没有一楼，是个空中楼阁。股市比季节要顽固的多，四季轮回，股市绝不回暖，仿佛绝情的情人，焐是焐不热的。孟佳也不管了。他们对股市视而不见。但她有个爱好，那是徐岛的巨大负担：她喜欢看装修杂志，逛装饰城。徐岛是能躲则躲。对他来说，这绝对是煎熬。

这次吵架的缘起是一个过程，由手机玫瑰花开始，后来又是什么"文凭班"，在房子上稍作停留，最后又绕到了他的职称上。如果他的文章不送给别人，何至于两次评不上？如果他多写几篇，即使送两篇给领导，也不至于被别人比下来。这里面酸甜苦辣一应俱全，舌头终于吃不消了。打掉了牙可以往肚子里咽，可舌头受了伤咽都没法咽的。舌头不听控制了。他开始回嘴。他说我们现在是困难一点，但现在年轻人除了靠老子娘的，谁不困难？你又不是不知道我，我什么都没有隐瞒过，我学历算高，但个子不高；我智商不低，但情商很低；我老家亲戚不少，但有用的社会关系基本没有；我现在是混得不怎么样，但职称待遇慢慢也是会上的……他这是展示前景，本意也是劝慰，不想一展示前景却不是劝慰了，是撩拨。孟佳立即打断说："慢慢会上，我看你就是个蜗牛。我老公是个蜗牛！蜗牛还带房子呢！"徐岛说："我们现在还没有孩子，这个房子也不是不能住。人家外国年轻人百分之八十都是租房住的，人家也很幸福。"孟佳火气大了，"没有孩子那是你养不起！人家幸福可是我不幸福！"

话到了这个份上徐岛无话可说。广厦千万间，没他什么事。他累了，孟佳也累了，两人中场休息。休息就是上床。孟佳饭也不吃，躺到了床上。她被子蒙着头，表示一句话也不说，什么也不想听。他们的床是靠墙摆的，她躺在床边，明摆着是要将徐岛挤到沙发上。徐岛决不妥协，他歪在床边上，身子轻轻款款往里挤。楼下的股市早已闭市，家里安静得像月球。孟佳背朝外侧着身子，显出一条好看的曲线。徐岛悄悄把手搭在孟佳身上，又轻轻往她屁股上游移。孟佳打掉他的手，片刻间，手又过来了。啪一下，手再次被打掉。徐岛明白女人要哄，光靠语言是不够的。他起身打开了电视。这是他们亲热的第一个程序。这房子隔音不好，动静大点那就成了音箱。他躺下来，电视里的声音很欢快。是电视剧。一个女人生了个男孩，她老公得意地大叫："儿子！儿子！你可是个原始股啊！"徐岛轻轻把身子朝她屁股上挺一挺，没反应。他嘴里说："我是潜力股。"身子又一挺，继而一纵一送，挺出节奏来了。孟佳死了般不动，突然叫道："你还原始股！你是原始人的屁股！"她猛地坐起来，忽地站起，跨过他，下床去了。徐岛吓了一跳，直瞪瞪看着她。她以前多次拍着他的屁股说："你虽说盘子大了点，但还真是个潜力股。"今天这一招不灵了。孟佳叮叮梆梆开始收拾衣物，临走撂下一句话："你垃圾股！"

　　这次吵架徐岛失之于因循守旧。世界在变，吵架也该与时俱进。以前大吵小吵，他抚今追昔，展望前景，再适时动用身体语言，基本都能拨乱反正，柳暗花明。但这里头有个教训，已逐渐凸显，那就是决不能再着力于空洞的前景。提到前景那是火上浇油。这次徐岛在做好一条舌头的前提下，已十分戒惧。但难就难在没有前景的夫妻，岂不注定是不到头的夫妻？有的时候现状预示着前景，你不提前景，前景也扑面而来。他一不留神提到房子，被孟佳判定为蜗牛；虽已到了床上，却没干成正事，顺嘴又提到了什么潜力股，这下好，垃圾股岂不就只能等着被割肉？

　　孟佳跑到娘家，不接电话，不开门。她母亲传出话来，她铁了心要离婚。这话如果是孟佳说出来也许尚可挽回，她母亲当传声筒，则意味着丈母娘已在思想上保持一致。她家就两个人，团结一心了。上一次她母亲居中调停，还是闹到了民政局，这一回眼看是凶多吉少了。

　　徐岛孤零零待在家里。他口干舌燥，心烦意乱。除了上班，他不出门。牙齿咬死了，舌头完全被关住。他嘴里发苦。细想起来，孟佳和他只能算是平常的夫妻，和这万家灯火中的千万对夫妻大同小异。不过稍一回想，他们两次大吵，却有个细微的区别。上一次是暴风雨，孟佳眼泪没少流，说到伤心处简直是泪飞如雨；这一次不一样了。是沙尘暴。孟佳没有一滴眼泪，但飞沙走石，字字着肉，徐岛被打得脸生疼。沙尘暴是突如其来的，昏天黑地。能见度极低，你看不见前面的路。

　　上次他们就闹到离婚了。他们去了民政局，但是没有离成。孟佳的决心很大，"一刀两断"。就是说要领来离婚证，当刀子使，从两人中间下刀。事已至此，徐岛只能随她去了。他们约好，早上九点到达民政局，离婚的和结婚的都在排队。离婚的队伍的长度大约是结婚的三分之一，这很符合社会学家的调查报告。结婚的都喜气洋洋，没想到离婚的人里竟也有欢天喜地的。这似乎不合逻辑，但懂行的就知道，这是解脱，是解放，你没见过几十年前本市欢庆解放的照片吗？民政局办离婚很简单，麻烦的都去法院了。很快就轮到了他们两个。他们呈上了离婚协议和户口簿，本以为几分钟就完事。不想那办事的女人看看他们两个，却说手续不齐，还要各自的一寸免冠照。徐岛心中窃喜，想这倒是命中注定，今天离不成。孟佳却沉着脸，说我们现在就去拍。隔壁就是照相馆。拍离婚照比结婚照简单多了，不要化妆，不要换衣服摆姿势，也就是几分钟的事。等他们再次站到办事的女人跟前，她看看离婚协议，嘴里总结道："没有债权债务。没有孩子。财产一人一半。"却手一伸道："结婚证。"两人都傻了眼。孟佳问："我们是来离婚的，要结婚证干吗？"女人道："我们要收回。"她语气坚决，不容商量。孟佳悻悻然退出队伍，嘴里叽叽咕咕。那女人在她身后补充道："我们规定要先查验，再收回。有的年轻人把婚姻当儿戏，早上结，下午就来离了。

哈，这个不行。"

徐岛跟着她坐到墙边的长椅上。突然觉得好笑，夸张地捂嘴笑了起来。离婚还要结婚证，这很幽默。关键是这个幽默还很有道理。两条队伍里都有不少人在看着他们，徐岛很想问孟佳："还离吗？"但他不敢问。他知道弄不好这又是火上浇油。马路对面是一家证券公司，和他家那栋房子的格局很像。虽知道他家不住这边，他还是忍不住朝二楼张望。这段时间行情黯淡，证券公司里的人也不比平时多，模模糊糊能看见屏幕上红红绿绿。古人说绿肥红瘦，这里却是红涨绿跌。他脑子有点发木。他试探着问孟佳："那东西好像是放在写字台抽屉。要不，我回去拿？"孟佳不置可否。徐岛苦笑着出了大门。

他回家顺利地找到了结婚证。想想又不甘愿，延宕着不想立即出门。实在赖不过了，正要起身，孟佳发来了一个短信："你等等。我想起一件事。"这是什么意思？他完全不懂。正疑惑间，门锁一响，孟佳赫然站在他面前。"我……我……"孟佳脸红红的，仿佛雨后的霞光。徐岛大惑不解。"你一贯是个懒鬼。今天还肯跑回来，说明你有改进。"孟佳一屁股坐下，说："我渴死了。我要喝水。"徐岛忙不迭去倒水。杯子端过去，孟佳一摸就叫道："你想烫死我啊！"徐岛见她一脸娇憨，急忙换个杯子，去冰箱倒了一杯冰可乐。孟佳道："你过来，我有话说。"她拿起可乐，举起来，突然倒在徐岛的头上。徐岛一蹦老高，大叫道："你！你……"孟佳笑吟吟地站起身，抓起热水杯，搂过徐岛，又往他头上一倒。徐岛蒙了，要发作，但孟佳笑靥如花，不像有故意伤害的动机，倒像是夫妻间的性虐待。性虐待你怎么发火？他愣在那里，孟佳已把毛巾拿来了，仔仔细细地给他擦。"我要让你记住今天，记住今天的经历。"她叫道："你做饭去！我要吃饭！"她咣地躺倒床上，摸出手机摆弄起来。

　　徐岛确实记住了这个日子。冰火两重天。事后的某一天孟佳温言解释，说她也不是乱来的。她先倒冰水，再倒热水，那是因为舍不得烫坏他，所以先用冰可乐垫垫底。不管这种说法是否可信，总之他没有被烫坏，他们也没有离成，又这么过下来了。当然，过下来是过下来，但并不能保证他们从此以后就永结同心，白头偕老。这不，现下不是又在闹吗？

　　孟佳发了个短信来："你为人师表，我也不想去法院丢人。离婚协议我已发你信箱。这一次更清爽。""更清爽"，这什么意思？他沮丧之中竟有点好奇。打开邮件仔细参详。乍一看几乎是上次的翻版，只不过上次是手写稿，这一回进步了，排版了。有几个错别字，徐岛客串一下编辑，改一改就可以出清样。这真是正规了，严肃了，有了合同的意思。上次的协议已经不在，销毁了，不然倒可以比较一下，做个文本细读。孟佳那天解释了冰火两重天的意思，随手把协议捏成个纸团，扔到了马桶里。可那纸团极具浮力，赖在水面上，冲来冲去就是不走。最后还是徐岛拿钳子捞起来，丢进了垃圾袋。现在想起来这个动作十分晦气，那个纸团可不是换个面目重又浮现了吗？屏幕上的协议，核心部分也就是财产。上次是一刀两断，所有财物一人一半；这次是一拍两散，只不过这散下来的两块与上次略有不同。他给孟佳打个电话，孟佳不接。再打，还是不接。你不接我偏要打！他再一次打过去，接了。孟佳懒洋洋地说："就我们那点家当，还值得说来说去吗？"她冷笑道，"我不值得你纠缠。你也不是原始股，潜力股。所以股票我全不要。全归你。"瞧瞧，这话不讲理了。徐岛是不是潜力股，跟要不要股票有关系吗？但她意思很清楚，就是既不要他，也不要股票了。他仔细看着屏幕，她果然已按市值算好，她不要股票，拿走相应的现金。这很公道，没什么好指责的。徐岛放下电话，决定接受现实。只是心中尚有不平：我纠缠了吗？我纠缠就有用吗？老婆要离婚，就如同老牛要下河，拽尾巴你能拽住吗？

他们电话约好了办手续的日子。后天，还是九点。孟佳还说，办完手续她就来把她的东西取走。所谓她的东西，主要包括她的衣物和首饰，还有一点化妆品。这已经说得很细了。上次可没有这么细致。这才像个做正事的样子嘛。徐岛正常上下班，吃食堂，晚上回家吃泡面。枯坐无聊，就去阳台看看。

从上次闹离婚到现在，他们过得很平静。正常地上班，吃饭，睡觉。饮食男女。真要找出点变化，那也不在他们家，在外面。阳台上的徐岛听见一阵吱吱嚓嚓的声音，像夏蝉幽鸣，像老鼠搬家。不看他也知道那是什么玩意儿：银行不久前在下面安装了一台自动柜员机，看上去就像他们这栋楼的墙上张了个嘴，随时往外吐钱。它吐钱的嘴和徐岛的口袋并不相通，但位置却在他家楼下，看了就闹心。这柜员机吞吞吐吐，银行开心得很，但考虑到它基本是出得多，进得少，那就十分晦气，看上去就不像个过日子的样子。败家货。

徐岛骂一句回了房间，关上了阳台门。上次离婚不成后，他做过调查研究，暗地里查看孟佳的手机，适当地走访和跟踪，结论是：没有情况。就是说孟佳外面没人，问题还是出在他们内部。这就难办了，内科比外科更复杂，属疑难杂症，只能慢慢调理。调理是急不得的，于是这日子就寡淡了。楼下证券公司也寡淡，这会儿早就闭市散场，静得像个坟场，和它最近白天开市的状况也差不多，只是白天人还蛮多，像无声的追思会。几个月前证券公司也发过几天低烧，楼板下欢欣鼓舞，但很快就退了热，现在白天也门可罗雀了。大概所有的股票都像孟佳对他的断语一样，成了垃圾股了。幸亏垃圾股并不是真正的垃圾，否则那么多垃圾堆在他家楼下，他们家可就不是铜臭冲天，而是要臭气熏天了。

电话响了。是孟佳。这应该是她在他们婚姻生活中的最后一个电话。她冷冰冰地提醒他，不要忘了约好的时间。她多虑了。忘不掉。他是个教师，从来没出过教学事故的。他还熟门熟路呢。第二天九点差一刻，他提前来到民政局。还是这个地方，还是有很多人在排队，办离婚的还是那个女人。恍若一梦。到这地方来的全都是成双结对的，只有他是一个人，单刀赴会。这很扎眼。今天离婚的队伍里倒没有笑逐颜开的，个个板着脸，这让徐岛立即意识到自己的失败。离婚是失败，连续两次被老婆弄到这里来，那只能算是双重失败。他觉得自己被别人完全控制了，一股无名火腾地冒上来。凭什么啊？正想着从队伍里出去，开路走人，孟佳出现在大厅门口。

徐岛于是继续排队。孟佳站在门口朝他直招手，他装作没看见。孟佳轻轻走过来，一拽他胳膊说："走吧。走吧。"徐岛一摔袖子，不吱声。好多人开始朝这边看了。孟佳红着脸说："走吧。我们忘了件事。"徐岛被她拉出了队伍，出了大厅。

"怎么，我排错队了吗？"他讥诮地下巴朝结婚的那边一指道，"难道我应该排那边？"孟佳亲昵地推他一下，做个鬼脸。徐岛开始疑惑了，但他必须保持某种尊严。"结婚证我带了，户口簿我也拿了，协议我已经打印好，三份，照片上次在这里照的，现成。你什么意思？"

孟佳含笑不语。徐岛注视着她。昨天他们才约的时间，这一夜发生了什么？人行道上人来人往，他们像在站桩。行人们从他们身边分流而过，没有人会想到他们和不远处的民政大厅有什么关系。徐岛往墙边靠靠，他身后就是上次拍照的地方，橱窗里凝固着一对对明艳幸福的笑脸。孟佳轻声说："回去吧。我们不离了。"

"你要我。"

"真不离了。"孟佳见他一脸阴沉，立即收敛了笑意，正色道，"反正我不提出要离了。你要离，我们还可以进去。"

这话出来，徐岛哆嗦了一下。无论有什么疑惑，不能硬碰硬，不能逞口舌之快。在这里吵起来也有失身份，况且——，况且她似乎是真的不想离了哩。但是他还是说："请给我一个理由。你这样没有道理。"

"先回家吧。回家才是硬道理。"这话是在回避，还是不讲理，但马路对面的证券交易厅那边却传来了一阵叫好声，掌声雷动，竟像是在为她的话叫好。但他知道，她没这么重要的。他也一样。他们永远不是别人的焦点。徐岛心中一动，若有所悟。他书生气发作，摸出了文件袋里的离婚协议，展开，要现场研读。孟佳一把抢了过去。"还要这个东西做啥？除非你想再进去。"她翘着兰花指撕一下，再一下，最后拦腰一下，把碎纸扔进了垃圾桶。"我今天反正调休了，我去街上逛逛。到商场，说不定有情侣装。"她含笑俏皮地道，"你陪我去吗？"

"不去。"

"那我走了。"她笑笑吟吟地上了天桥。过马路必须要走这条路。徐岛呆呆地站在原地。照相馆边上是一家公司，"brother"，几个英文在大白天里明灭闪亮。"兄弟股份有限公司"。民政大厅里有两对男女走了出来，一对甜蜜亲热得不行，另一对出来后就各奔东西。一望而知的是，离婚的那对年纪小，结婚的那对反而老。这不违法，即使来一对老少配，男的八十二女的二十八也不违法，但徐岛就是觉得好笑。两对夫妻，两个公司。一个公司解体了，一家公司注册登记了。呵呵，夫妻股份有限公司。这地方竟像是工商局呢。他觉得一切都那么可笑。他自己最可笑。他的红本子没有换成蓝本子，进去是一对，出来还是一双。白刀子进去，白刀子出来。呵呵。他的婚姻化险为夷了。他难以遏制地哈哈大笑起来。

抬眼看看天桥，孟佳停在天桥的上坡，正在看手机。如果没有猜错的话，她八成是在看股市行情。她这不是去逛街，她的目的地肯定是对面的那家证券公司。股票突然发神经，暴涨了。红彤彤的行情就像红彤彤的火一样蹿出来，似乎要把交易厅点燃。刚撕掉的那张离婚协议上，孟佳没有要股票，一股都没要：这就是原因。股票涨了，却没她的份，所以她就不离。前一次的离婚协议上，她虽只要了一半股票，按她咬牙切齿的说法，都是些垃圾股，但那些垃圾股肯定有一个或几个突然变脸了，在那天开盘后突然蹿升了，于是她及时从民政大厅抽身而退——原来是这样啊。怪不得上次从民政局回家后，她曾拍拍他的脑袋说：其实乌鸦也能变凤凰，鸡毛也能飞上天的！我们要有信心！徐岛当时还以为她是重估了他的潜力哩，原来她夸的是股票啊。只可惜那次股票玩的是个假动作，好景不长，她并没能够及时获利出货，他们也就一直拖到今天。今天这样子看来是普涨，大盘发力了，如果能再涨上去，那他们肯定就可以继续过下去。慢慢涨，慢慢过。也就是说，他们的夫妻股份有限公司业绩向好，暂无破产退市之虞。

真的要继续过下去吗？

徐岛想起上次，孟佳玩的那个"冰火两重天"，一杯冰可乐，一杯热开水，十分类似于性虐待。现在他算是看清了，那不是性虐待，是婚姻虐待。是夫妻股份有限公司里大股东对小股东的嘲弄和调戏。但泥人也有个土脾气哩，既然是合股的，他也是股东啊，哪怕他只有49%的股份，不控股，但退股总可以吧？这个地方他已来过三次，一次结婚，两次离婚——事不过三！徐岛头脑里突然跳出了这句话。他摸出手机，立即就要给孟佳打电话。他要把她喊回来，继续完成未完成的手续。

但号码一拨出，他又按下了取消键。是的，事不过三，但他不必如此死板。前三次都是由她主导，她次次如意，就且让她连爽三把吧。下面，他可以另起一行了。他有权利在他想来的时候把她带到这里，故地重来。他可以给出理由，更可以什么理由都没有。

想到这里，徐岛只觉得十分的杀痒止痛。他抬眼看看，孟佳已到了天桥的中间，身姿曼妙。他去学校要乘地铁。他定定神，走向了地铁口。这对夫妻此刻一个在天桥上，另一个正在穿越地道，呈现了一个上天入地的格局。这是否是他们终将分道扬镳的预兆？可如果这是预兆，那他们今天晚上还将回到同一个家，不也是他们还可以就这么过下去的预兆和引子吗？是的，如果他愿意，他们也可以就这么过下去。至少可以先过一阵子。身为股东，他也要考虑退股的时机和成本。呵呵，见贤思齐，互相学习嘛。地铁轰隆隆向前，徐岛眼前晃过了孟佳窈窕撩人的身影，他心念一动，突然决定不去学校了。他决定行使股东的权利，就从现在开始。他老是"被意外"，为什么就不能主动意外一把？反正孟佳今天已经调休，那他完全可以借机尝试一下波浪涌动之上的巅峰感觉。对，就今天。他将要求孟佳回家，趁股市还没有休市，解衣、上床，播云布雨，先享受一回波澜壮阔的夫妻生活。这个你懂的，因为他们的床就在股市的上面。

郎情妾意

    城市广场其实是一个楼盘，一共四栋高层。每到傍晚，楼下的空地上都很热闹。人多，狗也不少。忙了一天，有人喜欢下来转转，还有的人其实愿意待在家里，但他的狗不愿意，必须下来撒撒欢。所以在这个地方，你要保持一点警惕，你必须防备着狗，还要小心脚下的狗屎。

    天已擦黑。狗和人都少了，回家了。广场上顿时就有点空。她暂时还回不去，因为克拉不肯回去。克拉是她的狗，小母狗，贵宾犬。克拉平时是很上规矩的，出来遛的时候，跟在她的左后方，亦步亦趋，合乎所谓的"驯犬规范"。但最近它变性了，不乖了，时而蔫头耷脑，时而焦躁不安，不再安于斗室，有机会就要冲出牢笼。它出了家门就往前蹿，绳子被拉得笔直，主人被拉得趔趄。这不是人遛狗，简直是狗遛人了。该回家的时候却又赖着不走，四个爪子像长了吸盘，拖都拖不动，最后索性趴在地上，任你怎么拉它，眼都不抬一下。

    当然最终也还是会回家的。办法总是有的。办法是什么？胡萝卜加大棒。所谓胡萝卜，那是对驴子而言，对狗来说，就是小饼干，牛肉味的。小饼干凑在它鼻子前，拽一拽绳子，再不走，就是一鞋跟。出脚当然不重，毕竟是自家的狗。这样就基本奏效了。克拉好不情愿地起了身，被牵着走了。贵宾犬毛长，修成泰迪毛型，很有些姿容，走起路来也顾盼生姿，但现在克拉垂头丧气，灰头土脸，实在是一副晦气相。主人牵着克拉，像拖着一大团破布，感觉很不好，不由得心情也差了。想起刚才克拉见到别的狗就直奔过去，朝人家屁股直嗅，突然又趴在地上，可怜巴巴地摇尾巴，实在是丢人！克拉的女主人身材凹凸有致，长发飘飘，拖着只疲沓狗还努力做到款款而行，显然是个很注意形象的女子，这克拉真有点配不上她。

这时天几乎完全黑了，狗主人的容貌是看不清的。你只能看见轮廓。你看不清她的眉眼，更看不清内心。要了解她，你需要一点机缘。了解人从来都不是简单的事情。其实不说人了，即使是事物，譬如养狗，你不养，你就不懂。这一点，克拉的主人就深有体会。没有养狗之前，她只知道狗好玩，不知道狗麻烦；养了狗之后，她知道了狗的麻烦不亚于人，吃喝拉撒，比人还不能马虎。养了克拉她才知道为什么楼下总有一股尿臊味，原来都是狗撒的，路两边每一棵树下都有尿迹，公狗抬腿，母狗下蹲，不放过每一个撒尿的机会——不养狗哪知道这些啊？结论是：浮光掠影是靠不住的。方法是：要知道梨子的滋味，你就要亲口尝一尝。

浮光掠影靠不住，不光由养狗得来，了解男人也一样。这个说来话长，先不多说。总之因为在认识男人上的曾经沧海，她对表面现象十分警惕，一律怀疑。问题是，明知表面现象不可信，每个人还都要修饰化妆后再给别人看。下面这段文字就是对一个人的描述：

某女，32岁，身高1.66，大学本科，城市白领，未婚；善解人意，兰心蕙质，身材好，性格开朗大方；征条件相当之

成功男子共度美好人生，公务员或事业单位人员优先。

这是征婚广告。一种约定俗成的格式。虽用辞藻美化过，但基本符合事实。某女芳名苏丽，这个在征婚广告里不能说；她养了一只狗，母的，叫克拉，这个不必说；身高 1.66 米，绝对的理想身高，不过没扣除高跟鞋；身材好，准确地说那是几年前，现在要凹凸有致必须要穿塑身内衣了——可怕的时光啊！大学本科倒真是货真价实的，属国家承认的成人教育，思想政治专业。在这段文字中，"善解人意"可以说是最虚的话，但其实相当合乎实际。苏丽一点也不笨，很善于观察别人，洞察人心。至于"善解人意"的另一层意思——体贴别人，那要看对谁了。

这样一个女子，平心而论，即使洗尽铅华，也还有中人之资，不知怎么的，一来二去，就剩下了。必须指出的是，"剩"，是别人对苏丽婚事的看法，相当的粗鲁，她自己的看法是：她正处于筛选中，暂且未婚；大量男人被她筛落下去，暂且没有留下的，如此而已。收成不好是一季，找不到好男人是一世，绝对马虎不得。如果要用一句话说明苏丽的婚姻观，二十五岁以前是："没有爱情的婚姻是不道德的"，所以感觉最重要；自从过了二十五，苏丽坚信："不以婚姻为目的的恋爱是邪恶的，基本等于耍流氓"。少男少女可以耍耍流氓，但大于二十五的女人耍不得，因为那是被男人耍。你应该看出来了，苏丽以前讲求彼此的感觉，现在注重婚姻标准。所谓标准，主要就是房子车子身高长相等硬件。总之，她现在是感觉和标准并重。为了扩大接触面，她不排斥相亲了。征婚广告就是这么出笼的。她字斟句酌，亲自执笔。苏丽见男人，不不，筛选男人，持续好几年了，说是阅人无数也不为过。事后回顾起来，这无数的男人可以分成两类，一类是见了面有感觉，却不符合标准；另一类是符合标准，但却没有感觉，即使努力委屈自己，感觉也上不来。其实还有第三类，那就是既有感觉，又符合标准的，这样的人可以托付终身，不过，他暂时还没有出现。所谓白马王子，就是王子骑在白马上，光来匹白马当然不行；来个男人不骑白马，八成也不是真王子。白马是什么？白马是硬件。苏丽真是有点急了。婚姻尚在前面飘忽，但时光的脚步更快，转眼间就会把婚姻抛到后面。就在这时，克拉出现了。

克拉是她养的狗。但以前不是她的。她的闺蜜，叫杨琴的，早婚，却没有早育。结婚多年没孩子，于是加班加点，反复努力，突然就成功怀了孕。这样可能影响坐胎的克拉就成了危险分子，不得不送人。苏丽寂寞，狗并不多余，但这只狗的背景却让她不快。哦，你早早地抓了个老公，又马上要有孩子了，狗就多余啦？我没有老公就该和狗做伴？这不是欺负人吗？！不过闺蜜到底是闺蜜，杨琴对她特别信任。杨琴说：你知道它叫什么吗？可拉！就是可以拉一个人过来！她摸着自己的肚子好像已经大得挺不动，说：我的儿子就是狗拉来的。苏丽长期待字闺中，一点迷信是免不了的，想起以前乡下的女孩子多有叫"来娣""招娣"的，这可拉没准还真能带来运气，见那狗又跟自己似乎特别亲，前世有缘的样子，就接受了。

必须说明一下，克拉以前是叫可拉的，但苏丽用同样的音调叫它，心里却给它改了名字，叫克拉。把名字改掉，就像小孩改成继父的姓，有某种仪式感，少不得。可拉叫了克拉，说不定就可以冲喜，那些明星的婚戒不都是大号的"克拉钻"吗？

相亲依然在继续，克拉也养着。克拉对生活要求不高，有君子之风，一箪食，一瓢饮，它就很满足，就是说，你给狗食盆里添满了水和狗粮，基本就没什么事了。该见人你就去见人，你心情不好回来，它会安慰你。它跟你要吃的要喝的，要你带它出去散心，让你觉得还有人需要你，你不是个没人要的人。

　　克拉所有的口令、习惯和技艺，杨琴都已经移交了，但她有时还来看看克拉。苏丽虽寂寞，但并不很欢迎。这不仅是养父母对亲生父母的警惕，更主要的是杨琴来了基本不逗狗，却喜欢摸着肚子抱怨她儿子在肚子里蹬她，"我夜里真是没法睡！"当然她夜里睡不着也还另有原因，就是她的老公，她恨恨地说："他夜里就要折腾！想着法子折腾！我真的好辛苦。"苏丽还是未婚女青年呢，她又羞又气，撇嘴道："你自找的，两个男人一大一小，一里一外，里外夹攻，哈哈！"杨琴道："你看你看，我儿子又在蹬我。这里都突出来了！"她口口声声"我儿子"，话头一转鼓励苏丽快找，说眼光要准，下手要快。她很真诚，这符合女人们骂过老公随后就要为别人介绍对象的规律。"好男人都被一轮一轮挑完了，所以你要降低标准。"她总算嘴里积德，没有说出"像我老公那样的现在到哪里找"之类的话，但那味儿还是出来了。苏丽没好气地说："怎么降低？再低就是负数了！"苏丽认为，男人这个物种，其设计方案是不错的，但现在质量太差，基本都是残次品。因此不能怪上帝，是人自己不好。"这些男人都太小气！"她比画着说，"长得小器，为人也小气。"杨琴道："如果条件大差不差，你可以改造啊。"苏丽心里冷笑，改造人那么容易？生怕她谈起改造老公来就滔滔不绝，立即把话题转到克拉身上。"人没有狗好！我现在要改造狗。它这几天发癫。在家待不住，不吃不喝，就想出去。是不是发，发……发疯？""不是发疯，是发情了！"苏丽道，"你说它想男人了？"两人哈哈大笑起来。杨琴一把抓过狗，看看它后面，突然指着克拉的腿叫道："来啦！它来月经啦！"克拉被她吓着了，挣脱开去，躺在地上舔起自己的腿来。苏丽愣住了。杨琴安慰道："没关系的，它一年也就春秋两季。每次一个月。"苏丽惨叫道："啊！这么麻烦。你把它带走吧。"杨琴笑道："不麻烦啊。

你不能只想玩它，一点不想付出。"她站起身，要告辞了，"男大当婚女大当嫁。这是自然规律。解决了它就心平气和了。"她挺着肚子出了门，"你们一起加油！可拉拜拜！哈哈。"

杨琴走后不久，竟又发来一个短信："你和可拉要互相学习。狗向你学习抬高视点，你向狗学习增强嗅觉。"这是啥意思？难不成有老公和孩子，就有资格充当人生导师了？切！

苏丽今天没有去赴约会。自从征婚广告登出后，她就成了个热门。不断有人联系送检，但一个合格的也没有。她似乎成了男人检验员了。更讨厌的是，她意识到自己已成了那个叫"鹊桥仙"的公司的摇钱树。就是说，公司不断介绍男人约她，她反正看不上，公司却扣除了应该给男会员介绍见面的次数。她条件好，素质高，不想却成了媒子，而且是免费的。她又不傻，这多窝囊！于是她决定不再轻易出山。今天电话又来一个，几句话讲完她就决定谢绝。那人的话写下来是绝对没有问题的，但你要知道，话不是用来读的，是用来听的。那人的声音像刚吃了几斤辣椒，或者才动过喉部手术，比所谓的公鸭嗓子还要怪异。这基本就预示着是个太监，当然不见。今天是个星期天，时间是有的，但她有更重要的事情。克拉的血把家里弄脏了，她必须认真打扫。一检查才知道，寻寻觅觅，狗血点点滴滴，怎一个恶心了得。这些痕迹基本位于正常视线之外，不易发现。再仔细检查，才发现几乎克拉接触过的所有东西，或多或少都沾了血。这说明克拉发情已非一日，而且差不多歇斯底里。苏丽之所以没有及时发现，一是因为她没有养狗经验，二是克拉自己身上很干净，这跟经期的女人从外表看不出而只能从脾气上推测是一样的道理。看着克拉又在那里自舔，苏丽又恼又烦。现在有三个出路，一是把狗送走，但她舍不得，要找个合格的接受者或许跟找对象一样不容易；二是把它骗掉，绝育，这不光费心，还要费钱，据说狗的手术费比人贵得多，败家女才会这么做；三就是不管它，随它熬着，火烧完了它自然熄灭——可这万万使不得！杨琴不是说过吗，一个月哩！这一个月她岂不成护工了？其实还有一个办法的，杨琴说，解决了就心平气和了，就是说，它满足了就万事大吉——岂止是万事大吉，这个办法不光人道，还有一个好处哩：可以带来下一代，狗崽。两只或者更多，几乎可以成立狗崽队。贵宾犬属于热门的好品种，据说一只值三五千。三五只约等于一万，这不是一件一本万利的好事吗？

　　苏丽想定，恨不得立即就出门实施。克拉也是盼望已久，它在家里魂不守舍，坐卧不宁，茶饭不思，彷徨无策。它几乎时刻蹲在门边，眼巴巴地看着你，急了还去扒门，扒门还不理就去瞎咬东西，主要是咬苏丽的裤脚。这基本是揭竿而起的前奏了。老实说，它可真没有人的修养好。恬不知耻，没羞没臊。苏丽站起来，给克拉拴狗绳。克拉兴奋得直哈哧，苏丽却慢腾腾地，有些犹豫。但这时已经由不得她了，门一开，克拉嗖地蹿了出去。在电梯前苏丽再次犹豫，但电梯门自己开了，苏丽别无退路，只得跟它下楼。

　　苏丽犹豫，原因简单。她一个大姑娘，带一只春心荡漾的狗，不伦不类，深究起来竟又是同属待字闺中的一类，羞人答答的。谁知道克拉会怎么丢人？她牵着狗，不时拽一下绳子，让克拉慢些。楼下的告示栏贴了不少广告，苏丽一贯懒得理会。但有个人突然说一声："唷，征婚广告贴这里啦！嘿嘿。"苏丽好奇，一看还真是征婚的，不过是为狗征婚，还附了照片："纯种金毛，雌性，两岁，体重70斤，体健聪明，柔顺勇敢。征条件相当之纯种雄性金毛，共结连理。非诚勿扰。价格面议。"这与人的征婚广告格式类似，但是最后那句话：价格面议，说中了苏丽的心思。看来狗的征婚广告即使是人写的，也和狗发情的表现一样，都是赤裸裸的。克拉要解决问题，显然要付钱。正觉得为难，克拉又在绳子那头用力，把她拖到另一个报栏前。这里另有一个广告，是卖狗的，正是贵宾，三千起步，价格面议。这个此前她看过了。克拉老实地蹲在脚边，不时抬眼看看她，似乎在说：真的能卖钱呢，别畏苦怕难。可这事是真有点难啊。她一个大姑娘，到哪里找公狗？说都说不出口的！难不成也去登广告？况且，她根本就不愿意出这个钱。她听说公狗发情也是很麻烦的，不光闹心憋气，有时还要闹事。公狗难道不也需要解决？难道不是"解决了就心平气和了"？凭什么大家都是解决问题，就要母狗付钱？这是性别歧视，不公平啊！

看似狗不讲理，其实是人不讲理。要知道苏丽是做会计的，她不傻。因为她不傻，她才能从出纳升为会计；也因为她太不傻，她未能再接再厉，晋升为财务科长。不过这个原因她自己并不知道，她知道的是单位不讲理。在人事上遇到不讲理也就罢了，在狗事上竟然也这样——这算怎么回事？！

苏丽很纠结。她曾经在找男朋友上跟着感觉走，事实证明这不成功。但是狗的事你却只能跟着感觉走了，准确地说是跟着狗走。跟着逻辑就要付钱，谁叫她的狗是母狗呢？这时，克拉突然竖起了耳朵，它听到了狗叫。它的鼻子明显地在空气中探索，搜到了位置，呼一声蹿出去了。苏丽被拉了个趔趄。她恼火地拽一下绳子，喝住它慢一点，被克拉牵着往广场中间去了。虽说已不能主导，但苏丽心里却也有个态度：乱来是不行的，决不能见公狗就蹲。这直接关系到下一代的素质。也是计划生育，优育。克拉只管解决问题不计后果，她岂能不管……尚未见到克拉心仪的目标，苏丽心里就已打定主意：克拉跟谁好，必须要经过主人批准。克拉不设防，她必须要把关。

克拉的性行为被严格控制了。品种是一个控制线，品种不一致不要，品种不纯也不要。另一个原则是：免费。总有些公狗火急火燎，格外主动；总有些公狗的主人比较厚道，或者信息闭塞，不知道公狗还可以挣钱。如此看来，克拉的性行为，还是与人有关。

当天，克拉的寻找以失败告终。它感觉灵敏，绝无同性恋迹象，只有遇到公狗它才会放下身段。但它又几乎是饥不择食的。第一条公狗它是见了面就起意，可惜落花有情流水无意，人家不理它；而且那是只博美，品种不一，即使博美愿意苏丽也不答应。后来在广场东角又遇到一只贵宾，巧的是主人还不在，而且郎有情妾有意，彼此挨挨擦擦，稍一前戏就要来真的。但苏丽一拽绳子一抬腿，棒打鸳鸯，生生破了它们的好事。这一次品种是匹配的，但色系不一，对方是黑的，克拉可是白狗，这乱不得。苏丽从来就不赞成跨人种婚配。狗是一锤子买卖，无须长相厮守，谈不上生活习惯、文化背景，虽然混血儿很漂亮，四不像的狗可是一钱不值啊。

克拉可不懂这些。它饥不择食，倒还没有慌不择路，它与公狗之间的直线就是路。苏丽的策略是，找狗由它自己找，把关还得靠自己。这有点丈母娘的意思了。克拉越来越急，哈哧哈哧直喘粗气，完全失去了基本的妇道。在广场中央，它直冲一条黑贝跑过去，摇起屁股跳起了热舞。苏丽恼羞成怒，抬腿就是一脚。你也不怕压坏啊！那黑贝有一百斤，大狼狗，简直就是色狼。见有人干预，本来还装矜持的，这时竟跃跃欲试真想上。苏丽大叫："谁家的狗耍流氓！再不来人我就打啦！"说是打，其实也怕，步步后退。那男主人不知从什么地方跑过来了，悻悻地赶开黑贝，觍着脸嘟哝道："你这么猛啊！一夜四次郎啊，昨天才配过的嘛！"说得苏丽立马满脸通红。她差点就要开骂了。这什么话，耍流氓！什么素质！

　　接下来的几天，苏丽继续带克拉到广场去。她盘算过了，不能在同一个时间下去，原因很简单，狗主人的生活是有规律的，何时遛狗基本不变，这就是说，淘汰了一批狗，就意味着要排除这个时间。为了扩大筛选面，最好连地点也换掉。但这个太麻烦，她做不到。通过第一天克拉与黑贝的邂逅，她得出了一点心得，那就是狗的素质反映了人的素质，或者说是人的素质决定了狗的素质。狗是随人的，狗和人互为镜像。如此说来，克拉找狗，也几乎是在帮她挑人了——她时刻也没有忘记自己依然待字闺中。狗绳的一端是狗，另一端是人，也许是男人，好男人。红绳也没规定不能是狗绳啊。

　　这个想法很乐观。苏丽看见那些牵着狗绳的男人难免如此想。据说男人十分讲究三大件，手表、皮带和钱包。随着时代的进步，其实男人牵的狗更能反映他的实力和品位。以前的那三大件太敏感了：钱包装钱，其实更是关钱的，不宜多看；手表只能扫一眼，扫的力度和频度太大就有点像小偷了；皮带，那管的是下半身啊，非礼勿视是必须的。但男人手上牵的狗就随便看了。你夸他的狗，基本上就跟夸他孩子差不多。如果他不夹生且有教养，他会投桃报李，反过来夸你的狗——这跟相亲有点类似，但要自然多了。

　　如前所述，男人养的狗，其教养习惯反映了他的教养；狗的品种，也常常透露出他的品位乃至实力。养小狗的基本房子也不大，养大狗的很可能住的是豪宅——虽然不可一概而论，甚至有反其道而行之的，但大致算有个谱。总之，关于狗的信息是了解一个男人的额外的窗口，狗和他的男主人互为表里，互为佐证，比素昧平生的两个人直接坐到茶馆要可靠得多。苏丽之所以有如此心得，直接原因是她在广场上的际遇，具体说，她在遇到无数"不合适"的狗之后，终于遇到了一个合适的。一个合适的男人，他的狗叫"大喜"。

大喜当然也是贵宾犬，白色，无一根灰色杂毛，眼圆腿健，血统纯正。它极有教养，出来遛时令行禁止，不犯规；撒了狗绳也不跑远，随叫随到；撒尿时腿抬得极高，一点不撒自己身上——这是个很小的细节，但细节直指本质。那个男人，叫宁凯的，身材高大，超过一米八，配得上一米六六的女人。身上的细节看似随意，都很有品位。所谓的三大件四大件，现在还看不全，但所有看到了的，譬如皮鞋、皮带，狗脖子上的皮绳等各类皮具，都很上档次。人不光高，还很挺拔，跟他的狗一样品貌端正。更值得肯定的是，他很得体，不光谈吐得体大方，衣着也得体。所谓衣着得体，对遛狗的男人来说，绝不是西装革履油头粉面，而是低调闲适，却又考究精致。更深入地说，所谓得体，其实就是合适，和苏丽合适。富贵逼人的人她吃不到，所以就说吃不消；各方面平平的她看不上，土豆掉到土豆堆里还是个土豆。她一直寻找的就是一个看上去眼亮，靠近了心动，离开了就心慌的男人，这就是合适的男人。而宁凯就是。

克拉找到了大喜，苏丽遇到了宁凯。这城市人和人相距遥远，虽说是人挤人，但不合适或者不合用的人那能叫人吗？你找修表的，那地方却改换门庭变卖杂货了；你找男朋友，却遇到个老尼姑……总之不合用的人你就会急得骂他不是人。苏丽遇到宁凯，殊为难得。这得归功于狗，妙狗偶得。在苏丽的心里，她和宁凯就像两个盲人，导盲犬克拉和大喜，依仗本能的指引，凭借神灵的感应，牵引着他们，相遇，靠近，走到了一起。

如上所述，她之所以对宁凯中意，主要是他得体。所谓得体，还得细说。除了通常的理解，苏丽认为，得体主要还得温和，有亲和力。所谓亲和力，不光是你觉得他亲切，同时他也要对你有兴趣；他不光对你有兴趣，还得好说话。所谓好说话，就是能驾驭。

　　苏丽以前没有见过宁凯。她在原来的地点，不同的时间，遇到了合适的人。毋庸讳言，克拉功不可没。看来狗不光可以破案，狗还可以找人；狗不但可以看家，还能帮着成家哩。克拉和大喜天生有缘。通常她是每天傍晚带克拉出去，如果是周末，她就有时间带狗出去两次，每次时间也可以稍长一点。那天，果然是在比傍晚还略晚时才有了收获。就在克拉失望，苏丽也认为这一天又将一无所获的时候，克拉突然兴奋起来。几乎是同时，苏丽看见了宁凯。如果不是对人心存希冀，苏丽的眼睛绝对比不上克拉的鼻子；如果对克拉完全信任，并认为仅仅是它自己的事，苏丽就会狗绳一撒，随它去。但情况并非如此，苏丽是要把关的。她不但为狗把关，因为那只狗的主人看上去合适，她也要为自己把把关。于是她用力拽紧了手上的绳子，而且，脚步也迟缓了下来。这就像买东西，一眼望去就不合适的东西不需再看第二眼，看上去合适的，你倒要仔细打量。

　　目测的结果相当乐观，令人心动。如前所说，大喜品种优良，貌美体健，生机勃勃，是克拉眼里的白马王子。克拉四爪扒地，使劲向前，显然已经急不可耐。这实在是毫无矜持，有失体面。苏丽使劲拽住克拉，拐弯，退到花台后面远观。那只暂时还不知道名字的大喜显然已感觉到母狗的存在，它被气味激发，开始躁动了。它鼻子在风中探寻，跑两步，先撒了泡尿，朝花台这边汪汪叫了起来。那尚不知名的狗主人诧异地朝这边看看，眼睛亮了一下。因为花台挡着，他肯定不会看见克拉，他看见的是人，因此他眼亮只能是因为苏丽。苏丽相当美丽，尤其是远看。苏丽当然也看见了宁凯，她早就看见他了，但她眼睛不发亮，反而是一副意兴阑珊，了无兴趣的模样。她欲语还休，好像要说什么。终于开口了，却是批评狗的。她娇声说："你发什么癫啊。走。该回去了。"说着拉着狗绳，强行把克拉拽走了。克拉不情愿，继而大怒，竟突然回头冲苏丽狂叫，龇牙咧嘴，像是要造反。苏丽不为所动，手上加力，终于还是拖着它离开了。

苏丽并没有走远，她押解着克拉走到了广场的另一边。天色已晚，这里很清静。她心里还有些迟疑。或者说，她需要进一步确认，需要想好步骤。有两个方面的问题：那公狗显然是优秀的，但它的主人会配合吗？很多人靠公狗挣钱，他会不会很计较，也提出一个价码？另一个问题是，单身男人会养狗吗？或者说，养狗的男人，是否意味着他已经成家？即使第一个担忧获得解决，就是说男人不计较，但如果第二个问题的答案是他已婚，那苏丽大费心思，岂不仅仅是为克拉解决问题了？

苏丽踌躇了。事到临头她有些畏缩。但她是个有决断的人，关于已婚未婚的问题，她立即就放下了。她自己不也是未婚？她不就养了一只狗？况且不去接触岂能了解实情？不去尝试又怎能知道人家是不是要钱？要钱的广告贴在墙上，又不会贴在狗鼻子上。中国女人就是太害羞，太含蓄，完全没有其他哺乳动物的敞亮和坦率！克拉也是女性吧？你看它茶饭不思，焦虑憔悴，有机会就勇往直前，低身求欢，毫不隐瞒春心——简直比男人还勇敢。现在剩男剩女很多，但如果没有人类的阻挠，肯定不会有剩狗——这是绝对的！苏丽对自己不耐烦了。克拉早就不耐烦了。于是转了一圈后，她们又回到了刚才和大喜邂逅的位置。但大喜和主人已经不在。昔狗已乘黄鹤去，此地空余绿草坪。克拉焦躁，在地上使劲地嗅，那里是大喜的尿迹点。苏丽懊恼，怎么一转眼就不见了？怪还怪自己过于犹豫迟疑，裹足不前。正有些恍惚，克拉欢叫着朝远处冲了过去——毕竟狗找狗比人找狗要高效。原来大喜和主人还没有走，只是换了地方，被一簇灌木挡住了。

找狗靠克拉，免费还得靠苏丽。她义不容辞。狗是不用货币的，但是人把钱发明出来了，于是狗的生活也要用钱了。这是现实，你得认。

有了钱这东西，也才有了会计这个职业嘛，这是她的饭碗哩。苏丽愿意和钱打交道，进进出出，但决不愿意为克拉的性事付钱。大姑娘倒贴，要不得！关键还是人不好。世上的男人都小气。虽说这世界斤斤计较不能全怪男人，但男性不是主导吗？当然就怪他们。男人捐精不是也能拿钱吗？所以公狗也要挣钱，这不就是男人的思维惯性嘛！

苏丽果断地斩断自己的思绪。这是在抱怨。这不好。她待嫁这些年，抱怨越来越多，已有些怨妇的味道。她早已警醒，不能再这样下去。男人虽坏，但是少不得。男人大多小气，没出息，但优秀的男人一定是存在的。他们并没有被外星人打包掠走，也没有被别的女人一网打尽，漏网之鱼说不定就在眼前。掂一掂，探一探，甚至撩一撩，才有可能看出这个男人的成色……这么想着，克拉已经把她牵到了男人面前。

成任何一件事，都要看眼力、手段和运气。这三项中还是运气最重要。就拿找对象结婚来说，你眼力好，看准了；手段高，使尽浑身解数，但如果运气不好，不投缘，你还是会以失败告终。这一回苏丽运气不错，否极泰来了，时来运转了。克拉真好。

克拉看大喜，苏丽看宁凯，眼力都算不差；手段嘛，克拉的本能就是手段，苏丽靠的是智慧和筹划。宁凯虽不大富大贵，却也算成功人士。重要的是，他恰到好处地有点散漫。所谓散漫，就是有一点点漫不经心，有一点点满不在乎。就是说，他不是个锱铢必较、斤斤计较的人。这样的男人是绝品啊！当然，他也有点"色"，所谓"色"，就是对女人感兴趣。因此他看见大喜和素昧平生的小母狗一见如故就装作没看见，也许心中还窃喜。狗大喜，他窃喜，呵呵。他差点说：它们看来有缘哩！但毕竟是初次见面，他没有造次，忍住了。他远没有精明到，也不需要精明到靠狗发财的程度，因此他从来没想到靠大喜挣钱。他对两只跃跃欲试的狗视而不见，喜滋滋地和苏丽攀谈起来。他显然被傍晚邂逅的苏丽吸引了。

　　他们攀谈的起点，只能从两只狗身上开始。他们攀谈的时间长度，基本等同于克拉和大喜从彼此试探到成其好事的时间跨度。两人站在草坪上，交流狗经，苏丽相机向纵深处引导。她的姿态是美丽的，在夜色中简直有魔力。她收着嗓子谈吐，温言细语。这是她的长项，多少次她在镜子前摆好姿势说话，回回都能把自己迷住。她聊着天，时刻注意着狗的情况。她装着没抓稳，克拉脖子上的绳子脱了手。苏丽作势欲追，宁凯要来帮她，她却提议说："你把绳子也撒了吧，让它们撒撒欢嘛。"大喜瞧出便宜，开始使劲挣脱，宁凯随手就把绳子松了。两只狗嗖地钻入灌木，投奔欲海，私奔去了。宁凯说："狗不会跑没了吧？"苏丽说："我的狗不会。你的狗也训得不错吧？"含笑道，"好狗都上规矩的。"这一说，大喜岂能被目为不上规矩的野狗？宁凯道："它很听话的。"扭头看看灌木，叫道："别乱跑！"狗不应声，但灌木在动。那丛灌木孤立于宽阔的草坪之上，它们不可能在眼前蒸发，他放了心。

　　和曾经沧海阅人无数的苏丽比起来，宁凯是个大男孩。他身高一米八二，可这不代表他就是大男人，他十七岁就这么高了。他有女朋友，从小学就开始的青梅竹马，已开始谈婚论嫁，所以他知道男女那档子事，当然也隐约看出两只狗想干什么，但他不能唐突佳人，不好明说。他虽通晓人事，但并不知道狗做这种事的细节。很多乡下孩子见过狗干这事儿，一公一母时间没到被人冲散，各奔东西，却分也分不开，那叫个惨！他没见识过，因此也不会细想。面对着佳人神驰此事，那也不是大男孩了。他只是和苏丽闲聊。苏丽虽说阅人多多，但对狗事也只是偶尔想想，绝对想不到具体的涧深处，她以为狗的时间也该和人相当，十几二十分钟差不多，超人本就不多的，大喜和克拉也不见得是超狗。她聊着天，粉脸飞红，有点心猿意马。两人聊得轻松，谈得投机，不想灌木那边一个男孩叫起来："哈哈！抓流氓啊！"他拍手大叫，一边还笑嘻嘻地看着旁边的女孩。这坏小子才十一二岁，就已经脸老皮厚，竟拿根棍子往灌木里捅。狗在里面惨叫，树枝乱摇，宁凯闻声大惊，跑过去，先朝里面看一下，转身挥手叫孩子走开。小男孩不依，举着棍子朝里打枪。宁凯跟过去，夹手把棍子夺了，远远扔到一边。小男孩跑过去捡起棍子，继续远射，嬉皮笑脸地为女孩做现场讲解，女孩骂他："你臭流氓！"跑掉了。

宁凯回过身来，尴尬地笑。不一会儿，大喜出来了，克拉也出来了。云收雨散，曲终人尽了。克拉靠近苏丽，在她脚边蹲下，一副心满意足的样子。丑！苏丽心里骂一句，生怕宁凯说出什么话来。她已不担心宁凯开口谈钱，他根本就不是那样的人，但他这时只要说出任何与狗有关的话，苏丽都会羞赧难当。她的计划是，她自己分散狗主人的注意力，让克拉得偿心愿，但万没想到会有小孩过来搅局，而且宁凯显然看到了灌木中的那一幕。幸亏宁凯有教养，有分寸。他们的相识从狗身上开始，但这时再落实到狗身上，简直就是公然调戏女人了。宁凯呵呵一笑，夸张地看看天色，说："嗬，这么晚了，该回去了。"在华灯绽放的广场上，苏丽大方地道："我们留个电话吧。"

苏丽原本担心克拉和大喜那天被撞破鸳梦，草草了事，不成正果，可喜的是，克拉明显起了变化。它不闹了，吃得多，睡得多，它心愿得偿，对苏丽似乎也万般柔情起来。显而易见，苏丽的担心是多余的，狗没有月经，只有"年经"；狗也没有什么安全期，只有发情期，它们效率极高，一发即中。苏丽妙计得售，克拉大功告成了。

好事成双。苏丽和宁凯也开始了经常性接触。所谓接触，当然先是言语接触，闲聊，逐步深入，最后过渡到身体的接触。在言语接触阶段，克拉依然要尽向导之责，待两人熟稔后，克拉就退居幕后了。所谓退居幕后，就是苏丽单刀赴会，不带克拉出去。之所以如此，倒不是新人进了房，媒人扔过墙，而是克拉的变化更明显了，乳头红了，乳房大了，肚子也膨胀了，它"出怀"了，遮掩不住了。俗话说"猫三狗四猪五羊六"，这克拉的进程似乎要快一些。反正，它是不宜再抛头露面了。

克拉在家坐胎，苏丽和宁凯接触频繁。我们都知道，苏丽乃成熟女子，经验丰富，只要她愿意，还颇显风情。相对而言，宁凯是单纯男人，经历简单，人生道路顺遂。虽有个长期女友，但这同时也意味着他曾被长期禁锢。外面的世界好精彩啊，外面的女人也别有一番情致。至少，苏丽的身材就大大优于他清瘦的女友。狗是杂食动物，男人却是肉食动物，更别提那丰饶迷人的肉体还附带了那么令人怜爱的表情和思想……总而言之，宁凯和苏丽顺利地接近了，贴近了，深入了。

苏丽很健谈，但并不饶舌。她思路清晰，有时也适当展示娇痴的混乱。她很会层层递进，若还若往，欲语还休，半推半就。这就像跳舞，三一挽两一带，男人就被带到自己的节奏里来了。譬如通过询问宁凯怎么到这里遛狗，马上就能摸清他住在哪里；问他怎么在这个时间遛狗，就能知道他做什么工作；从工作就可以过渡到收入、家庭，就可以了解他的婚姻状况……世上无难事，只怕有心人。他的女友，苏丽也见到了。苏丽那时还带克拉出去，在草坪上她没有遇到宁凯，却见到了宁凯的大喜、克拉的丈夫。大喜引导着一个女子从苏丽身边走过，苏丽只看了一眼，没有再看第二眼，就是说目光未作驻留。倒是大喜认识"丈母娘"，跑过来和苏丽亲热。苏丽不看第二眼主要不是因为不想看，而是不需再看。苏丽只看一眼就做出了评估：此人不是对手——有机会！她不看第二眼更因为大喜很讨厌，你再停留它就要顺杆爬，没准会追着她要老婆——这可不行，时机不成熟。她眼下尚未操必胜之算。幸亏没带克拉出来，否则两只狗纠缠不休，情意绵绵，说不定就提前暴露目标了。

她不带克拉出来遛，宁凯也问过为什么，苏丽说送妈妈家了。两人熟悉后，已到了可以在草坪以外的地方约会的程度，宁凯逐渐解放，露出了男人的本质。所谓男人的本质，就是"十个男人九个花，剩下一个是傻瓜"；说得更到位的是"十个男人九个花，一个不花是条件差"。但宁凯不傻，条件很不差，他只是需要一点引导，适度开发。说他们两个一拍即合对宁凯不公平，说苏丽处心积虑苏丽肯定断然否认。这么说吧——缘分。这个词使用率极高，可以解释一切阳光或地下或露水的因缘。总而言之，简而言之，苏丽和宁凯因狗相识，开始约会，其地点从草坪向茶馆饭店转移，最后落实到更窄小的空间里了。所谓窄小空间，你懂的，就是房间，就是床。双人床，最后双人床当单人床用。到了这份上，宁凯也曾端着酒杯说："酒是色媒人，我们的狗才是媒人啊，感谢狗！"又说，"它们一见面就干了那件事，嘻嘻。"他手搭上来了："你的克拉有没有怀孕啊？我的大喜很厉害的，百发百中，上个月我老妈还带它去帮了一回忙，人家要送我们一条小狗哩。"

这话说出去他就后悔了。是苏丽的脸色阻止了他下面的话。他们吃过饭有时会去开房，这天他原本是要让苏丽好好表现一下的，她那么迷人，似乎有无穷无尽的潜力。他要说：马上你要好好谢谢我，犒劳我一下。不想苏丽乍然变色，抬手打掉他搭在肩上的手："什么那件事这件事，我没看见！"她脸色难看，断然否认。却又娇声补一句，"大喜不避人，你也不避人啊？"这其实又是承认了，承认两只狗做过好事。这承认有调笑的味道，再配以娇羞的表情，宁凯简直受不了。但事后回想起来，那天的见面十分晦气，有些话几乎是一语成谶。他们那天没有开房，苏丽说身上不方便。其实哪里是身上不方便啊，她那个"不方便"已经不光临了。她怀孕了。说这话时，她十有八九已经珠胎暗结有孕在身了。

此后两人有一个多月没有见面。宁凯开始是很想的，后来就想得淡些了。她说是出差，培训，回来后再联系。事实上他们常常联系的，说点风话，写下来是颇为肉麻的，但宁凯也不当真。他对联系没有多大兴趣，电波又没有触觉、味觉，见面才有意思。街上的美女是看得见摸不着，电话那头的苏丽既看不见更摸不着。宁凯不是个很随便的男人，却有点随意。突然的分开让他把事情想得简单了。而且他还真的相信苏丽是出差了，因为这话和以前的一句话对上了榫。苏丽曾说，克拉已经送她妈妈家了。单身养狗的人，是没法离家这么长时间的。他相信了第一个谎言，很容易就相信接下的另一个。

苏丽学着克拉，也在家里坐胎哩。说什么猫三狗四，其实克拉三个月不到就生了。一胎四只。大喜真厉害。刚满月她就送了一只给她的领导。这比送其他东西实惠给力。送卡，少了难出手，再多也很快会刷掉；送狗就不一样了。狗是个话题，她可以态度得体地指教领导。这是件活礼物啊，可以天天代她在领导家里转，狗能活十几年呢。另三只小狗待售。她已经在网上把照片贴出去了，应者如潮，不愁没人要。唯一需要注意的就是价格问题，她的小狗健康漂亮可爱聪明，她定将坚守价格底线。她从来不缺乏耐心，如此优良的父本母本，如此优秀的后代，岂可明珠暗投，随便就出手？小狗吃奶，又不吃狗粮，再养一阵子其成本几乎可忽略不计，她等得起。可见苏丽的耐心是理性的耐心，待字闺中的女人最不缺的就是这个。

之所以说苏丽有耐心，还体现在她自己身上。体现在她的身体上。确凿无疑，她怀孕了。宁凯防不胜防，况且他也不是个步步设防的主。

有限的那么几次，他终于脱颖而出了。他脱颖而出并不是因为他有过人之能，只是因为他们床上的领导有心让他出头。选拔人才是这样，男女之事有时也是这样。苏丽暗施小技，他就出头了，她也就收获了。收获是什么？就是宁凯的一点点，趋近于无穷小，零。

公允地说，苏丽也算是有言在先的。在心醉神迷时，她说过："我什么都不要你的，我只是喜欢你。"这话让宁凯感动，继而激动，然后大动。苏丽又说："我什么都不要，我要的差不多就是零……"她百忙之中还抬手做了个圈，一个零——这样的女人多好，你哪里找？他轻装上阵，没有负担，羽化成仙了。可当苏丽挺着个胖肚子出现在他面前时，他傻了。分开八片顶阳骨，倾下半桶冰雪水！他从天界跌到地上，被打回原形，原来还是个色狼！他自己都觉得自己真不是个东西！

有个笑话说：三个小伙子向老头摊牌，都想娶他女儿，一个说有钱，一个说有产业，最后一个穷小子却说我什么都没有，只有一个孩子，他在你女儿的肚子里，于是他就赢了——结论是：在关键的岗位上你得有人啊。他看到这个笑话，也曾乐不可支，哈哈大笑。现在这笑话竟戴着面具撞过来了。他一不留神有了孩子，这孩子他还没见过，就被别人绑架了。他暴跳如雷，继而又如皮球泄气。他心里骂自己不是东西，却也想到反扑。但苏丽风度娴雅，不急不躁。她养胎养了近三个月，一直等到了瓜熟蒂落才现身。所谓瓜熟蒂落，不需要等孩子生下来，而只要等到肚子尺寸足够，目光难以忽略即可。她已经等到现在，决不会在这个节骨眼上失控；她已经等待了这么多年，也绝不会在最后关头失手。她有理有节，轻声细语，竟然还带点幽默："我才是受害者，生孩子是女人疼，男人在产房外面呢。"此时说到产房，比说到牢房还要吓人。宁凯根本不敢问她是不是要生下来。他只虚弱地说："你说过什么都不要的，你说过的。"苏丽道："我是说过的，我要的差不多就是零。"她羞涩地道，"几千万分之一，几毫升的几千万分之一，无穷小，还不算是零吗？"宁凯呻吟道："你这下要了我的命了！"苏丽笑道："我哪会要你的命啊！你的命就是我的命。"她双手拍拍自己幸福的肚子道，"你的命就是他的命，我儿子的命哩。"她终于有资格像杨琴那样说"我儿子"了。

　　这是十分私密的谈话，比商务谈判更为重要，只能在家里谈。现在苏丽的家里只剩下一只狗，就是克拉。所以即使苏丽如愿以偿跟宁凯结了婚，宁凯也不会知道这三个月内她家里曾完整经历了一次狗的孕产。苏丽永远不会让他知道的。有朝一日他如果知晓，只可能是苏丽的闺蜜，也就是克拉的原主人杨琴说漏嘴。如果他们结了婚，克拉和大喜也就是一家人——不不，一家狗了。不过有一点他们还不知道：两只异性的狗是不能养在一起的。那事儿年年来，月月来也就罢了，要是天天想来那么一下，那可怎么过啊？要一起养，唯一的办法，狗类饲养专家已经指导过，那就是把大喜骗掉。嘿，挨刀子的还是宁凯的狗。

要你好看

他朝门口摇了摇手，她眼一扫，看到了，款款走了过来。她扭头看看周围的环境，坐到了他对面。这是他们第三次上茶馆，第一次只到茶馆坐了坐，第二次他们从茶馆出来后去了宾馆，后来再见面茶馆的环节就省略了。按理说，男的应该很喜欢这种省略，但这次到茶馆却是他约的。他觉得他们应该说说话。

这茶馆他也是第一次来。他坐一个小时高铁，然后坐出租车，随意看着车外，说一声停，就进来了。他给她打电话。电话里他听出她有些诧异，也有些迟疑，但还是答应来了，来得还挺快。透过落地窗看见她从出租车下来，据此他推测她家离这里并不很远，但等她坐下来，他又觉得这也未必。她的头发比上次见面时短了很多，显然刚打理过，还散发着淡雅的护发素味道，焉知她刚才不是在美容店里，正巧弄完头发呢？

"你这样，也挺好看的。"

"是吗？你是说头发？天热了，我喜欢清爽一点。"她让服务员加了个杯子，等他斟上红茶，说，"我每年都是这样的，天热了就剪短发。

等长长了也就冬天了。"她轻轻晃了晃脑袋，汇聚在下颌处的头发随着晃动向两边抬起来，脸瞬时小了。她微笑着说："明年这时候，你就会知道我说的是真的。"

"好吧。明年。"

茶馆里不热，也很安静。这是下午，一大半的桌子空着。一眼扫去，客人们全都是一男一女两两相对，除了一桌打牌的；即使打牌，也男女均衡，两男两女。他们很安静，听不见争执，轻轻地叫牌落牌。捉对厮杀，他竟然想起了他和她在某个情境下用过的这个词。打牌的人他们捉对，却不是捉对厮杀。他轻轻笑了起来。

"你笑什么？"

"没什么。我笑这里男女各百分之五十。一比一，基本正是人类的比例。"

"你挺会琢磨的。你还琢磨出什么？"

"我什么也琢磨不出来了。你，做什么工作？家里到底什么情况……"

"现在查户口？晚啦。"她"切"了一声，"告诉过你的，我下岗。"

他看看桌上她的包笑道："是啊，我还听说过有人开着宝马去当保姆呢。对了，那也是个女的。"

"那好，那你这个男的告诉我，你做什么工作？家里到底什么情况？"

"我的工作我说的是真的；家里的情况你没有问过，不过现在也有了变化……"

他沉吟着等着她问，但她不问。于是自己说："我离了。现在一个人。"

"哦，你自由了。"

他接口道："你也可以自由的。"

"我？"她似乎没想到有这一说，"难道，自由还能传染吗？"他不说话。她微笑道："我抵抗力很强的。"

　　他转动着手里的杯子，脸上有一点失落的表情。茶馆和客房不一样，确实是个谈话的地方，但他的话题显然还是冒失了。至少她觉得冒失。如果不是他在网上跟她试探过这个话题而她总是不领会，顾左右而言他，他也不会觉得他们有面对面聊聊的必要。这算是明确答复吗？不管怎么说，他这是受挫了。有点丢脸。好在这里没有人认识他们，他们的声音也很轻。他确认自己这不是求婚，顶多算是求爱，再爱一点。他只是在试探一种可能。他给她的杯子里斟满了茶，一时默然无语。

　　这茶馆原是个老私家洋房，叫船厅。屋顶雕梁画栋斗拱飞檐，呈船篷状，门口还摆着一只硕大的铁锚，极似一艘船。当年也许是地形所限不得已而为之，现在看来倒显得匠心独运了。镂空隔断把里面的空间分隔开来，也是船舱的模样。茶馆的地势高出马路，透过垂满藤蔓的落地窗看出去，是马路，车水马龙。他慵懒地看着窗外的车流，感到这船正在向前方行驶；可是把目光抬高一点，马路对面的车流却告诉他，他其实和船的行驶方向相背。

　　他收回目光，船不动了。很安稳。她安静地坐在他对面，啜着茶。半空传来了球赛的声音，那是悬着的电视机，正在转播欧洲的联赛。他的目光刚转过去，她就问："你喜欢看球？"

　　他笑笑，无所谓的意思。"你喜欢看，肯定也喜欢踢。"她看着他的手臂，这是他除了脸之外唯一当众裸露的肌肉，她说，"你很结实，我喜欢。"

　　他含笑看她一眼。她以前就夸过他的身体。他当然也夸过她。这样的夸赞有客房的气息。球场上是两个豪门俱乐部，你来我往正在厮杀。她看得挺入神，她入神的样子很好看。这时他们两人都侧着脸，仿佛目标一致眺望前景的样子，但其实不是。有人大力射门，球偏了，划门而出，她"吁"了一声，很惋惜的样子。他问："你，知道场上一边多少人吗？"

她嗔了他一眼，意思是小瞧人。他说："看着他们，我觉得自己很自在，很自由。"他用调羹搅着茶，叮叮当当地脆响，"他们一共二十二个人。你要知道，这二十二个人挣的可都是欧元，他们都是亿万富翁。二十二个亿万富翁在那里汗流浃背，争着抢着表演给我看，你说这是什么待遇？"他身体往椅子上再松松："而我，清凉，悠闲，云端里看厮杀，我喜欢这样。"

"你可真是自我感觉良好。他们有钱，你有闲。嘿嘿，你可真是有闲，总是有空出来见女人。"她约他见面，他似乎随时都有时间，果真也从不爽约，只是开的房都是快捷酒店，有方便面的味道，不上档次。她讥诮地扬扬眉道："人家下了球场，马上开豪华车，回海边别墅，漂亮的妻子在等他。男人就该这样。"

"哪怕他终年四处征战，你大部分时间独守空房？"

"是啊。这没什么。他下了球场就回家，我不在乎等他。"

"我知道了，"他冷笑道，"他就是这样的人。我说你丈夫。他也是个大忙人，成功人士，对吗？"

她默认。继续沉默。他眼睛掠过她那昂贵的包，心里涌起一团怒火，被藐视的愤怒。他似乎看见了她丈夫的样子，衣冠楚楚，肥胖，手臂上不见肌肉。忽然间觉得好笑，那胖子在外打拼挣钱买包包，她在家给他织帽子，绿帽子。他差点说出什么来，突然心中一凛，被自己的恶毒吓住了。这太过分了，她织帽子，而他自己就是那个送帽子的快递员。他吓得不敢说话。半晌，他正要开口，却看见她木着的脸上突然有了变化，似笑非笑。循着她的视线看过去，电视上激战正酣。那评论员亢奋到极点，"……球被守门员挡向边路，落在9号脚下，插入，很坚决，好！进去了！再射——"远处的牌桌那边哄笑起来。

他莫名其妙，立即也回过味来。这是第二次射门。此前评论员的声音就已经失控，"……中路插入，大力射！哎呀，机会不好，他射早了，操之过急了。"牌桌上的两个男的笑得把牌都摔了，女的矜持些，抿着嘴，乐不可支。他忍不住扑哧笑了。

他们不经意间对视一眼，瞬间闪开目光。这评论员的嘴里无论怎样跑马，评论的也不是他们两个，但想到某个场景，他不由得有点心旌神摇。"这评论员明天一定火了。"她说，"网上放不过他的。"

"嗯。火了不好吗？"

"不好。这样火起来，你觉得好？"

"是是。"他说，"他嘴里乱射。乱射哥。"

她含笑瞪他一眼。那边牌桌这么一笑开来，声音也大了。"我单张。""你有老婆，单什么张！我跟，我比你大。""大起来。""我又粗又大，大鬼！"另三人齐声说："你流氓！"又哄笑起来。

他也笑。刚才有一阵子他有点局促，甚至想过提前离开，这会儿松弛了。这是评论员的功劳。他是特邀的，不是老手，大概耳机里导演提醒他了，他再不乱射，拘谨了，基本不出声，该说也不说。"你看那边那个女的，也是短发。"他努努嘴，示意她看，"不过你比她好看多了。"她听到赞美依然不予理会。于是他说："我突然想起一个人，我很羡慕他。"她抬眼看看他，不动声色。

"我想起了你丈夫。"

她斜睨他一眼。

"我很羡慕他，因为他有两个老婆。"

她坐直了身体，突然眼睛瞪大了。

"是的，真的两个。不骗你。"

她瞪着他，立即又把目光闪开，以示不屑。

"真的两个哩。热天一个，冷天一个，"他坏笑着说，"一个长发，一个短发。"

"滚你的！"她把杯子往桌上一蹾道，"这话一点不好玩！不幽默！没有幽默感的男人不可爱，装幽默的更讨厌！你啊，也可以有两个，谁都可以。"

"可我连老婆都没有了。我离了。"

"你又来了。我连你是不是结过婚都不能确认，当然不可能谈得上是我叫你离婚。"她宛若举着盾，同时平端着矛，稳固而尖利地看着他，"这是你自找的。"

他哑然。遂自嘲说："不过这样也好。我至少可以有机会多见见你。怎么样？"

"什么怎么样。我没说过不见你。不过——你更有机会多见见其他人。其他，网友。"她哧哧笑了。

"你是说你自己吧。你不要说你只见过我一个。"

她立即说："我就只见过你一个。"她的语气不容置疑，但他认为这句话只是她预制在心里的回答。他正要说他不信，一声汽笛声突然响起，由弱变强，停顿，然后又是一声，一声。这是报时，这个茶馆独特的花样。他略一错愕，她面前突然嘀嘟了一声，桌上的手机活泼地振动起来。这是微信在工作。她拿起来看一下，摁掉。她平静的表情是在申明，这不是什么网友，是亲友，但亲友她为什么又不搭理？

不远处的牌桌有个男的叫道："我拖拉机！"其他三个都哑住了，大概没想到他来这一手。"你狠。我不要。""过。"最后那个女的叫道："什么拖拉机，现在这叫拖油瓶！你拖家带口的，一点都没错！"说完怪笑起来。

他想拖油瓶确实比拖拉机狠，是坦克，孩子是副驾驶，轻易别去惹。那边男的又叫牌："一个对子。"有人跟："大对子。""小对子。""不要。我就缺对子。形单影只，苦啊。"

她终于憋不住，噗地笑出几星茶来。他擦擦自己手臂说："他们这几个，还真不知道是怎么配对的。我是说，关系复杂。"他视线无意间扫向窗外，有一男一女前后过来了。他们并没有并排走，但某种说不清的东西告诉你，他们肯定是一个对子。

他们沿着通往茶馆的栈道往上走。栈道用木材铺就，人走在上面微微颤动，还嘎吱嘎吱地响，其实更应该叫栈桥。他们走过栈桥，进了茶馆，找个位子坐下了。那位子不靠窗，偏僻，显然他们要谈的是私事。这对男女坐下后很快就开始说话，他们声音抑制，很私密。牌桌那边心无旁骛，自己玩自己的。

他说："这船其实是个岛。它永远在这里搁浅。有人上来，然后，下去；然后又是另一些人。到了晚上，一个人都没有了，这船就空了，夜泊枫桥了。"

"好，你开始抒情。我知道你文笔好。"

"不是抒情，是观察。"他续道，"到这个地方来的，我是说茶馆，如果是一男一女，绝大多数是两种情况，一种是初识，譬如相亲，要么就是分手。喏，你听那两个。"

那一男一女已开始争执，他们压低了嗓子，但已经带了火气。他刚才已注意到这两人上栈道的时候，那个女人走在前面，男的跟着，这说明他是被拖着来的，不情愿。看起来，分手也是那女的主动。他显然自得于自己的结论，问："你说对不对？"

"这有什么？小儿科。"她讥诮地说，"要我说，宾馆也有规律的。有那么一天，特别明显。"

"你是说——情人节？"

"对啊。这一天高档酒店基本没人，因为情人不敢去，学生们去不起。"她顿一顿，还是说出来，"学生只能去钟点房或者快捷酒店。"

她看他一眼。她以前含蓄地调侃过快捷酒店，但他这会儿似乎没在意，他侧头想想说："有道理。"

必须承认，她脑子是清楚的，对未来，对她自己目前的生活，都有稳固的定力。"看起来，头发长见识短，还真有道理。我是说，你头发剪短了，思路更清楚。"

"这下领教了吧？不过我一直这样的。"她被夸了，有点刹不住，"我头发留长了，思路更顺畅。到时你再看。"

他注视着她活泼的短发，看得她疑惑起来。她伸手捋捋，抖了抖头。他说："可我不见得就能看到。"

她怔住："哦，你想分手了"她一脸意外，转瞬间就平静了，"怪不得你刚才说，茶馆不是初识就是分手。"

"不不，我不是这个意思。你知道，我到这里不是要分的。"

"好吧。你也知道，是你叫我到这里来的。我可没想来。"她妩媚地笑道，"我恐怕还是长发好看。对吧？"

他直愣愣地看着她，沿着她询问的眼神说："哎，你知道吗，长发有的时候很麻烦。我上高中时，有个女生头发很长，留了两条长辫子。我那时候不知道用功，特别调皮。"他还没有说下去，脸上就露出了顽皮甚至是促狭的表情。"我喜欢捉弄她。她讲话细声细气的，很秀气——"他看着她，停住了。她挑挑眉说："别说她像我。"

"不怎么像。你是狐狸眼。我很喜欢她的长辫子。想摸，不敢；想用火燎一燎，更不敢。有次上课，我悄悄把她两根辫子梢绕过椅子背上的木撑，并起来，用细铁丝拧死。后来老师喊她回答问题，她一站起来，呵呵！"

两人都笑。她指着他说："你喜欢她。喜欢辫子是表象，其实喜欢这个人。后来呢？就恋爱了。"

"嗯。"他陷入回忆，"整个高中阶段她不理我，我也不理她，但彼此的眼神都懂得。后来考大学，我们在一个城市，就好上了。"

"然后呢？"

"然后就分手了。那个人条件比我好。当时很痛苦。"

"你不必遗憾。如果你们真的成了，未必就美好。老话说，不做夫妻是好夫妻。真的在一起也就那么回事，这个你得看破。最美妙的分手就是永不再见，又永生难忘。你们就是了。"

"是吗？不过当时还真是挺痛苦的。我……"他犹豫着要不要说下去。描述痛苦似乎没必要，也说不清。正沉吟间，身后突然传来"砰"的一声，回眼看去，隔着花窗看不真切，但声音隔不断。那女的说："你不要太过分！"然后是一连声的斥责。那男的起身，搂住女的身子，想让她轻一点。女的声音是小了，但霍地起身，坐到另一面，继续斥骂。牌桌上全住了手，往那边看。

女的开始哭，边哭边说。男人嘴里嘟哝着一连串东西的名称，还有一些数字，大概是价格。"你这是干什么？我没有跟你要这些东西。"他再次起身，走到女的身边，把桌上的一些什么东西往女的包里塞。女的一动不动，任他忙活。牌桌那边不知谁说了什么，嘻嘻地笑。

他的预判果然不错，这一对是分手的。那对男女暂时平静了，那女的坚持着什么，男的还在温言劝说，甚至哀求。"这真是弄的哪一出。痛苦！"她捂嘴笑，有点幸灾乐祸的意思，"他们肯定是哪一个以前话说得满了。你，还是接着说说你吧。"

"我？我什么？"

"你分手后痛苦。"

"哦。"他犹豫着似有难言之隐。抬眼看看电视机。正好一个特写。光头裁判很酷。他笑了。"没什么的。痛苦。然后，我就把自己头发剃了。"

"剃了个光头？哈哈，你这是剃头明志呀。厉害。别说，你光头倒不难看。"她端详着他，眼睛在他头上扫来扫去，看得他局促起来。"不过我肯定，她再也不理你了。"

他苦笑："是。"

门口的风铃叮叮当当一阵乱响。一个男人铁青着脸进来了。他摆手屏退服务员的招呼，把各个隔断间巡视了一遍。这是来找人的，而且没有找到他的目标。风铃又是一阵乱响，他出去了。茶馆很多，他的腿肯定很累。

这人进来时，他还略有些不安。是她的淡定安抚了他。于是他问："奇怪，他怎么不打电话？"

"谁？"

"你家那个。"

她摆弄着手机说："你还真是会操心。没事打什么电话？他信任我，从来不查岗。"

"你也不查他的岗？"

"对。将在外，君命有所不受。为什么总想把别人搞清呢？我们家各司其职的。"他插话说："我知道，他负责赚钱养家，你负责貌美如花。"她说："差不多。"她笑得有点没心没肺，不过很娇媚。可他忽然觉得心里窝得慌。

　　她手上的手机响了一下。还是微信。她看都不看，不理。他说：
"我记得，我就是被你摇出来的。"

　　"什么？你赖皮。是你摇我的。"

　　"好吧。一起摇的好吧。"他看着她凹凸有致的曼妙身材，心里的某
种欲望慢慢燃了起来，"茫茫人海，我们漂泊。在各自的地点，在同一
个时间，我们摇到了一起……"他正要说"我们摇到了这艘船上"，她
打断他说："又抒情了。你漂泊，我可是停泊着的。"正要再说什么，那
边分手的男女又弄出了动静。椅子在地上划出一道响，很难听。接着是
牌桌那边啪一声甩牌的脆响，一个女的说："缴枪！我抠底了！——你
们别装呆！"她拍着桌子道："看这边，这边！"

　　牌友们都在看戏。那边，分手的男女终于还是崩了。咣当一声，女
的推翻了椅子，昂然奋起，鞋跟笃笃地过来了。她回身把一个纸团狠狠
砸向身后跟着的男人："你记着，不要后悔！"她丰满，身量挺重，走过
桌边时桌面都在震动。三级地震。那男的嘴里说着什么，刚要抢上前去
挽留，女的已出门了。他快步跟过去，服务员伸手拦住他："先生，您
还没结账。"他尴尬地站住了，掏钱包。

　　牌桌边的人全站着。一个男的啪一声扔下牌，怪声道："你确实抠
了底啦。我投降！哈哈！"

　　掏钱包的男人恨恨地瞪他们一眼。他急于脱身，但他包里很乱，越
急越不行，十分狼狈。好不容易摔出一张钱，飞快出门。几个风铃被他
的头撞得荡起来，当啷啷好一阵脆响。"你看出来没有？"她说，"女的
怀孕了。"他一直有点发蒙，怎么就抠底了。这下明白了。他就没看出
怀孕，女人的眼光就是厉害。

　　那桌牌索性不打了。嘻嘻哈哈地商量着叫简餐。有个男的大声道：
"还是我们这样好啊，对不对？简餐，简单，别那么麻烦嘛。"牌友们都

嬉笑着附和，说大餐不是随便吃的。他们说的当然不止是吃饭。可以肯定的是，他们是老牌友了，也许曾经关系复杂过，但现在早已删繁就简了。

门口的风铃声密集了，不绝如缕，不断有客人进来。不经意间，他察觉背景音乐也变了，是泰坦尼克的主题曲。很缠绵、很深情的旋律。如果这旋律早一点响起，在那对男女争吵高潮时响起，会是什么效果呢？他哑然失笑。这一笑他倒想起了，刚才他们吵架时也是有音乐的，人鬼情未了，一样哀婉悱恻，只不过被球赛和争吵淹没了。他看看刚才拦住那男人要求结账的小伙子，无端觉得这里的音乐一定就是他操作的。这是个调皮机灵鬼。他鼻子嗤了两声，笑了出来。

她诧异地看看他。他说："你也饿了吧？到饭点了。"他朝牌桌那边吸吸鼻子。她唔了一声，但是说："这个时候再熬一熬，可以消耗脂肪。"

"你不需要再瘦的。你现在正好，哪里都正好。"

她领会了，暧昧地朝他横横眼。他随手拿起自己手机，在屏幕上点点划划，再点一下。他皱起了眉头。"你知道我们现在的距离吗？"他把屏幕对着她，"三百米！它说我们现在相距三百米！"

"是吗？"她摆弄一下自己的手机，"呵呵，我这里是五百米。可见这东西有多不靠谱。"

"不啊。可见这东西多精确，不虚夸。它是说虽然我们面对面，但其实相距遥远。是步枪的射程。真的，我能看见你，但你的容貌还不如我梦里那么清晰。"

她手指往嘴上一竖道："不要抒情。"

他说："你的显示五百米，我的三百，这说明你和我彼此的感觉不一样。"

"你又开始深刻了。"

"这东西叫'附近的人',其实我们要找的都是远处的人。可远处的人即使坐到你对面,就像我们这样,至少也还是几百米。"

"你没完啦?"她有点不耐烦了,"太深了,女人不喜欢!"

他一愣,笑了。她羞怯地笑。花枝乱颤。她的胸部在衣服里颤动。他的心随着跳动起来。他越笑越乐,终于笑出声,哈哈大笑。

汽笛响起,迎头撞上笑声,他的笑声沉没了。这是船,会沉的船。但其实这船筑在土堆之上,砖木结构,它永远都不会启航,也永远不会沉没。这周遭唯一真实的东西就是那只巨大的锚,它稳重而诚实。他们出门去吃饭,走过锚的身边,他忍不住摸了一下。无数的手抚摸过它,光滑,尚余太阳残留的温热。

下得栈桥,他们发现,船头方向的不远处就是一家好餐厅。他们点了不少菜,还喝了酒。他说他酒量差,倒是劝她喝了不少。吃完后他看着她酡红的脸,含笑道:"我累了。你不累吗?"他们第二次喝茶后他就是这么试探她的,"还真的有点累了。"她当时这么回答。现在她不理他。是的,现在已不需要回答了。他们上了出租车,按他的指点飞驰而去。

他们靠近了。他把她拉过来,依偎着自己。她喝了不少,酡红着脸,微微发烫。"我们现在零距离,"他悄声说,"一会儿我们的距离会更加靠近,靠近成负数。负距离。"

"臭流氓。"她攥紧了他的手。

他贴着她耳边说:"他,你丈夫,突然看见你的短发,肯定很惊喜。"他抚弄着她的短发,"我也很惊喜。"

"短发泼辣啊,我辣妹子。"她吹气如兰似的吹着酒气,"你们这些男人。哼，你就等着吧。"

车停了。还是一家快捷酒店。上楼梯的时候，他说："快捷，就是一夜情的意思。"

她一愣："我们不是第一次。"

"我们是多次的一夜。"

她不答话。这有点煞风景，但她必须承认这是事实，而且也是她自己愿意要的。于是她立即不再计较他这话。这是个定义，但这个定义没有败坏他们的欲望，他们进程更快捷了。

她显然大有酒意，可这酒意加上那定义，也远不如欲望强大。她很快洗了澡，躺到了床上。然后是他，飞快洗好，微笑着向床走去。

玉香温软。大汗淋漓。

最活泼的果真是她的头发。短发果然另有别样的灵动与活跃。现在她似乎已耗尽了力气，连头发都累了。她的脑袋引领着短发贴在白枕头，宛如白桌上摆着一个黑盘，盘里是艳丽的桃李，惊心动魄的美丽。她闭着眼，显然已不胜酒力。他让她睡一会儿，自己坐到小沙发上端详着她，脸上似乎爱怜横陈。她笑着说一句你还是身体太好，打好手机闹钟，很快就传出了轻微的鼾声。

他走过去，轻轻掀开薄被，站远些，用目光抚摸她的身体。他赤着脚，把房间所有灯都打开了。床头灯直射在她脸上，应该刺眼，但她依然沉睡，没有反应。他再次靠近她，坐到床边，摩挲她的头发。头发有点湿，是癫狂后的汗水。恰到好处的湿度让他穿过头发的手感到十分顺滑和舒服。他摇摇她，她嘟哝一句什么，顺势平躺着。他站起身，一个个按动开关，只留下墙角的一盏落地灯，然后，从旅行包里拿出了电动剃须刀，又一次走向了她。

剃须刀蜜蜂般嗡嗡作响，侧光下，他手臂结实，动作温柔。他意外地发现，有些事远没有想象的那么难。片刻间，她的头发全部落到了枕头上。她的头真圆，脱落的头发依然保持某种形状，宛若某种圆形果实被剥离的须。他把头发仔细收起，抓在手上。他用力聚拢，看起来那么多的头发原来也不过盈盈一握，放到装拖鞋的塑料袋正好一袋。他把塑料袋装进了自己包里。

　　拿剃须刀前他就预先穿好了衣服。除了代替房卡插电的身份证，再无遗漏。虽然这身份证本来就是假的绝对无所谓，他还是抽走了。他拎上包，悄悄出了房间。

　　临出门时，他忍不住再看了她一眼。

然后果然

　　这是个好天气。清晨，百鸟婉转，红日满窗。连日的阴沉雾霾后能有这么个好天，本该使人心情愉悦，甚至精神一振，但王弘毅愉快不起来。对人的心情而言，坏天气是雪上加霜，好天气应该能锦上添花。可是他不是锦缎，被面才是锦缎。他是床褥里压死了的棉絮。总而言之，这天气好得像个反衬，简直像个讽刺。

　　但是他外表不流露。行动举止不流露，面部表情也如常。早晨总是风风火火又有条不紊。他嘴里叼着牙刷，去催女儿起床，老婆在厨房里忙早饭。早饭简单而准时，女儿起床却复杂拖沓。光动嘴还不行，有时还要去拖。把她从平躺变成坐姿一般需要重复数次。做爸爸的好脾气，左手把她拖正，手一松又躺下去了。再拖，还下去。这父女俩斗法，斗的是个角度问题，从一百八十度变成九十度，是日常生活中的几何难题。于是他双管齐下，左手拖，右手在她后背推一把，固定，含着牙刷的嘴说："大丈夫能伸能屈。"女儿睡眼惺忪地反驳："你才大丈夫，我是小女子！"看看，才四年级，就小女子了。话这么说，九十度终于稳固了。女儿穿衣不算太磨叽，片刻后，她就会呈直立状走到餐桌前。

鸡蛋，面包，牛奶；水果一两种，随季节变化。三个橘子在桌上，鸡蛋摆在盘子里等着他剥壳。老婆在厨房里热牛奶。王弘毅听着微波炉的嗡嗡声，扭头看看盥洗室的女儿，抓起一个鸡蛋准备放入自己口袋，略一停顿，飞快地剥去蛋壳；又抓起一个橘子，也剥掉皮，抽几张餐巾纸一起包好，塞进了口袋。那边微波炉"嘟"一声，老婆就要出来了。他突然想起自己分内的面包还没有处理，眼一扫，飞快地把面包塞进了包里。包被塞了食品很安静，他空着的嘴倒吧唧起来了，"好吃！你妈买了新品面包，你可以快点啦。"女儿对镜梳头，并不正眼看他，喊一声说："馋猫！"

老婆很能干，双手可以端三杯牛奶。他跑过去接过一杯，不喝，摆在桌子上。坐下来，继续剥好剩下的鸡蛋，他舌头余味未尽似的在嘴里转一圈，抽餐巾纸擦擦嘴和手。老婆说："牛奶。"王弘毅说："牛奶不喝了，肚子有点咕咕的。我到办公室喝茶。大红袍，解腻。"老婆说："你最近应酬不多啊。""晚上是不多，"王弘毅无奈地说，"现在基本改中午了，中午目标小。"

"目标小，防止被发现。嘻嘻。"女儿拿起个鸡蛋，捏在手上，斜眼看看她爸爸。她人小鬼大，还懂目标小的意思。这会儿王弘毅的胃属于假大空，不平则鸣，咕咕叫唤。他坐在餐桌边看着她们吃。聪明的女儿，美丽能干的老婆，晨光勾勒出她们宁馨的侧影。时间差不多了，他拎起上班的包，说他今天有个重要的洽谈，不能再等了，得先走。通常他开车先送女儿和老婆，然后自己去上班。但他今天工作忙，他把车钥匙递给老婆，说自己打车去。

一个多小时后，他终于吃上早饭了。衣袋里的橘子和鸡蛋还有点模样，面包就一塌糊涂了。烤过的面包片很脆，七零八落地落在包底，他的手必须呈鸟喙状，到包底去撮。他吃自己的饭，却像个寻食的鸟，这令人气恼。他把包弄个底朝天又摇又晃，这才算弄干净。包里一些文书被抖落出来，是一些药品和医疗器械的说明书。这提醒他，他以前也在公司干过的，那时他干得很不错。

是的，那是以前。就是说，他宣称今天有个重要的洽谈，那是哄人的。重要还算重要，因为这是他的新工作；洽谈却是早已谈好了。在网上谈好，不谈好他也不需要空着肚子，不谈好他也拿不到那几百块定金。两天后，如果不出意外，他还可以拿到剩下的几百块。他把草皮上散落的说明书捡起来，塞回包里。路过的人朝这边瞅瞅，但人家并不再多看一眼。这里是医院，这些说明书出现在这里再正常不过。倒是几只鸽子，早已习惯了人来人往，他一离开，它们就围过来啄面包屑。它们安静地啄食，头一点一点像在致谢，不时还侧脸端详他。王弘毅突然觉得有点讪讪的，顺手把墨镜戴上了。

接下来到哪里去，这是一个问题。医院他再熟悉不过，不但这个医院，全市近十家三甲医院，他没有不熟悉的。但医院不是个能容留的地方，这里氛围不好，除非真生了病，没有人喜欢到这里来。他没有病，全身上下十分健康。三十八年一路走来，除了脚上的两个鸡眼，他什么毛病都没落下，实在是运气。但他目前状况不好，他跳槽了。有人跳槽是往高处跳，他不是，他有点像是跳河。以前的公司就像只船，他待不下去了，扑通就掉水里了。就是说，他目前落水，没有稳定工作。找工作是急不得的，他总得先做着点什么，最好是骑驴找马。"马"不知在哪里，"驴"他先骑起来。他的驴说到底是他自己，是他自己的身体。他自己骑自己，靠好身板先撑着。

其实也不耗费身体的。又不是干苦力。他只是使用自己的身体。具体说，他目前的工作是代人体检。有人因为某种原因必须去检查身体，却又不想不合格，这时候，一个好身体的替身就很有价值，于是，王弘毅的身体就具备了价格。这真的不耗费什么，用一下身体而已。说起来，任何工作都必须使用自己的身体，概莫能外。高级如那个科学家霍金，全身瘫痪，但他也用着自己身体的一部分，脑子，脑子不转，他就歇菜；低级的吧，像有些姑娘，不也在磨损自己的身体么？他此前推销医疗产品，用的是腿，嘴，还有脸上的表情，只不过现在用得更全面而已。

说是全面使用，其实主要的就那么几项，几个部位。他是学过药学的，知道自我保护，抽血验尿 B 超基本无所谓，X 光他就比较谨慎，有伤害的。有伤害就是有成本，必须控制间隔和次数，价格也就高一点。他靠身体吃饭哩。

今天的项目是抽血，必须空腹。抽血很简单，静脉血，几毫升，几百块，简直单价可观。他甚至想，即使以后找到新工作，这活儿也未必就完全不做。零伤害，高收益，做个兼职有什么不好？别让人知道就是了。

不让别人知道他做这个不算难，瞒老婆却必须用点心。好在老婆虽然贤惠却也粗线条，瞒她并不很难。就这么过了快三个月，他已经掌握了一点技巧。从医院出来后到哪里去，曾经让他十分为难。茶馆，麻将档，本来都是好去处，但这需要成本；找朋友打发时间也不是长久之计。他一般到东湖公园去。那里很大，也有幽静处，怎么都容得下一个杀时间的人。他在那里也不是纯粹发呆，他经常要看看手机。他接活儿或者找一份稳定工作，都离不开网络。

公园是免费的，公交车很便宜。这很好。他拎着公文包，如果忽略手臂上抽血留下的一点疼痛，连他自己都要认为他还是个忙碌的白领。刚进公园，他皮包里"嘀嘟"了一下。他停下来，查看手机。

来活儿了。他本以为是他发的求职信息有了回复，不是，是一单新活儿。这也不错啊。这是个顺利的上午，刚才他还因为抽血没能和腹部B超一起做而略感遗憾，这新生意不就又来了吗？这人的项目更简单：代检色盲。这比所有项目都要简便。几块色卡，幼儿园的孩子都能看出是什么图案，可如果你色盲，你就只能乱说，他曾亲眼看见有人把一个美女看成了一只鸡。他只要去瞅两眼，几百块就到手。好事啊！可是问了地点，他拒绝了。手机里的人很急切，问为什么不干，钱还可以再商量。王弘毅说不是钱的问题，是安全问题。对方说这个你不用担心，车管所他找过人了，不会太顶真。为了说服他，对方还在屏幕上幽默了一句："又不是枪毙，不会那样验明正身的！"王弘毅说："不是这个安全问题。你红绿不分，开车就是杀人。"对方好半天没回话，然后传来一句语音。王弘毅听了一半就按掉了。那边在开骂。王弘毅迟疑一下，把这人黑掉了。他自己女儿上学，最担心的就是交通安全。无论多忙，只要他答应当天接孩子，从来都没有失职过。此人换过驾照就会窜上街，那就是个无差别杀手。

他不肯去看色卡，只能在公园看风景了。他看风景，却不愿意风景里的人看他，最好没有任何人看见他才好。年纪轻轻的，大白天的在公园里晃荡，怎么看都扎眼。但他别无他法，只能在外面盘桓到下班时间。公园很大，山清水秀，最佳处是临水的长堤。长堤上人来人往，他只把后脑勺露给他们；前面是浩渺的湖水，偶尔有鱼会探个头，但除非他还能从包里掏出面包屑，鱼决不会对他产生丝毫兴趣。他找个长椅坐下来，突然就想起了医院里的鸽子。人为财死鸟为食亡，但鸽子和鱼都活得挺好，蛮自在。他忍不住苦笑了一下。其实代检色盲他是做过的。此前有个人要入职，竞争激烈，他就代做了。那个职位跟辨色力半毛钱关系都没有，但那人担心被有背景的人找理由挤掉，他的一脸惶恐让王弘毅觉得自己应该挺身而出，很有点仗义执言主持公道的感觉。要说他接活儿还有什么明确的标准或者原则，也真说不上。他凭感觉。他需要钱，可也不愿意太憋屈自己。除了这种零碎的，他做得比较多的是保险体检。来找他的有买保险的，也有卖保险的业务员，他们要拿提成。他肯去做倒不是因为他以前在医药公司也靠提成吃饭，而是觉得保险公司赚钱太容易了，也太多，董事长竟然年薪几千万，不帮他漏掉一点简直不公平。这一块是他的业务大头，做起来既安全还又理直气壮。他以前在医药公司，钱虽然不算少，但压力极大，压力不大他也不至于丢工作。找个工作是真不容易啊，就是他现在这份"工作"，也不是那么容易干的。有的业务他没法干。有个男的把女人肚子搞大了，人家扯住他不依不饶要结婚，他想找个不育的人代自己体检，以此洗脱，这事他就干不了。少精、弱精、畸精，诸如此类，跟他完全不沾边。即使他不在乎缺德不缺德，这个单子他也接不下来。他的身体实在是太好了。

　　风和日丽，春风送暖。突然就想起了老婆。老婆漂亮，也是从小镇考大学出来的，很干练，工作上从来不要他操心，也顾家。得妻如此，夫复何求？在家庭上他运气不错。虽然目前工作有点问题，但他相信一定能熬过去。倒是女儿没少让他操心。女儿娇气，小可爱，也有点小任性。不过，不为女儿操心，这家不缺了点味道么？他和老婆有时想亲热，可女儿就是不睡，他们三番五次地过去又哄又骗，最后还要悄悄地去侦察确认，想到这里他扑哧笑了。他看看周围，没有人注意他，可他自己的身体却有了反应。这有点尴尬。他站起来，举起双手抻了抻身子，笑骂自己没出息，目前这状况还有心思想这个。不过也不能怪，天气太好，暖洋洋的，还真是饱暖思淫欲了。这时忽然觉得，肚子有点饿了。

　　老婆暂时抱不到，可饭总得吃。快到午饭时间了。他起身上了湖堤往公园外走。公园大门是一座古城门，城门内是一片巨大的草坪。很多退休的老人聚集到这里，放风筝，抖空竹。天上的风筝很安静，你都不知道线在谁手里。空竹呼哨着围绕着那老头上下左右翻飞。这地方人最多，人多眼杂，他本不愿意在这里多停留，不知怎么的，竟站住了。那老头玩得兴起，冲他做个鬼脸，手臂一挥，长长的竿子一带，空竹忽然飞过来，绕着他响了一个圈。他缩了一下脖子，咧咧嘴表示他不计较，心里却突然焦躁起来。风筝是未来的工作，在天上，你找不到线；空竹倒是好玩，可即使你玩得转，那也得等到退休啊。他还远不到退休年龄，况且现在连工作都没有哪谈得上退休？他快步走开了。

公园周围有很多小饭馆，填饱肚子不成问题。

小饭馆里也有好饭食。价格低，味道也不错。他一会儿就吃光了。正犹豫着是不是还回公园去，手机响了。

是个陌生的号码，招聘的。他很需要这样的信息，可这个电话没多大意思。对方是保险公司的，招聘业务员，说白了就是招跑保险的。他一时转不过神来。那些跑保险的多次介绍人过来找他代检，身份一翻他自己也要这么干么？他觉得有点滑稽。做保险的都在名片上印着"业务经理"的头衔，可他以前是"区域经理"，那是正式任命的。他目前还没有到山穷水尽的地步，这么搞下去，那真是一路向下了。

事实上他原本也还犹豫，但他的手机很快就从网上接到了一笔新生意：抽血加腹部 B 超。比早晨的项目大，同样要空腹。那人看来不差钱，很大方，在价格上一点没费口舌。约好了时间和医院，王弘毅很高兴。他觉得至少目前他还可以这么做下去。

下午总归还是空着了。空落落的下午还是消磨在公园里比较稳妥。王弘毅戴上墨镜，算是小小地改变了一下容貌。城门前的停车场车来车往，人流如梭，乱哄哄的。离城门还有一箭之遥，王弘毅看见前面出了事故。一个小伙子被车碰了，倒在地上哇哇直叫，几个人正围着车主理论。那车主开始嘴还挺硬，一看到人家红肿的脚踝也有点慌了。他是错过了一个车位，又倒回来，责任显然在他。他嚷嚷着说要报警，又说要找人，但手机拿在手上就是不拨号。王弘毅探头朝倒在地上的那人瞅了瞅，那人原本半躺着抱着腿，被他这一瞅索性挺在地上哭起来。王弘毅对那车主说："你还是私了吧。商量商量赔点钱了事。"车主说："你跟他们是一拨的！"王弘毅笑道："我跟他们一拨？你什么眼神啊？喊！"他扶扶墨镜摆摆手走开了，"我为你好，不听拉倒。"

那躺在地上的人他见过，是碰瓷的。前不久他开车，在一条狭窄的马路上路堵了，他见前面吵得凶就下去看了看。就是这个人，倒在地上抱着肿脚，连叫的声音和表情都一样。当时他并不知道是碰瓷，今天再看见，不是碰瓷是什么？他们转移战场了。那只伤脚是真肿，十有八九还真的骨折，不怕跟人去拍片。保持到现在都不去治，也算坚韧不拔。虽然不能排除是一次意外骨折启发他们走起了这条钱路，但王弘毅更相信是自伤。那几个帮腔的狠角色把这伙计弄伤了赚钱，谁叫他的眼泪来得那么顺溜呢？这伙计肯定是从了，很可怜，也很没出息。

湖边的长椅垂柳掩映。他点着手机，心里总觉得郁闷。今天是10号，发工资的日子。只简单地点几下屏幕，他就把"工资"转到了老婆的卡上。他卡上的钱目前还够。钱转出去他突然觉得坐不住，站起来走几步，索性在草皮上躺下了，皮包挡在他脸上。他只多了个皮包，否则这姿势跟那碰瓷的很像。那鸟车主说他跟他们一伙，也算是一种眼力。转念一想，真要去做保险，他倒可以自己直接代人体检，省去中间环节，拉保险和体检就一条龙了。他坐起身，想回个电话过去，想想又作罢了。这么快就反悔，有点反复无常的意思，让人小瞧了。他卡上以前有点小私房，再加上最近接的活儿，还够再付两个月的。且再看看吧。

太阳西沉，湖水更亮了，金光耀眼。该回家了。女儿的放学时间不确定，如果开车他会去那里弯一下，碰上放学就接。女儿有时会故意捣蛋，明明看见家里的车却由着他按喇叭故意不理。这丫头，撒娇哩。想到女儿，他的脸上漾出了笑意，不过他今天没开车，接不了女儿。

家里的气氛今天有些特别。他是第一个回来的，时间不长，老婆和女儿差不多前后脚也到了家。女儿板着个脸不高兴，嘟嘟哝哝的，大概是抱怨又没人去接她。老婆一点也不计较，她关心一下丈夫，摸摸女儿的头，还亲一口，转身出去，不一会儿就买回了不少菜，很丰富，做好了摆在桌上更显得丰盛。她不要丈夫帮手，喜滋滋地忙得很麻利。长发微摇，脚步轻盈，碗碟清脆。这是个喜上眉梢的老婆，是沉静稳重的老婆溢出了喜悦。王弘毅知情识趣，开了红酒，女儿喝果汁。三人碰一下杯，他终于忍不住，叫老婆别卖关子了。老婆举举杯子一笑，说没什么。女儿撇了撇嘴。王弘毅说："你妈妈今天有好事了。我们猜猜，是什么好事。"他有心凑趣，拿来纸和笔，说我们写出来对。女儿又撇嘴，还是写了，写完一推，跟王弘毅的纸并在一起。女儿写的是"升官发财"，还打了三个惊叹号，他写的是"提拔"。老婆抿嘴一笑，说真的没什么的，就是工作有了点变动。王弘毅夸张地"耶"一下，要跟女儿击掌，女儿说"俗！"埋头扒饭。他抬起老婆的手，与她对拍一下。女儿嗤嗤冷笑两声，大咧咧地把他的酒杯拿过去，抬头就是一大口；酒杯也不还他，伸手把自己的果汁推了过来。她妈妈要制止，她举杯说"庆祝，庆祝哩！"又是一小口。她没准还等着爸爸也来制止，可王弘毅见杯子里酒已不多，笑笑就随她去了。他本就不该喝酒的，他没有忘记明天还要体检。

女儿并没有把酒全喝掉，饭也还剩一点，她把碗一推，到自己房间去了。王弘毅帮着收拾桌子，问明了老婆具体的情况。简而言之，还在原来处室，升了副处。这真不容易啊。此前肯定好一番竞争，还有程序，但老婆基本没在家里唠叨。他一直都蛮省心的，但这会儿心里也有点泛酸。这不该当，老婆的好事当然是全家的好事。他笑着对老婆说："以后你就不要老是陪领导啦，嘿嘿，你就是领导啰。"老婆酡红着脸说："去！不就是个副处吗，还是个干事的。"王弘毅忽然有点后悔，他如果早一点知道这个喜讯，就应该多汇出一点"工资"，就说自己上月业绩特别好，那就是个双喜临门了。只不过这个"囍"字，其实被风雨打掉了半边。

这个家是温馨的。而且安宁。他和老婆正说笑，那边女儿房间却不安宁了，乒乒乓乓动静不小。过去一看，女儿躺在床上，脸上捂着一张纸——这样子倒和他下午躺在草皮上的姿势很类似，只不过她脸上捂的是试卷。卷子上的分数让两口子大惊失色，才 89 分！这真是不得了了。数学是女儿的强项啊，出大事啦！夫妻俩一左一右，强作镇定，温言有加，循循善诱。沉默，然后又滔滔不绝，无非是批评和自我批评，难免要检讨做父母的各种失职。女儿继续躺着，没有了试卷挡脸，她只好紧闭眼睛。终于还是老婆细心，她发现女儿在偷笑。眼不笑，嘴在笑，一咧一咧的。她捅捅丈夫，围着女儿观察片刻，一声娇叱："好了！我全知道啦！"她抖抖试卷，女儿扑哧笑出来了。

原来是虚惊。女儿考的是 99 分。她改成了 89。若非老婆明察秋毫，那只能等女儿憋不住自己揭晓。她揭晓的同时肯定还有一句话："你们都不和我玩！"这句话她终究没憋住还是说出来了。王弘毅佩服老婆，躺到床上，简直有点敬畏。躺在边上的是副处长。他们原本规划好，她做公务员，他从商，最佳家庭搭配。现在躺在副处长身边的是一个早晨刚抽过血的人。这抽过血的男人有心亲热一下，却不行了。好在老婆很体贴，也不硬要。两情若是久长时，又岂在天天亲热？老婆以前累了说不要，就这么说。没有这样的懂事老婆，他撑不住；为了这样的老婆，还有女儿，他必须要撑住，并早日结束目前的状况。

　　第二天早晨检查很顺利，倒是他自己曾有点纠结。如果不是仅仅定金就达到了一千块，他很可能会中途违约。找他的人是个胖子，说话举止显然是个领导，眉眼间跟他以前的上司还有几份神似。这貌似以前的圈子正朝他窥探，王弘毅有点不自在。抽完血把 B 超单送去排队，因为人多，王弘毅就先到医院外面等着。那人远远地跟了过来，点上根烟和王弘毅拉呱。王弘毅十分好奇他这个身份为什么要找人来帮着代检，藏着掖着的咋回事？别忘了，王弘毅可是做过销售的，口才超好，几句话一套就全问出来了。原来这胖子的单位第二天就年度体检，他想弄个一切良好。他提前一天来做检查，明天划掉这几个项目，所有单子最后也都是全的。他伸手拍拍王弘毅的肩膀说："兄弟你放心，体检科我打过招呼了，没事。"嘁！他王弘毅干吗不放心？他不管这个。说话间胖子接了一个电话，他扬着头，左手一指一戳的，声调虽不高，但那派头就仿佛前面正有个下属在接受指示。这个电话把他弄得感觉良好，他对王弘毅说，上面吃饱了没事干，搞什么重新聘任，个个都争着朝上拱，脚往下踹。"兄弟，我别的软档那是没有，就一个，脂肪肝，还有酒精肝。这不就找你了么。"原来他拥有两个肝，脂肪肝和酒精肝。两个肝的人来找一个肝的冒充正常了。他鼻子上也全是脂肪。王弘毅突然感到厌恶。他以前的上司，那个酒糟鼻子让他离职时说的是"你先休息一阵子，好吧？"于是他就休息了。王弘毅对胖子说："其实，你也可以先休息一阵子，养好身体再说嘛。"胖子大惊失色："那可不行！"王弘毅朝他的油鼻子笑笑，说去看看 B 超排到没有，就匆匆去了。即使这胖

子不与他的前上司眉眼神似，王弘毅认为他也不配当领导。他有心不辞
而别去吃早饭，又觉得白拿人家定金有一点过分，如果不是胖子紧接着
打电话过来催，眼一眨竟找到了他，还拽着他说要加钱，他肯定已经走
掉了。

　　他有点窝心，触碰了自己也说不清的底线。憋屈。不过这一天他业
务不错，难得的兴旺。看来有病的人还真不少，这满大街的人，不少人
面带喜色，走起路来还雄赳赳的，其实没准他就有病，他知道了不说或
者暂时不知道罢了。即使健康如他王弘毅，左右脚不也各一个鸡眼么？
不过鸡眼算不了什么，这一次次的体检反复增强着他对自己身体的信
心。有个好身体，何愁没有新工作、好局面？

　　下午他又接到一单，验尿。这也是个简单快捷的。说起来他的第一
单生意正是从验尿开始。几十年的老烟枪个个都记得第一根烟是怎么抽
上的，谁给的，他虽不知道第一次请他代检的是什么人，当时的情景却
历历在目。他那时刚离职，依着惯性到医院去碰碰运气，看能不能凭着
老关系继续小做一点，哪怕只卖几把止血钳。当然是失望。没想到他去
上厕所，倒无意间看见了别人的阴私。一个男人捏着个瓶子走了进来，
他不去接自己的小便，迟疑了一下，却拧开水池上的水龙头，接了一点
自来水。王弘毅一愣，突然明白了，忍不住扑哧笑了出来。

　　那男人吓了一跳，手里的瓶子差点掉到地上。那人看起来忠厚老
实，尴尬得不行。王弘毅从拐角那边的便池过来说：“你这样可不行，”
他提醒道，“自来水一眼就能看出来的。茶水还差不多。”

　　那人僵在那里。赔着笑问：“你不是来看泌尿科的吧？”王弘毅说不
是，问他什么意思。那人说：“帮个忙，借你点尿。”他手从裆下往外一
扯道，“就一点点。我付费。”

　　这就是第一次。门道就是这么被发现的，可见天无绝人之路，只可

惜这路不是康庄大道，是虚线，有一搭没一搭的。今天这老兄的处境比第一次的那男人要困难得多了，因为他老婆要陪他或者说是押着他一起来。不过这老兄胆大心细，他们约好，在某个时间段，王弘毅在厕所里等着。天幸还有男厕所这么个女人永远不能跟进来的地方，也幸亏这老兄安排周密，王弘毅只闻了十几分钟臭气他们就顺利交割了。王弘毅先出去，他看见一个女人正守在外面，眉眼憔悴，看上去是个本分女人。她也真是不容易。他当然装作陌路人，只忍不住朝她两腿间瞅了一眼。

事儿完了，等会儿出结果那小子自己会去拿。王弘毅找个水池仔仔细细地洗了手，突然对刚拿的钱也疑心起来。他应该马上把钱存掉。可即使钱存到卡上了，他恐怕还会觉得卡也不干净。那小子不是个好东西。他老婆真是蛮可怜。他突然发觉今天这活儿有一个明确的欺骗对象，而且刚才还曾打过照面。这前所未有，是第一次。如果不是景况所逼，这事他不会干的。

医院边上就有家银行。他找个柜员机，钱却被吐出一张。再试，还是吐。这意味着这可能是假币。糟了，不知是谁给了张假钱。这真他妈过分啦！是谁？那个双肝的领导？刚才借尿的？也有可能是昨天那个验血的。他捏着这张钱，一时不知如何是好。

他慢慢走上马路。突然想，如果假装把这钱掉在地上，会发生什么情况呢？正瞎想着等着过马路，突然听到身后有人在争吵。是一男一女。他不多管闲事，只下意识地回了一下头。这一回头不要紧，那男的直冲过来一把抓住了他："鸟人！你别跑！"王弘毅也认出来了，就是刚才找他借尿的人。王弘毅蒙了。他不知道这算是哪一出。那女的站在一边，一副不明所以、难以置信的样子。王弘毅有点醒了，但他张口结舌说不出话。那小子揪着王弘毅的衣领，手里哗哗抖着一张纸："妈个逼，你他妈的有病！我算是被你害惨了！"他扭头看一眼老婆，抬手对王弘毅就是一拳。王弘毅退后几步，差点跌倒。那男人又逼过来，把检验单往他脸上一摔，喊道："钱拿来！"王弘毅怔一下，随手把那张假币朝他扔过去。人群迅速围上来了。王弘毅见势头不好，闪身冲出重围，跑了。

他毕竟身体好，一般人哪能追得上？他一路狂奔，跑到安全地带，躲到一个小巷子里大喘粗气。我的尿有问题？有性病？这难道是真的？！

眼眶被打肿了，有点睁不开。变形的视野里出现了刚才那个老婆。她一言不发，冷眼旁观。突然又浮现出自己的老婆。身姿窈窕，贤淑的老婆，忙碌上进的老婆。他以前也许是忽略了什么。刚才跑得急切，那张单子掉在地上没有拿——究竟是什么病？

他摸出包里的手机，正犹豫着是不是给老婆打个电话，她电话却打过来了。他拿着手机，突然觉得不知道怎么跟她说。下意识地接通，老婆急切地说："丹丹逃学了！学校刚才来电话，说她最后一节课没上。"王弘毅脑子嗡了一下，眼睛在疼，心脏突突的。小学生不让带手机，他现在想联系女儿也没办法。他让老婆别急，先回家等着，自己马上去学校。老婆说她现在就在学校，要他立即回家。老婆说："还有两个男生也不见了，他们肯定是在一起。"她已经带了哭音，"她小小的人，胆子怎么这么大啊！"

王弘毅挪动脚步，到路边招车。他的样子有点狼狈，衣领被撕大了，眼眶也肿着。他伸手到上衣口袋找墨镜，没找着。肯定是刚才撕扯中掉了。墨镜几百块，正好跟他收的代检费相抵。这时候他还想到算账，连他自己都觉得惊奇。

他上了车，脑子出奇镇定。前面的后视镜里，司机木然地瞟着他。他自嘲地笑笑，没说话。坐垫很干净，洁白如新，只有一根微曲的毛发，不知道是哪个男女落下的。他突然觉得自己的下体有点不舒服，比眼眶的疼还挠人，持续，不可忽略。他动动屁股，往边上靠靠，睁大眼睛看着窗外。路上有不少放了学的孩子，撒了脚丫互相追逐。虽然没有看见女儿，但他相信女儿马上就会回家，就像他最近"下班"这样，顶多比正常放学晚一点点而已。她也肯定不会主动说她逃了课。

　　但愿如此。一定如此。他本来一回家就要质问老婆，找她算账。他要问她，他为什么会查出脏病，这是怎么回事？不管为了自证清白，还是为了实施反击，她去医院检查几乎都不可避免。可马上就要到家了，他决定今天不提这事。

午时三刻

少妇秦梦媞，年过三十，有一夫一女。她拥有一个幸福的童年，一个郁闷的少年，随后就进入了修正主义的成年。十八岁即算成年，那一年她考上了大学，一个普通大学的播音主持专业。她中学成绩一般，走偏门报了艺考，人家也就要了。秦梦媞姿色平平，相貌中等，脸型、眉眼、鼻子、嘴，均未臻上乘，摆在一起也就是个中人之姿。报到前她很纠结，很忐忑，因为想象中这是个美女如云、帅哥满眼的地方，不知道自己会不会无地自容。开学后同学到齐了，齐刷刷地坐下，她顿时矮了半截。不得不承认，真正的美女有好几个，相貌不如她的女生有，但寥寥无几；男生本来就少，但几乎个个堪称帅男，如此局面下，她断定这几个英俊男生将跟自己半毛钱关系都没有。哪个男人的目光，不先被美女扯着走？不说男的，就是她这个女人，看着那些美女婷婷袅袅，微仰秀丽的小脸从面前经过，也不由得多看几眼。是的，确实是多看几眼，而不是像某些男人那样只看一眼却一直盯着。她看一眼，觉得自惭，躲开目光；忍不住又看，看过以后更加羞愧，甚至愤恨。

婷婷袅袅不算什么，秦梦媞的身材也堪称优异。关键是脸，她假如走起路来也努力风摆杨柳，好看倒也好看，只可惜她的容貌压不住她的身姿，就是说，她的脸配不上她的身体。

自惭是正常的，愤恨就有点复杂。人家的容貌是爹妈给的，上天赏的，又不是从你脸上抢过去的，恨人家只能在心里恨，其实站不住脚。准确地说，秦梦媞愤恨，愤的是她运气不好，恨的是她父母不给力。他们二人都相貌周正，母亲年轻时还是个美女，只生这么一个女儿，却未采取优选法，把两人的优点集中起来遗传。但秦梦媞是个受过高等教育的人，虽说播音主持专业有点"水"，但也算读过大学，她当然知道，这事怪不得父母，只能说运气不好。造人不是射击比赛，只能算举枪乱射，打不出好成绩再正常不过。小时候她是父母的掌上明珠，不谙世事，并不觉得自己长得不好看，所有的亲友也都夸她可爱。到了中学她就明白了，可爱不是漂亮，她也许可爱，但绝不漂亮。她宁愿从来没有人说她可爱，但渴望有人夸她漂亮，哪怕只是客气，哪怕只是玩笑。但是他们不说，父母不说，老师同学也没人说。高二时有次班上一个女生迎面走来，看着她，"哇"一声，说"你今天真漂亮！"秦梦媞震惊，喜出望外，受宠若惊，几乎欢喜得要晕倒，要知道这个女同学是班花甚至校花，从来拿眼角看别人的。秦梦媞正手足无措，那班花接着道："你这裙子哪里买的？"秦梦媞傻了。她呆立在原地，说不出话，别人已经走远了。

秦梦媞躲到厕所里大哭一场，回家就把那件裙子脱下收了起来。这是她的耻辱，她的伤口，那裙子从此被打入冷宫，不说再穿，想起来心里都要痛的。她的少年时代是苦闷的，幸亏发育没有再忽略她。她抽条了，挺拔了，该有的都有，不见得比别人差。她音色好，朗诵课文悦耳动听，这一点还比别人强。于是她被选入了学校文工团，诗朗诵，唱歌，也有一席之地。虽说中学生不许化妆，但演出例外。只有化上浓妆她才觉得安心，觉得平等。她躲在浓妆后面，大声发出优美的声音，她满心欢喜，理想飞扬。然而，这只是生活之外的一幕戏，洗去铅华，她依然是个平常的女孩。声音好，你也不能只出声不露脸；声音再好，你也不能把声音收拢起来，变作艳光照人的脸。

事实上，她虽不漂亮，但并不能算难看，走在路上，就是个路人甲，跟惊艳不沾边，可也不至于吓人。但她不得不承认，所有电视台上的女主播，中央台那就不说了，省、市，哪个电视台的，其容貌确实都在她之上。她看着电视，挑剔人家的吐字发音，有时也忍不住挑剔一下别人的长相，但脑子里刚一想，就恍惚看见屏幕里那人手朝她一指，"喊，你看看你自己！"天啦，这还只是个县级台的啊！她如被电击，泪奔。

到大二，学姐们的就业信息开始流传了。故事很多，段子也不少，精彩纷呈，总结起来，颜值第一，声音第二，学业第三。这是摆在明面上的，其实有所偏颇——关系！怎么能忽略关系呢？即使长相略差，只要关系硬，当不了主播，可以当管主播的领导，比电视台更好的地方也不要太多了！可是，那些好的或更好的地方跟秦梦媞没有什么关系，因为她完全没有关系。她绕不过颜值、声音、学业这个排序。所幸上帝给你关上一扇门，同时会给你打开一扇窗。现在资讯发达，科技先进，一切皆有可能。一个高她一级的学姐，叫王晴的，为她指点迷津。她们原先不很熟，王晴为她指路也不是靠语言，她是现身说法。暑假过后，秦梦媞遇到了王晴。她远远过来，远看是王晴；近一点，不是王晴；走到近前，依稀仿佛还是王晴。但是，她变了。一个暑假旧貌换新颜了。秦梦媞明白，她整容了。

这样的变化让秦梦媞震惊，羡慕，她心如惊鹿，心驰神往。整容她当然知道，甚至还上网查过。但一想到落在自己身上——不，脸上，她就火烫了似的跳开去。她怕。怕手术风险，怕别人笑话，也怕没钱。现在一个活生生的例子就摆在面前，榜样的力量是惊人的。她必须向王晴求经。她曲意接近，小心试探，目的是为了求教。不想王晴十分大方爽快，有问必答，没问到的也说，可谓倾囊相授。她说："某某，某某某也做过的，你没看出来？"这两人都是同系的，秦梦媞确实没在意。王晴轻晃自己整过的脸说，"她们微整，效果一般。"又说："某冰冰，某璐也是整过的，十个明星九个整，还有一个在外面等！这是我的主刀医生告诉我的。"她这番话展示了整容的普遍性。接下来她又阐述了手术的安全性，"打一针，全麻；睡一觉，好了。"王晴的腔调带点口音，整容整不掉这个，就声音而言，秦梦媞足可以自信，她小心地问："醒过来后，不疼吗？"王晴说："疼啊！但也没见哪个疼死了啦。我这不好好的回来了吗？"她在自己脸颊上轻弹一指说，"疼，值得。我感觉良好。"

秦梦媞是很自爱的。想到那一针麻醉下去，她的生命要就此消失几小时，说不定还醒不过来就此终结，她觉得恐怖。但王晴打消了她的一切顾虑。一个不美丽的人生，失去知觉几小时，算损失么？哪怕就此死了，不也是带着美丽的希望死的？这才是真正的安乐死啊！明知山有虎，偏向虎山行。舍不得孩子套不着狼。舍得一身剐，敢把皇帝拉下马。风雨过后是彩虹。还有句话怎么说的？"我要扼住命运的咽喉！"谁说的？不记得，但很得劲儿。扼住命运的咽喉，对她而言，不是要去掐谁的脖子，而是自己去接受麻醉，把脸交给科学。总而言之，她，秦梦媞，一个相貌平庸的女人，一个不甘心被命运捉弄的人，决定去做整容了。

这是三年级的暑假。她求职前的最后一个暑假，也是最后的机会。

要整容，秦梦媞首先要跟父母打个招呼。毕竟是手术，不得到父母同意说不过去。更重要的是钱，她没有钱，父母不支持她就做不成。她家是个小康人家，这笔钱不成问题。问题是，他们会不会同意。

秦梦媞原本忐忑，但也还乐观。她并不是生病，她很健康，这种手术父母大可不必担心。她这是改良，是往好处做，向漂亮挺近。谁不愿意女儿更漂亮呢？哪个父母不希望女儿有个更美好的前程呢？况且父亲是中医，母亲是护士，虽都已退休，但都是懂科学的人，他们的医院里就有整形外科，早就该见怪不怪了，秦梦媞相信，他们肯定能坦然面对，甚至欣然接受。

她在心里做足了功课，就业形势和王晴的榜样都将是她的论据。她在家的前半程一如往常，无非是围桌吃饭，收拾碗筷，拉拉家常，其乐融融，但后半程风向却悄然生变。秦梦媞看看双亲，父亲清癯挺拔，母亲矮胖，但都有一张不难看的脸。他们坐在沙发上看电视，秦梦媞捏着遥控器把音量调小了，小到听不清，只成了个背景。老人并未在意。父亲说："你妈嫌你吃得少，我看也是。你气色不好。"母亲说："你身材够好，不要减肥的。营养很重要。你随你爸，怎么吃也不会胖的。"墙上挂着早年的全家福，年轻时的父母，简直是人中龙凤。秦梦媞突然无名火起，她举起手机，用黑屏当镜子看看自己，平静地说："我不是气色不好，我是脸不好。我要去整容。"

为了郑重，这句话她半端着播音腔。吐字准确，发音清晰。父母的反应是惊诧，疑问和反对接踵而至，川流不息。秦梦媞索性丢弃修饰，轻装上阵了。还是用真嗓子舒服啊，小时候她就伶牙俐齿，只是在懂事后她的口才才被相貌压抑，这会儿触及关键问题，她的潜能被激发了。她时而言辞激烈，时而款款软语，时而抹泪沉默，但态度始终坚决如一。

你来我往无数个回合，母亲的态度率先起了变化。事实上，从一开始，她的态度就不那么激烈。她的反对其实是顺从，是护士对医生的服从，妻子对丈夫的附和。渐渐地，不知在哪里一转，两方对垒变成了三岔口，母亲的态度变得含混暧昧了，终于她轻声说："哎，女儿，你倒是早就该做了！"这是暂时冷场中的一句话，特别刺耳，母亲自觉失言，连忙又说，"我是说，要做就应该早点做，高中毕业就做，那个假期多长。"这已经进入了操作层面，她试图用技术性的话给前面的话涂点粉霜，但为时已晚。"你早该做了！"有这么说女儿的吗？太伤人了，剜心啊！但秦梦媞时刻没有忘记，她此行的目的是说服父母，所以她不能节外生枝，她必须忍，至少母亲的话表明了她的同意，对一个同意自己的人，不能再计较语气。秦梦媞皱着眉不说话，倒是父亲勃然大怒。他"霍"地站起，戟指母亲喝道："你这什么意思？有话你就直说，不要吞吞吐吐！"母亲板着脸不吱声。父亲简直像被伤到痛处，继续痛斥："说话不要遮遮掩掩，鬼鬼祟祟。有话就说，有屁就放！"母亲猛吸一口气，像要顶嘴，突然又泄了，紧闭双唇不作声，连眼睛都闭上了。秦梦媞冲父亲使劲摇摇手，阻止他说话。柔声道："我只是去整个容，在脸上修改一下。又不是整了就不是你们的女儿了。"母亲头靠在沙发背上，动也不动，鼻子哼一声。父亲说："我反正不同意。"秦梦媞耐心地继续道："爸，我这也是治病。我治的是丑。"父亲说："你丑吗？你不丑！我看还蛮漂亮！"秦梦媞苦笑道："那只是你的看法。说不定还言不由衷。"父亲说："你要治的是心病。"秦梦媞道："我就是治心病。不整容我的心病治不好。"父亲说："心病动刀没用的。心病还要心药治。这个我比你懂。"这绕来绕去，又绕到医学上来了，看似理性科学，其实问题无解。这样下去如何是个了局？秦梦媞已经忍无可忍，她抓起电视遥控器，瞎按着频道。一个个美女，全是美女，烦！她把遥控器往沙发上一扔，遥控器弹起老高，"啪"地掉到地上，摔成了两半，盖子掉下来了。她不去捡。站起身说："爸，妈，"她手指电视机，"如果这电视送到家里就是坏的，你会怎么办？"父母错愕，说不出话。秦梦媞去把遥控器捡起，慢慢按上后盖，柔声说："你们肯定要退掉。厂家肯定要返修。我，就相当于是个次品，我现在提出的，就是返修。我没有钱，手术费你们要支持。"她把遥控器往桌上一扔，开门走了。

父亲母亲瞪大了眼睛，面面相觑。他们听懂了：他们出产了残次品，用户现在提出返修，他们必须出钱。道理是通的，但这残次品是个人，是女儿啊，怎么听来都不是味儿。做父亲的看看老伴，做母亲的大怒，在沙发上挺直了身子，斥道："看我干啥?! 她走了，你还不去看看！"

秦梦媞径直回了学校，也不接父母电话。第二天，五万块钱打到了她卡上。

她最后那一番话，真是蛮伤人的，当然也可以理解成效果特别好，因为钱毕竟是要到了。那句话完全在计划之外，也不知道怎么的，嘴一张就冲出去了。究其原因，还是她此前有过这个意识。具体说，就是那个"返修"意识。再深挖，这样的意识其实也不是她自己想起来的，是同学说起过类似的意思。她在向整容前辈王晴求教后，也曾听到过同学们的议论。总之，面对一张突然变美的脸，说什么的都有。其中一个天然美女，就曾得意洋洋地说："我不要整。嘿嘿。"她这嘿嘿一笑后面，自然跟着同学几句艳羡和赞美，她顺势继续自赞，"我妈妈肚子就是整容医院，我整好了才出来的！"这话太牛逼了，赞到根子里去了，直逼DNA，进入了细胞学水平。秦梦媞当时十分气愤，但无言以对。这话虽嚣张，四面带刀，但被伤害了的秦梦媞却显然记住了她这句话。正如伤口能够愈合，但是很难长平，总是会凸起，秦梦媞被她的话伤到了，却越发坚定了整容的决心。不让整，她简直活不下去，她会去死。

　　这下她不要去死了。希望就在前面，她只需要暂时"死"一下，麻醉一下。正如此前所说，不美丽的人生"死"去几小时算得了什么？真死了也就是个一了百了！这是一种大无畏的精神，怀揣着这样的精神她去咨询交流，去敲定蓝图，去挨刀去恢复，一切都不在话下。因为钱充足，秦梦媞去了韩国，父母不放心，借旅游之名前去陪护。绷带拆下的那一刻，红，肿。终于恢复了，一家人查看新产品，检验"返修"的质量。父母看着她，她看着镜子。哈哈，镜子真是个伟大的发明啊！如果没有镜子，父母说好说丑，岂能当真？同学众说纷纭，你能相信？可镜子不会骗你。镜子里的秦梦媞似曾相识又大变其貌，改进了，美化了，精致了，有层次了。这么说吧，她现在的相貌，就是冰冰加上她的原貌除以二，冰冰一百分，她达到了五十以上。所谓颜值，就是这么量化的。她虽还说不上完美，冰冰才完美，但突破五十分，就基本可称漂亮了。漂亮的秦梦媞虽然还没有完全称心如意，但大可以直面人生了。

　　但现实似乎并没有她想象得那么顺心。她可以改相貌，但现实更在大踏步改变，就是说，就业形势越发严峻，她这个行当，找个称心如意的工作更加不易了。进入四年级，眼看着同学们有的签了大电视台的小主持，或者是小台的大主持，也有去电视台当出镜记者的，也有到电台的，五花八门，有高有低，找到工作的或喜气洋洋，或无奈接受。秦梦媞呢，高的里面没有她，低的她也不愿去。她明白，有一些同学并不对外泄露就业情况，其原因无非是岗位特别高级，高级得让人觉得神秘莫测，索性讳莫如深；另一些就可怜了，没人要，或者是要去的地方实在说不出口，譬如网络主播之类，就是在网络房间又唱又扭的那种，名声实在不大好，只能不提。这些工作林林总总，高低云泥，跟个人素质有点关系，跟各人的社会关系倒更有关系，跟相貌也不能说完全没有关系——如果没有关系，秦梦媞花的钱，吃的苦，岂不都白瞎了？那也太逆天理了，也太让人伤心了！她在脸上东描西画，在城里东跑西颠，最后她也找到工作了：到电台，签的是记者、编辑。但他们有允诺，说你这个条件，锻炼一下当主播希望很大。

"希望很大"，秦梦媞理解成允诺，实际上只是个展望。类似于驴子前面的水果，你一直走，可就是吃不到。她也真是一直在走啊，除了上下班，她几乎每天都要外出，这个城市每天发生无数的新闻，她要去现场。她觉得在这个台，她永远只能在路上跑，跑，跑到退休，跑到老。这个台号称是城市交通广播电台，后来她发现，不是的，是号称，其实是一家区电台，用区电台的名目才能申请一个频段。如果不是上面有一次整顿，所有什么交通电台、文艺电台、新闻电台突然一齐停播三天，她这个小记者永远不可能知道真相。可知道了又能怎么样呢？薪水不高，但也可以养活自己，"高就"在哪里，她眼前茫茫看不到。有段时间，她一直期待一件事发生，她等待着那几个坐在直播位子上的女主播突然生病，台里求她火线顶班，可这几个女人虽然长相还不如现在的她，却人人拥有金刚不坏之身，连个感冒发烧都不来光顾。不生病，哪怕来个车祸呢？可等来等去，车祸也不肯出来帮忙。倒是秦梦媞自己，有一次出现场，被一辆骑反道的电瓶车撞了个正着，倒在地上号啕大哭。

不是真的那么疼。裙子摔破了，有点皮肉伤，并未伤筋动骨，可她不知怎么的，悲从中来，放声大哭。她刚才采访的是一家整形医院，就是她爸退休前那家医院的附属医院，一个女孩整形失败，做双眼皮，两只眼睛整成了大小眼，不得不始终保持睁只眼闭只眼的人生态度，就来医院闹。围观者众。秦梦媞采访时心有戚戚，百感交集，庆幸自己运气不差，在评点时她秉持了理性和客观，劝告听众整容有风险，选择要谨慎。不想刚通过手机与台里连过线，自己就挨了一撞，而且那人还跑了。脸没伤，手机摔坏了台里会补偿，但秦梦媞此刻已是万感交集，脑子里一团乱麻。但有个念头十分明确：不能再干了！她必须离开！没有高就，未必就一定低就。至少她的相貌化过妆后颇为上镜，她的声音依然出众。

可声音出众又有什么用呢？颜值也不过刚超过五十分，即使加上窈窕的身姿，也就刚及格而已——必须说明一下，这个分数是秦梦媞的自评，难免过苛，客观地说，她整容后基本可称秀丽，但在这个美女如云的时代，相貌平庸这个帽子还是摘不掉。她出现场时使用的也是最平庸的装备：电动车加所谓直播连线的手机。手机摔坏了，车子还能骑，只是到处乱响，未到电台那栋破楼，还趴窝了。后来遇到个同事，管设备的黑潘，他正好外出，就把她捎上了。

汽车在前进，街景在移动。秦梦媞羞愤难当。此后的几年里，她注定就要这么一路羞愤下去。工作换过几个，但都做不长。最靠谱的，是一家国企的展览馆解说员，至少也算是发挥专长了。这是她目前的工作，身穿制服，薄施粉黛，手里捏个激光笔，领着来宾从进口入，出口出。展览馆蜿蜒如肠道，秦梦媞觉得自己每天都从食物变成了粪便。大量的时间也是闲着的，同伴们都在值班室看电视，秦梦媞能不看就不看。这也难怪，她每天就是那一套说辞，说得自己心里冷笑，可电视上，她的同学，整过容的王晴和那个天然美女，一个在省台，一个在卫视，人家国家大事尽在嘴中，城市新闻侃侃而谈，在普通人眼里，艳丽而凛然，都具有了某种权威性。当年，谁不知道谁啊？可是，现在谁还知道她秦梦媞呢？不过好消息也是有的，那就是王晴突然从电视上消失了！不见了！秦梦媞偷笑。可悄悄一打听，原来人家是生孩子去了，几个月后果然复职，还越发靓丽。天然美女不久也消失了，这次秦梦媞不再打听，可消息自会飞过来找她，这消息是：天然美女嫁人了，嫁了个老头。秦梦媞还没来得及幸灾乐祸，消息的后半段又来了：人家嫁的人是个亿万富翁，还不到五十岁。她们凭什么如此风光，如此顺遂？还不就凭脸！真要脱下来比，秦梦媞必胜。可问题是，总不能见人就脱衣吧？

　　秦梦媞舍得在衣装上花钱。钱不够，父母自愿不自愿地也支持不少。当然，更重要的还是脸。她换过的几份工作，最不济的是在商场当导购，现在能做解说员，已算是止跌回升，可离她的理想还相差甚远。换工作有什么用？如果能像《聊斋志异》里那样，能换头多好。摘下旧头，抬腿一脚，滚——可天下哪有这等好事呢？她只能继续在旧貌上修补，又去过一次韩国。她愿意彻底翻新，推倒重来，她情愿吃这个苦花这个钱，可医生跟她说：治大国如烹小鲜——这句话他说的是汉语——他说这个急不得，病人必须懂得手术的局限性，这是一；第二，她必须处于一个良好的心理状态下才能手术，任何操之过急或期望过高的时候都不适宜动大手术。一席话说得秦梦媞无计可施。他拿腔拿调的那句汉语，没有增强说服力，倒让秦梦媞心生狐疑，怀疑他是同胞冒充的，让他大动干戈怎能放心？结果是，她只做了一次微整，顺便对以前做过的地方做了适当保养更新。

　　自从她整容，家里的气氛就变了，有点诡异。当着女儿，父母之间的争吵十分节制，他们之间有多少追忆、埋怨和后悔，悉数屏蔽着女儿。这第二次去韩国，临行前的劝阻照例失败，天要下雨娘要嫁人，女儿要整容，只能随她去。母亲抓着她的手，还曾试图做最后的努力，她夸张地端详着女儿，上一眼下一眼，左一眼右一眼，啧啧赞道："你这么好看了，漂亮啊，何必再去受那个二茬罪？"秦梦媞说："我不觉得我漂亮。如果效果不好，我还愿意去受三茬罪！"父亲道："真的比假的好。年轻比什么不好啊！"秦梦媞呛他道："年轻好，年轻有什么好！如果年轻不漂亮，我宁愿不年轻，"她看看母亲，"我宁愿像你现在这么老，再也没人计较你漂亮不漂亮。"父亲哑着嗓子问："你就这么讨厌你自己吗?"秦梦媞叫道:"讨厌! 我什么都讨厌!"她没有说出更难听的来, 但她射过来的眼神, 明确宣布她厌恶她的父母。

说话间她父亲接到一个电话。是卖血糖仪的。网络推销。对方那女的语气亲热, 一口一个叔叔, 声音如莺歌燕鸣, 一听就受过训练, 秦梦媞立即就产生专业性的耳熟。待父亲放下电话, 她冷笑道:"这是我的一个同学, 我听出来了。长得丑, 就只能干这个。"父母语塞。他们只能用不再陪她去韩国, 表明自己的态度。自从女儿毕业工作了, 他们更在意的是她的婚事。可她还要继续在脸上动手脚, 让他们连催婚都很少能下嘴。

到机场接送都是那个黑潘的事。他积极主动, 秦梦媞也就顺水推舟。黑潘长得黑胖, 姓潘, 因此得名。本来整容这么私密的事, 不该让那黑潘介入, 但秦梦媞掂量过, 自己对他具有压倒性的优势, 也就顺其自然。公允地说, 那黑潘当时还不那么胖, 说是魁梧也可以。哪曾想, 他结婚后竟吹气似的又肥了一圈, 人家放大一圈还能把黑色素撑稀一点, 白一点, 他可好, 更加黑, 头上脸上起油光。大概是顶上脂肪外溢, 把头发顶掉了一小半。秦梦媞以前哪能想到会跟这个人结婚呢? 她是经常坐他的车, 第一次是她采访摔伤后搭他的顺风车, 哪里想到这车开啊开的, 一直开到她家楼下, 把她直接接到婚礼上去了。开到婚礼现场前的某一天, 他先载着她开到了宾馆, 把她弄上了床。第二次从韩国回来后, 父母的催婚更频繁, 像是生怕这个相貌平庸的女儿窝在手上, 剩在家里。她不得不穿梭相亲。这正如找工作, 她挑人家, 人家也挑她。她见了觉得恶心的倒还继续来电话, 稍微顺眼心动的, 一律没有下文。她终于受够了, 大哭一场, 大醉一场, 买单时钱包又被偷了, 于是黑潘赶来结账, 然后就到宾馆去了。

没料到黑潘原来还粗鲁。胖猪终于露出了獠牙, 是野猪。最大的特点是嘴狠，不饶人，优点是他一般不打人。急了才打。问题是秦梦媞本身就伶牙俐齿，胸中常年有不平之气，如此一来挨打就是难免的了。黑潘手很巧，精通各类电器结构，哪里是要害，哪里无关大局，他清楚得很。他动起手来也很有数，就秦梦媞这个击打对象而言，脸上是动不得的，人工装置，比较娇贵，太容易打歪打坏。除非他要把这张脸弄得一塌糊涂，他绝不朝那里动一指头。打人不打脸，这一点他恪守，但伤人不伤心这句话，他才不管。他不打脸，那是为他自己。脸打坏了，只要这女人还是他老婆，他肯定要出钱去修。秦梦媞总结出他拳头的套路，有时故意把自己的脸当盾牌使，快速用脸凑上去，抵挡他的拳头。他立即收手，拳头绕行，动作十分夸张，这种夸张本身就是一种强调，一种侮辱，说的是你这假脸咱动不起。在动手前的动嘴阶段，秦梦媞曾威胁他："你再这样我就不客气了！"黑潘说："不客气就不客气，有什么了不起！"他嘿嘿冷笑，"大不了你卸妆了吓我。"这猪头，这是一刀毙命啊！

还又懒，不思进取。因为老电台员工有事业编制，他打定主意，混吃长胖等死。他何时死，秦梦媞并不在乎，但这个胖她实在承受不起——是承受，这个词没有用错。难以避免硬着头皮的夫妻房事，她不得不硬着肚皮，硬着身体的所有肌肉，否则两百斤的肉压下来，谁吃得消？这两百斤还不是纯肉，是带骨猪肉，胳膊又没劲，这就是个时刻置别人于危险之中的局面。好吧，这个就不说了，换换体位也可以的，问题是一寸膘一寸短，再这么胖下去，他那东西怕就永远只能在肥肉里藏拙了。

秦梦媞心里苦。有苦无处说，只能选择性地跟父母诉诉苦。命不好，生下来就落实在脸上了。黑潘的私生活她懒得管，想来他也没那个本钱。但她自己又有多少本钱呢？年龄渐大，女儿也生出来了，就她这副长相，有了外心也难得有个称心如意的外遇。她有行动，但露水姻缘，一夜情不难，两夜也有过，这大概还借助了她丰美的身体，可三夜四夜乃至长久，事实已证明很难。她现在懂得骑驴找马了，当年她一气之下辞职，没有先找下家，就吃了不少苦，现在她决定暂时在婚姻里待着，至少下次整容的钱，黑潘有义务分担。

女儿是不期而至的。与她的奢望相反，与科学原理相符，女儿不好看，简直难看。

秦梦媞的一夫一女，丈夫黑丑，女儿嫩丑，这就是现状。都说女大十八变，但据她的经验，她女儿变美的可能性几乎为零。回想一个丑女孩的郁闷痛苦，想到一个丑女人的人生艰难，秦梦媞心中哀痛，难以自拔。她听说过隔代遗传，就是说祖辈可能把基因隔一代遗传到孙辈身上，她父母年轻时堪称英俊美丽，跳过她也就算了，如果能让女儿得益，也算是优质遗产。但遗产没有，全是债务。黑潘又太丑。女儿就是个小黑胖子，连胃口都和他一样大，活脱脱是黑潘的缩小版。这简直令人绝望。

结婚前，她曾经在心里埋怨父母做事潦草，敷衍了事，结果生出她这么个丑女儿。等她自己生女儿了，她才知道这事不那么简单。黑潘虽懒，倒还疼女儿，有时被她抱怨得烦了，说："你这么嫌她，有本事你把她塞回去！"这话还罢了，后面的就粗俗了，"知道你这样，我当时还不如把她射到墙上去！"秦梦媞冷笑："你有那个本事吗？你哑火，打出来的也是臭子儿！"近墨者黑，跟着黑潘她的话也越来越狠，越来越黑。父母没有把美丽传给她，她和黑潘倒一股脑地把丑陋加到女儿身上，这真是命。秦梦媞一贯不认命。就在这时，她接到了一个电话，是国际电话，韩国那个医院打来的。他们说现在技术有了进步，他们又引进了一个真正顶级的主刀，她期望的根本性的改观，现在可以实施了。

她稍作犹豫。所费不赀是个问题，但家庭开支就是个塑身内衣，该挤的挤挤，该凸的就能凸。她决定最后一次对自己大动干戈，削骨。将大脸变小，下巴削尖，把颧骨磨平。所谓削尖脑袋，说的就是这个了。说一点不怕，那是假装的，但单位的某种态势强化了她的决心。展览馆隶属大型国企，但她一直是个合同制身份，前不久领导放出话来，明年要提拔一个展览馆副馆长，当了副馆长，就有可能转成事业编——这一步，天壤之别啊。好几个姑娘已经往上贴了。她们的姿色不在秦梦媞之下，即使她整过两次容，也只能打个平手。她的优势是身材好，呻吟好——不不，打错字了，是声音好。不过呻吟好也说得通，但这个"好"要到关键时候才能展示；可恨现在正值深秋入冬，哪怕你甘愿感冒发烧乃至肺炎，好身材也难以尽情施展。最好的手段无疑还是整容，据说有希望达到冰冰的七成乃至八成。据她研究体察，男人大多迟疑跟"假女人"结婚，但他们绝不介意跟"假女人"露水。领导知道她秦梦媞去整了容，说不定还特别感动呢！想到这里，秦梦媞浑身充满了力量，手术需要请假的难题也迎刃而解了。跟领导直说呗。

剩下的事就是告知家人。父母若能分担经费更好，不分担也拉倒。秦梦媞觉得黑潘没理由反对。她当然不能明说她整容是为了讨好领导，但其实对黑潘最具压倒性的理由还正与此相关：如果黑潘的家里有背景，副馆长那就是手到擒来；哪怕他父亲只是一个不那么大的官，正好掌握着副馆长的提拔权，一切不也水到渠成？手握提拔权的公公，总不会给儿子戴绿帽子吧？所以问题还是出在黑潘自己身上，他根本没资格反对。

可黑潘还就反对了。反对无效，他就去岳父家提告。父母一个电话接一个电话，把女儿一家催去了。父母弄了一大桌菜，因为那天据说是她生日——这话有点怪怪的，生日为什么要"据说"？可秦梦媞就是这么看待这一天的。一个人何时出生，她完全不知道，还不是听父母说？就是个"据说"。小时候父母带她去北京故宫玩，在"钟表馆"，琳琅满目的钟，时间却看不懂。墙上有介绍，她字认不全，父亲告诉她，什么是一天十二个时辰，什么是午时三刻。她就是午时三刻生的，相当于现在的十二点四十五分。她母亲对丈夫掉书袋很不耐烦，说记得哪一天就行了，午时三刻，喊！对母亲这一"喊"，秦梦媞长大后才明白了是什么意思，原来午时三刻是古时候杀人的时刻。这个她不在乎。自从懂得对自己的长相不满，她对生日就很轻慢。

　　家里的房子在老小区，车要停在一站开外再步行回去。街上很乱，小贩穿梭，一家挨一家的店面都在促销，"亲爱的市民朋友们，为了搞活市场盘活资金，本店大促销，让利于民，外贸产品，一律五折！走过路过不能错过……"这种专业性的播音腔，打了岂止五折啊？秦梦媞心中焦躁，拉着女儿的手，快步往前走。她家楼下站着一个推车的小贩，突然举起手里的喇叭，一阵音乐，然后一个女声扬声说："酒酿！桂花酒酿！"秦梦媞小时候卖酒酿的还是小贩自己喊，土话难懂，她一直误以为是"九娘""卖桂花九娘"，现在喇叭里，侃侃解说起酒酿的历史传说了。看出女儿馋，秦梦媞买了两个。正要上楼，母亲也端着碗下来了，她是买给秦梦媞吃的。秦梦媞阻止母亲再买，那小贩有点失望。他胡子拉碴，面容愁苦，一般来说，这正是教育女儿认真读书的好教材，但秦梦媞今天没有借题发挥。这些吆喝声对她的人生正是个讽刺。她已不再年少，再往下滑溜，有朝一日帮人家录这种声音，以此打打零工也不是完全不可能。她带了一张照片，是韩国发过来的虚拟照，约等于几个冰冰的综合体。这本是说服家人的好材料，但除了女儿，家人们毫无兴趣，多看一眼都不肯。

　　这已经是亮出态度了。午饭后，吃生日蛋糕。女儿玩着切蛋糕的塑料刀叉，跑东跑西，其他人都坐下来，摆出了开会的架势，但谁都不愿意起头。女儿觉得奇怪，看看这个，看看那个。外婆把她拉过去，擦掉她脸上的奶油。秦梦媞觉得，奶油不擦掉，女儿还喜气好看一些。父亲把秦梦媞的手拉过去，右手轻轻地搭在上面。"还好。"他端详一下女儿说，"我看你这次不要再去了，我不觉得'她'这样就好看。"他说的"她"，当然是茶几上的虚拟照："我们中医讲究望闻问切，'她'这种脸，我什么也望不出。"

黑潘忍不住插话说："假的嘛！皮笑肉不笑，"他光说这一句也就罢了，可说得嘴滑，又接一句，"硬笑也是笑里藏刀。"秦梦媞脸黑下来了，黑潘继续说："笑里藏了手术刀。"

秦梦媞忍住。忍字头上一把刀，她不发作。女儿好奇了，使劲挤出个笑脸说："笑里怎么藏个刀呢？"她摸着自己的脸问，"刀在哪里啊？"外婆连忙笑道："你爸爸说的不是你，是'她'。"女儿跑去摸那张照片。黑潘说："那是假的。"秦梦媞冷笑道："是，'她'是假的，我们都假，只有你是真的。你丑是真的！"

黑潘"霍"地站起，差点开骂。他讪讪地去抱起女儿："我们到楼下玩。"女儿在他肩头问："外公，什么是整容？"黑潘说："整容就是用刀子在脸上划！"女儿吓得一怔，手里的塑料刀掉在地上。黑潘抬脚把刀踢开，扛着女儿出去了。

提前离开的人，常常是现成的话题。秦梦媞说："你们看看，这是什么男人！百里挑一！"母亲说："你自己找的。漂亮也不能当饭吃。"秦梦媞顶道："可我看着他吃不下饭。"这其实又跑题了。他们只在虚拟的"她"和黑潘身上打转，一直避闪着真正的标的。秦梦媞决定敞开心扉，不再绕弯。她滔滔不绝，侃侃而论。她不再说服，只是在倾诉。准确地说她是在陈述。父母偶尔反击一句，立即被她的话语覆盖。她的幽怨、哀伤和不甘，依附强大的逻辑，滚滚而下，无可阻挡，父母如立湍流，摇摇欲倒——即使他们还没有瘫倒，但坐在沙发上也早已直不起腰，抬不起头。秦梦媞刚说过丈夫，又说起女儿，她说她的女儿难看，丑，这她没有办法，她唯有自责，满心内疚。她如果早一点懂事，早一点去整容，她的女儿一定要漂亮得多，绝对不会这么丑——她举手阻止父母的反驳，说自己脑子没有乱——她说她如果早一点下决心，早一点完成修整，变得花容月貌，一定会有无数俊男帅哥前来求亲，她一定会帅中选优，选一个优质的男人成婚，绝不可能落在一个猪头的手心。虽然整出的美貌不能遗传，但俊朗的父亲生不出猪头的女儿——父亲浑身一震，张口结舌，秦梦媞不予理会，继续道：女儿这么丑，她这做妈的看在眼里疼在心上，女儿今后必然也要整容，否则她如何成家，如何立业？想起自己一路走来的辛酸坎坷，她椎心泣血，痛不欲生。女儿的整容要早，一等发育定型了就要做，不能偷懒怕疼，不能怕花钱，这种成本比什么都值！女儿找到漂亮的男人，他们的血脉才能改良，后代才能变得漂亮——秦梦媞捏起那张虚拟照，挡在自己脸上，轻声说："我就再做一次，最后一次。我将会变成这样。"

　　正午的阳光射进窗户，落在她脸部，呈一片漫射的白光。此时大概是午时三刻，三十二年前的此刻她降临人世，秦梦媞看看桌上狼藉的生日蛋糕，坚定地说："我要新生。"这话说出来，顿时觉得轻松。母亲看着她，满脸惊骇。父亲蔫头耷脑，肩膀随着呼吸一耸一缩的。母亲突然一声惊呼，跑过去晃晃丈夫的脑袋："你怎么啦？怎么啦？"父亲抬起头，色如死灰，但是他说："我有数。没有事。"秦梦媞心里掠过一丝后悔，她不该回来的。她又不是赴死，人家自杀都不要父母同意的，她何必回来多此一举？母亲脸色也难看。秦梦媞道："爸，你还是老中医哩，也没见你和妈身体有多好。"这话是为了表达关心，但话还是有点硬，

于是笑道，"爸，你们自己可得多保重。你如果不寿比南山，我可要笑
话你是电线杆子上瞎贴的老中医啰。"她调皮地伸伸舌头。母亲的目光
像刀子一样划过，说："我们保重。你该走了。"

　　一个多月后，还是在这里，父母家的客厅，秦梦媞面对母亲。她脸
上，手术后的肿胀尚未消退，暂时还看不出日后的姿容。母亲说："现
在，有件事，我必须告诉你了。"秦梦媞疑惑，侧耳倾听。

　　"你并不是我亲生的。"秦梦媞浑身一震。母亲说，"你不是我亲生
的，你爸却是你的亲生父亲。我不能生育，可我们又那么喜欢孩子，你
爸和我商量了，去医院抱一个孩子。"秦梦媞瞪大了眼睛，眼角欲裂，
她疼得抽一口凉气。母亲说："后来我知道了，他和别人生了你。而且，
我知道了那个女人是谁。"秦梦媞说："妈你胡说！你骗我！"秦梦媞想
从母亲脸上看出哪怕一丝伪装，可母亲面无表情。她听见身后，父亲
说："她没骗你。"她倏然转身，父亲的照片挂在墙上，围着黑纱，他淡
然微笑，亲切地看着自己。

　　母亲侧脸看看墙上的丈夫，说："你的母亲已经死了。得病死的。
那时候你小，现在可以告诉你了。"她艰难地站起身，对着墙上的照片
说，"你叮嘱我告诉她。我现在说完了。"她背对秦梦媞说："你说你爸
是电线杆上的老中医，你说中了，他挂起来了。"

　　秦梦媞呆立。欲哭无泪，这倒无意中符合了医生的医嘱：不能流
泪。她亲生父亲走了，生身母亲也早已不在，所有那些她曾厌憎的基因
已经失了来路。她一时不知身在何处。"你说你爸还是没有说准，他不
是挂到电线杆上，他是挂墙上了。"母亲在边上说，"相信你说你自己，
能说得更准；相信你对自己的预期，都能实现。"母亲直愣愣地注视着
她，脸上泛出凛冽怪异的笑意："但愿你心想事成。"

七层宝塔

1

鸡叫三遍，天还没亮。这是个阴天。唐老爹（音 dia）躺在床上愣了会儿神，穿衣下床了。古人闻鸡起舞，唐老爹是闻鸡起床，大半辈子都这么过来了。鸡是个好伙计，冬天日头短，夏天日头长，鸡按季节调整报晓，比闹钟体贴得多。去年搬家，进城上楼，好些旧家什只能扔掉，几只鸡他还是带来了。好在他是一楼，有个院子。说是二十几个平方，其实也就是两三厘地，但没有院子哪还像个家呢？院子虽小，但接地气，通四季。搬家的时候，老两口儿有几分不舍，也有几分欣喜。毕竟是新房子，毕竟进城了，还有个院子。除了鸡，锄头钉耙粪桶扁担之类，不占多大地方，他也带来了。带来是因为有用，院子虽小也可以种种菜。即使用上了抽水马桶，粪桶也能摆在院角，积积鸡粪。

新房子离老宅五六里地，原来是个大土丘子。土丘被挖掉了，造了新城。搬进来的时候是秋天，按理说青菜菠菜之类都还都可以种，不想却根本种不好。土太瘦了。开地时他就知道种不好，土黏滋滋的像橡皮泥，瓦瓷砖石崩得手疼。盘古开天地以来这里就不是庄稼地，菜果然长得异怪，种子撒下去，出倒是出了，却只往上长，什么菜都长得像豆芽。锄掉却也舍不得，偶尔去弄弄，当个景致罢了。

也不能说住新房子哪里都不好。厕所就在家里，方便干净；老宅的厨房在院子里，冬天吃饭，菜端到堂屋就凉了，现在没有这个问题。问题是除了吃和拉，你总还要做别的事。唐老爹以前，每天的事排得满满的。种菜，读读《三国演义》《西游记》，写写字，接待乡邻，再出去转转拉呱拉呱，一天不闲着。现在客厅倒还是有一个的，进了防盗门就是，刚搬来时还有老邻居来串门，现在基本没有了。大概大家感觉差不多，那防盗门像个牢门，串门有点像探监。唐老爹有心去看看老乡亲，但从前村子的格局，路啊，桥啊，大槐树啊，都被抹掉了，房子被垒起来，六层，平的变竖的了，他爬不动。爬得动他也找不到，村子打乱了，乡亲们各奔东西，几十栋楼，长得都一样，他犯晕。

早饭还是老三样，馒头稀饭就咸菜，咸菜也算一样。几十年下来，就这个合胃。用上新厨房，得济的是老伴，她天天夸，夸了个把月。洗衣机也省事。总之她比唐老爹适应，连广场舞都学会了。唯一让她抱怨的，是吃菜还要去买。以前吃不完还要去卖菜的，现在倒要去买菜，而且天天要去。以前是地里有什么吃什么，现在她挑花了眼，不会买菜，而且嫌贵。饭桌靠墙的那一边卷着一叠报纸，上面镇着砚台，现在唐老爹偶尔还会写几张，但今天却没兴头。吃过饭他三个房间转转，朝窗户外望望，叹口气，又转回客厅来了。他看到的都是墙，东西两面是自己的墙，南北透过窗户，隔着路，是人家的墙。他自己一下子都说不清，他想看到的是什么。"家徒四壁"，头脑里突然冒出个词，也知道用得不对。家里其实满当当的，老立柜，家神柜都带来了。家神柜上烛台香炉也照原样摆，可客厅到处都是门，只能摆在朝北的房间里，不成体统。

好在这房间并不住人，不糟污，想来祖宗也不至于怪罪。

天阴着，一时半会儿不会下雨，也出不了太阳，不爽快！唐老爹一时不知道做什么。还是躺在床上睡着了好，一伸手，左边还是墙，右边是几十年的老伴，熟悉，安心。起了床，他竟不知道怎么安置自己这个身子。住老宅的时候，他是黎明即起，洒扫庭除，现在这院子，稀稀拉拉的菜地，不说扫，看他都不愿意多看。可是鸡把他叫起来了。现在他人起来了，身子竖起来了，可是村子也竖起来了，他没个去处。老伴听他说要去买菜，喜出望外，一迭声说了几个好。

出门的时候，老伴正在院子里喂鸡。出了门洞，遇到了楼上的阿虎。阿虎正在捣鼓他那辆面包车，扯着透明胶带往车灯上贴。抬头看见唐老爹，他笑嘻嘻地喊一声"二爹"。按辈分他本该就这么喊，从前也一直这么喊，但今天唐老爹却被他喊得怔了怔。搬到这里不久，这"二爹"他就喊不出口了。他们楼上楼下住得别扭，彼此都不舒坦。唐老爹本以为是他看出阿虎的车原来是个破车，阿虎不好意思才礼下于人，但个把小时候后他回来，就知道不是这个原因。他没想到，就这个把小时，家里就出了事。

出门时他当然不知道会有事。他是去买菜的。难不成老伴不知道怎么买菜，他倒知道？不是的。他也就是借机出来转转。没人晓得他早晨站在窗户前张望，是在看什么。出了小区，一抬头，远处的宝塔遥遥在望。不要动脑子，他的脚自然地就朝那边去了。这时他才清楚，他在窗户前找的就是那座塔。看见宝塔，他才觉得安心。耳边传来了"叮叮当当"的声音，是宝塔顶层八个角上挂的铜铃在风中响，好听。宝塔叫"宝音塔"，西边一箭之地就是他的老宅。老宅已成瓦砾，现在连瓦砾都清掉了，只有宝塔还在。暮鼓晨钟消失了，宝塔还孤零零地立着。这时他突然确认了他夜里睡不实在的原因：铜铃还在这里响，可是新房那边听不见。

　　土路，衰草，野风，唐老爹走得有点气喘。宝音寺已经拆掉一半，僧人早就散了伙，不过塔还是老样子。唐老爹在塔底稍一迟疑，爬上去了。风很大，满塔的风。片刻后，他站在了七层，最高处。

　　他朝老宅那个方位看看，又在塔顶转了一圈。全平了，地似乎矮了下去。光溜溜的大地，已经被大路小道画成了格子，河填的填，挖的挖，像是刀豁出来那么直。这是未来的开发区。朝北边眺望，黄墙红顶，一排排整齐的楼房，那是他现在的家。家具体在哪里，他找不到，也看不见。可以肯定的是，他将老死在那个水泥盒子里。此刻他满耳的风，心里却空落着，他不会晓得，此刻老伴正在那边又骂又叫。待她找到手机，她的声音才能传到唐老爹这边。

2

　　唐老爹的步子有点急。他急的不是出的这件事，是老伴那急火攻心的声音让他不敢怠慢。这么个岁数了，火上了房似的，至于吗？不就是几只鸡么？

　　鸡死了。一公两母，都是腿笔直毛糟乱，死在院子里。那公鸡性子猛，还在唐老爹眼前乱蹬了一阵腿，脖子昂起来挣一挣，彻底不动了。老伴坐在院里的杌子上抹眼泪，嘴里乱骂，哪个天杀的药了她的鸡。唐老爹拍拍她肩膀，在院子里转了一圈，东看看，西瞅瞅，心里有数了。院墙外已经有人看热闹，老伴见来了人，骂得更起劲。唐老爹拿眼睛瞪住她，笑着说："没事，没事。"见人家没有散去的意思，只好给出答案说，"几只鸡瘟了。"他可不愿意把日子过得像发了案子。他把老伴推进屋里，随手关上通院子的门。老伴说："你当我眼瞎啊？鸡瘟是这个样子?"唐老爹说:"那你说是怎么弄的?鸡可是你喂的。"老伴说:"是我喂的我才说!我可没喂过那些碎玉米!"说着就开门要他到院子看。唐老爹摇摇手说不用看,他又不是瞎子:"可你能说清玉米是哪里来的吗?"老伴手往天花板上一指:"不是他家还有谁?"唐老爹摇摇头说不见得:"院墙外面也能朝里扔,"他一锤定音,"你不能排除其他方向,就不能一口咬定是楼上干的。"他走到窗前朝院子看看,其实也心疼,但又接着说:"即便是楼上做的手脚,楼上也不就只有一家,上面五层哩!我们要讲道理。"

他讲了一辈子道理。这句话一点不带虚的。前半辈子他按道理过生活,年过半百后,他在村里辈分渐渐高了,再加上为人端方,识文断字,无形中生出些威望,还常常要给别人讲讲道理。他们村唐姓是大族,村里但凡有个家长里短,邻里纠纷,都愿意找他说说,评评理。他评理讲的是公道良心,有时比法律还管用。他不是族长,倒常常胜似干部。村干部也尊重他,乐得有个帮手,私下里评价他说,唐老爹虽不懂法律,却懂得人伦民俗。这话传到唐老爹耳朵里,他哈哈一笑,心里说:唐宋元明清,从古走到今,不管你是大唐律大宋律还是大清律,讲的还不就是个天地伦理?他讲了一辈子理,搬进新村却形势不一样了。这房子一叠起来,风水似乎也变了。找他评理的少归少,也还有,但是大多是新问题,唐老爹断不清是非,说了也不管事。这不,眼下他自己就遇到了新问题。这几只鸡。就是个闹心的事。

刚才在院子里一转,他心里已有了数。早晨出门时阿虎朝他笑眯眯地喊"二爹",其实就不自然。他早就鼻子不是鼻子脸不是脸了。阿虎对院子里的鸡很反感,主要是公鸡不好,早晨乱叫,让人没法睡;二是母鸡也不好,下个蛋嚷个没完,还鸡毛乱飞;三是鸡屎鸡食很臭,惹老鼠。老伴很抵触,说鸡养在我院子里,关你什么事?唐老爹也抵触,其原因更是因为阿虎的态度。一个没出五服的孙辈，一下子平起平坐了，说起来还一条一条的。最后阿虎媳妇连狠话都飘出来了，"他不自己杀，有人帮他杀！"这过分了。有明火执仗或者持刀剪径的味道了。唐老爹不能服这个软。但现在这个格局，楼上楼下的，人家这三条虽说是几次上门来零碎说全了的，但唐老爹总结一下，觉得也不无道理。其他邻居也有给阿虎帮腔的。唐老爹从善如流，折中一下，决定鸡自己处理，一只一只杀了吃。一次性杀掉吃不了，面子也下不来。这可好，人家等不及了，还是一次性全弄死了。

他心里憋气。于是写字。随手写，不临帖。"三更灯火五更鸡，正是男儿读书时。"这是颜真卿的诗。"桑榆郁相望，邑里多鸡鸣。晨鸡鸣邻里，群动从所务。"这是唐诗，不记得谁写的，说的是村里有鸡，人各忙各的。现在这里虽然叫新村，但可真不是村了，容不下鸡。可这下手的也太狠了一点，太阴了一点。唐老爹看着老伴到院子里把死鸡全拎了回来，放在厨房的地上。"你这是干啥？这能吃么？"老伴眼巴巴地看着他，嘴直哆嗦。唐老爹放下笔，把鸡拎回院子说："埋了吧。肥田。"

他不愿意老伴揪着这几只鸡闹事。居家诫争讼，讼则终凶，古人早有告诫的。他其实刚才就看清了毒玉米的来路。墙角的那棵桂花树，也是老宅移过来的，唐老爹看见桂花的叶子上落了不少碎玉米。玉米粒被碾碎了毒才浸得去，这说明是故意的；落在墙角的树叶上，这明摆了是楼上而不是院墙外扔进来的。不是阿虎家扔的还有谁？

邻居好，赛金宝，唐老爹岂能不知？以前是各家大门进各家，虽也有东家树丫伸到西家，这家的鸡蛋生到那家的事，但远没有现在这么复杂。搬到新村后，几个自然村被打散了，这栋楼只有阿虎家原本就是老邻居，唐老爹还蛮高兴。万没想到楼上楼下这一住，好些问题接踵而至。阿虎为鸡来提意见，顺带还提出过院子里种菜不好，夏天到了蚊子吃不消。还说楼下那棵老桂花树太高，树枝长到他们家窗台边，老鼠沿着树爬到他家，东西都咬坏了。他手一指他家窗户，窗纱还真被咬了个洞。唐老爹无话可说，当即拿把锯子，把几根高枝锯掉了。唐老爹确实讲理，人家说得对他就听。菜地不再弄，除了土太瘦长不好，也考虑到阿虎的意见，索性劝老伴不再折腾。但对几只鸡暗中下手，这让唐老爹吃不消了。从心所欲，不逾矩，阿虎是光从心所欲了，忘了个不逾矩。过分了。

主要还是个面子。好几天过去，鸡埋了，鸡的故事还在新大街上晃荡。遇到熟人，人家还是要跟他扯起鸡的事儿。他有时眯着眼装聋，有时洒脱地一挥手，"鸡瘟，鸡瘟！你扯哪儿去啦？"就躲过去了。说这事有什么意思呢？他这一贯帮人家调解的人，难不成还要旁人帮自己评理？好事不出门，臭事传千里，这一点倒是乡风不改哩。

其实鸡的事只算是鸡毛蒜皮，其他杂七杂八的还有不少，有的事提都不好提的。阿虎上门来提意见时，老伴忍不住，也反击了两点，一是晚上他们回来太晚，关单元铁门手也不带一带，"咣一声，就像在我耳边打一下锣"；二是晚上看电视太晚，窗户又不关，半夜三更地吵得人睡不着。老伴还有第三，其实她最在乎，唐老爹及时用话岔开。唐老爹补充的第三是请他们晒衣服时尽量挤干些，免得水滴到下面晒的衣服上。他说得很客气，口不出恶言，省得让人难堪。不想老伴不满意，直接指出晒女人内裤尤其要注意，滴水不干净。唐老爹堵住的是她的第三点，是小两口儿有点不自重，深更半夜在床上折腾，声响不小，老年人吃不消。这一条她没说出，就顺嘴说起内裤，算是旁道出气。那天阿虎媳妇没有跟着来，否则两个女人肯定是一顿吵。阿虎倒不斗嘴，却针对第三点提出了改进意见。他说有院子好啊，衣服可以晒到院子里，除非下雨什么水都滴不到。还说他很羡慕院子，话锋一转，笑嘻嘻地提出能不能租下这个院子。他说院子开个门就是个门面，做什么生意都是呱呱叫。

　　唐老爹自然是回绝了。他这院子外面就是路，院子离小区大门不远，开个店还真是好市口。但他钱够用，又不是财迷，还不至于拿清净去换钱。也有点好奇，阿虎到底想做个什么生意。自从拆迁迁居，好些村民摇身一变，猪往前拱，鸡朝后刨，各使各的招数，做起了各种生意，东西南北货，金木水火土，齐全。阿虎年轻闲不住，想找点事做很正常，总比那些吃着拆迁款整天打麻将的败家子强。不过他问阿虎打算做啥，阿虎看出他纯粹是局外人的好奇，并不会改变主意，反问一句："你关心我啊？"就把唐老爹堵回去了。

　　两家真正的计较恐怕就是这事开始的。那是去年秋天的事。

3

　　计较归计较，日子也就这么一天天过。秋分、寒露、霜降、立冬，唐老爹家用的还是老式台历。搬家时因为一年还没过完，扔掉不吉利，就顺手带过来了，现在倒也不是完全没用。早晨起来，唐老爹说："看，霜降了哩。"老伴说："都霜降了，还不落霜！"出门的时候唐老爹穿少了，老伴喊住他："都立冬了，帽子还不戴！"节气基本也就这点用了。他们不再按节气劳作，暂时还按节气生活。江山新村几十栋楼，夜晚看和其他住宅区没什么两样，白天就不同了。广场上晒太阳扎堆闲聊的人，他们说话打招呼的腔调口音，明显有共性。别的地方的人决不会谈论节气，他们只知道节日，但这里的人会庆幸已过大寒却一点不冷，或者抱怨小雪大雪都过了，一片雪花没见到。说这不是好兆头，来年虫多，庄稼怕是长不好。

抱怨不下雪的就是唐老爹。有人赞成他，也有人说其实是现在路好了，水泥柏油路，不怕雨雪，你这是盼着雪景玩雅哩。唐老爹被奚落了也不气，人家说得不是没道理。他呵呵笑笑，往前去了。

他常常是不知不觉就转到了宝塔那边。今天刮风，旷野的风迎面吹来，宝塔遥遥在望了，但他却没听到铃声。这有点奇怪。走到塔基下面，他侧耳细听，呼呼的风声中确实听不见铃声。他急忙爬上去，气还没喘匀，就看见檐角的铃铛不见了。他转一圈，八个铃铛都不在，一个不剩。唐老爹蒙了，天空中有鸟儿绕着塔盘旋，翅膀猛一扑棱，不知飞到哪里去了。这里的八个铃铛竟都不翼而飞了！

他一时不晓得怎么办才好。看看塔下面，那一面影壁早就倒了。上面原来写的是：度一切苦厄。现在影壁碎了，散了，看见的只是"度、苦、厂"三个字。唐老爹头一阵晕。刚才上塔时一圈圈转上来有点急了。他赶紧挪几步，离边上远点。

塔上真冷，他哆嗦起来。下塔时他很小心，寸着脚步一阶一阶地下。到第三层，他无意间朝外面一望，看见了三个人，正从东面过来。这三个人他都认得，居委会的赵主任还有个办事员，可怎么还有个是阿虎？他来这里做什么？

这个问题一下子跳到脑子里，可问是不能问的。你这把年纪腿脚都不方便了还来，人家就不能来？这不讲理嘛。其实还有个问题，那就是阿虎怎么会跟主任一起来，无论是他请主任来还是主任喊他来，都奇怪。不过唐老爹什么都没问。塔下的主任老远看见唐老爹下来，扬手打了个招呼，继续和阿虎说话，他们谈了没几句就要走，事后想来这很有点鬼祟的。唐老爹跟上去，说塔顶的铃铛没了，丢了，一定是被人偷了。唐老爹围着塔基东一脚西一脚地走了一圈，当然没有发现有铃铛掉在地上。唐老爹说："只有一个可能，被人搞走了。"

　　主任也很气愤，说："这说明要采取措施啊，不能就这个样子。"又说，"上面文物局不让拆，弄个半拉子。这不留给了收废品的吗？"还说，"要尽快想办法。"想什么办法，看来需要研究，所以他也就不往下说。阿虎在边上插话说："除非找人看着，要不连砖头都保不住。"斜眼瞅着唐老爹说，"二爹，守夜你吃不消吧？"

　　这语气明摆着挤对人。唐老爹说："那你来！"头一扭，径自走了。

　　宝塔的铃铛没了，梵音悠扬一去不回，不久，阿虎老婆倒在二楼的阳台角上挂了一串风铃。他当然不能冤枉阿虎把塔上的铃拿回了家，这是玻璃的，这么小，但他心里不舒坦。耳朵更不舒坦。这声音薄，碎，轻佻，不过唐老爹渐渐也就习惯了。倒是空调的声音更烦人。阿虎两口子会享福，天稍一冷就开空调，外机就装在唐老爹家的窗户上边。嗡嗡嗡，一阵一阵的，弄得窗户像在打摆子。唐老爹和老伴都后悔他家装空调时没有预见到这一茬，现在再说，难。老伴也硬着头皮笑嘻嘻地说过一句："你们家现在就开空调啦？"那阿虎走路急急的，回头说："嘿，这天真他娘的冷！"抬脚就走了。你说他，他说天，你能有什么办法？老伴一肚子气回家，迁怒于风铃，拿根竹竿就要去捅风铃。唐老爹好说歹说才拦住。

　　现在总结起来，很多事你应该有先见之明，要长"前眼"，空调的事就是个教训。哪怕你不能提前防备，事后的处理也要有个策略。就像炮仗的事，虽有些波折，却有经验可以吸取。总之，最好不要单打独斗。

　　去年过年前，街上热闹起来，家家店铺生意都红火了，连居民区的大路上都摆上了许多临时的摊子。大家都在赶"年市"。阿虎也在卖南北货的店铺里匀了个巴掌大的地方，做起了生意。他卖的是炮仗和焰火。这本来没什么，不曾想没几天，唐老爹就不得不管了。他没想到，阿虎竟然把他自家当了仓库！他仓库里摆什么？炮仗和焰火！这是在居民楼，是唐老爹家楼上啊。

　　开始时唐老爹并没有在意，以为阿虎是拎点炮仗回家，自己过年放着玩。后来就不对了，阿虎的面包车每天都要往家里带几捆；更明显的是，不但有进，还有出，他老婆大概是受他电话遥控，时不时地带人来拿货。这明摆着是个仓库，还物流了。炮仗、焰火都是见火就着的东西，是炸弹，是火焰喷射器！城门失火还殃及池鱼呢，这楼上楼下的，岂不是在炸弹下生活？

　　原来阿虎想租下唐老爹的院子，做的竟是这个生意。幸亏唐老爹有先见之明，拒绝了，不想他拒绝了炸弹进院子，这炸弹绕个圈子，上了楼，倒摆到了他头顶上。唐老爹坐不住了，老伴又气又急，站都站不住了，在家里团团转。鉴于以前跟阿虎打交道的经验，唐老爹交涉前先进行了调查研究，他知道阿虎肯定会说他只是暂时摆摆——这"暂时"两个字是实情，年后，过了正月十五，炮仗生意基本都做不下去。阿虎也一定会说实在是没地方——这也是实话，阿虎匀地方的南北货店逼仄得身子都转不了，确实摆不了多少炮仗，即使摆得下人家也不会让他堆货，人家是连家店，楼上住人哩。这正说明了谁都怕出事。唐老爹住在炮仗下，他明知话不好说也必须要说。他找到阿虎，阿虎果然说出上面两个理由，他做出承诺，保证家里一定小心火烛，一点点火星子都不会落到货上："我比你还怕死！你的命是命，我的命也是命啊！"阿虎嬉皮笑脸的，也许还想幽默一下，"二爹，我比你怕死啊，我们还比你年轻哩！"你听听，这是什么话呀！不光平起平坐，他的命还更值钱了！

4

　　交涉以失败告终。你总不能使坏放水把他家淹掉。要淹也只有住三楼的人家才有这个地势。唐老爹对选这么个底层真是感到后悔了。从前在村子里，他家的位置那个好啊，整个村子在个大缓坡上，最高处自然是寺庙和塔，隔一条路，不多远就是自家的宅子。坐北朝南，前面开阔，后面有靠，是个椅圈的架势。现在居于人下，可不就只有受气的份？跟阿虎交涉之前，为了表示诚意，他还把阿虎带到自己院子里，指着晾衣绳子上自己动手做的灯罩一样的"机关"说，你看，你说老鼠沿着绳子爬到你家，可绳子不挂这么高晒不到太阳，我做了这么个东西串在绳子上，这下老鼠过不去了吧？他脸上甚至有些巴结。没曾想阿虎虽点头表示赞许，但说到炮仗，白牙森森的嘴紧得很，就是这么两点：临时摆，小心火烛。更可气的是，他说到小心火烛，意思不光他家自己要小心，楼下唐老爹家也一样要小心，那意思好像唐老爹家最好都不要开伙了。

对不讲理的人，其实唐老爹是讲不过人家的。晚上的饭当然要做，不开伙喝西北风去？老伴胡乱下了点面，老两口儿草草吃了，电视开到夜里，上了床还是睡不着。第二天起来，老伴唠叨得他在家里坐不住，他霍地站起，恶狠狠地说："我还不信了！我找居委会去，就不信找不到管他的人！"老伴看他硬起来，劲头上来了，说："我跟你去。"唐老爹手一挥止住她。找政府实属无奈，如果打得过阿虎，他宁愿自己动手，就像最近新村里的一些矛盾那样，自己动手武力解决。既然去讲理，自己就足够。他出门时老伴追着说："你要发动群众！难不成就只有我们怕出事？"唐老爹不理会，出门去了。

事实证明还是老伴更明事理。她更管用。唐老爹找到居委会赵主任，有条有理说了半天，口角都起了白沫，赵主任好像才有点明白。他表态说这肯定不对，却又要唐老爹体谅邻居，说现在百业不旺，生意不好做，熬过年也就罢了。"以后这里也会禁放，你送他炮仗他都不会要。"还说他们没有执法权，没权力上门没收。当然他也不是毫无作为，他给阿虎打了个电话，责成他立即整改。他放下电话，端起茶杯，意思是他已尽到了责任。唐老爹当然不依了，指着桌上的记事本，要他记下来，或者给个字据，保证不出事。赵主任不傻，落字为证他坚持认为没有必要。正争执间，老伴过来了。她不是一个人来的，还带了两个老太，一个是隔壁单元也姓唐的，另一个唐老爹不熟悉，只知道是老伴一起跳广场舞的伙伴。这不熟悉的老太更有战斗力，她说她家虽然住后面那栋楼，但万一爆炸她也没得逃。还说她儿子是武警，消防队的，"你信不信，我叫我儿子带消防车来，把他家泄个水漫金山！"赵主任这下慌了，他最怕的不是泄水，却是唐老爹的老伴。她不是空手来的，她卷了个铺盖扛在肩上，说家里住不得了，她要住在居委会，这里还有空调，还不要电费。

老伴这一招确实狠。赵主任只得把阿虎叫来，勒令他立即把炮仗搬走。"这违反消防法！二十四小时，明天这时候我去现场检查！"赵主任神情严肃，不讲价钱，连阿虎递来的烟都挡了开去。阿虎很识时务，他摆出个二皮脸，对唐老爹等人横眉立目，笑嘻嘻地朝赵主任赔着笑脸。阿虎原先和主任不熟，后来却熟到能一起到宝塔下指指点点地谈事，炮仗的事怕就是个开头。当然这是后话。当时问题总算是解决了。阿虎答应把炮仗搬走。赵主任第二天现场检查，下了楼还到唐老爹家里来了一趟，以示管理严格，验收完毕。

其实炮仗是不是真的搬完，唐老爹并没有亲眼看见。可以肯定的是，此后楼上的炮仗是个有出无进的局面。老两口儿把心放回肚子里，算是过了个安稳年。阿虎路上遇到了，鼻子不是鼻子眼不是眼，这是预料之中的，想来事情过去慢慢就淡了。可没想到，还真是冤家宜解不宜结，鸡突然被毒死，就证明了这一点。好在只是几只鸡，不是人。罢了罢了。

阿虎毕竟是晚辈，唐老爹不同他计较。他是看着阿虎长大的。这小子特别顽皮。半大不大的时候，常常点个炮仗往鸡中间一扔，几只鸡以为来了吃食，争先恐后地围过来，"砰"的一声，鸡吓得直往树上飞。后来学会抽烟了，难得也给别人敬个烟。有次一个外地打工的回来，阿虎递上一根烟，还点上火，热情地和对方寒暄。那人吸一口烟，突然嘴边咝咝冒烟，吓得一抖，手里"砰"地就炸了。阿虎也亏他想得出来，在烟里卷了个炮仗。他乐得哈哈大笑，笑得直打跌，人家不依了，一把揪住他动了手。这事最后也由唐老爹出面调和。他骂了阿虎一顿，阿虎辩解说他算过的，放的是小炮，又有个过滤嘴，断断出不了大事。那人在外地打工，不比阿虎是个坐地虎，也只能算了。现在想起来，阿虎做炮仗生意，倒也不是没有因由，他就喜欢这些咋咋呼呼的东西。他长成了一条壮汉，但那身子里住的，还是小时候那个鬼精灵。他点子多，也出去打过工，也做过生意，但东一榔头西一棒，未见他发达起来。炮仗、焰火果然年后就不做了，阿虎在楼下把剩货一个个点了，噼里啪啦震得各家窗户响。周围邻居都松了口气。老伴双手一拍大腿："阿弥陀佛！"唐老爹也以为他生活中最大的隐患已经解除，"万象更新春光好，一年巨变喜事多"，唐老爹每年要给村民写春联，搬进新村后门上贴都不太好贴了，当然就不再写，但那些老对子他还都记得，"爆竹声中一岁除，春风送暖入屠苏"。这震耳的炮仗预示着良好的开端，唐老爹不再惦记阿虎还会不会再做生意。事实上，阿虎的生意换个名堂又继续做了，而且，还会和他们有关，还更闹心。

5

人年纪大了，就不怎么会往远处看，不展望。展望了又能如何呢？

世事无常也有常，除了能看见自己最后会老，会死，其他的你基本上预见不了。唐老爹就没想到，他祖祖辈辈住的村子会被平掉，他的房子上还会有别的人家。他更没想到，宝音寺有朝一日会成为废墟。如果不是村民反对，闹到上面而上面又发了话，连宝塔都会成为一堆砖瓦。唐砖汉瓦清朝的木头，都吃不消那大铁爪子一抓。现在僵在那儿，所有人都以为那宝塔肯定能继续留着，原因有两个，一是建开发区，宝塔并不碍事，还美观吉祥，算是一景；二是宝塔有灵性，动不得，也没有人敢动。拆寺庙那个开铲车的，听说回去就得了"闭口痧"，一句话都不能说了。这第二条唐老爹并不全信，因为传言那人是这个村那个村的，还有人说就是唐老爹原先村里的，可这个不对，没这人。不过他不说破，有点畏惧才好，这传言不正是护塔的金刚么？从前四乡八舍都有个敬天命畏鬼神的老理，遇到事喜欢拿神灵发誓赌咒，我若是怎么，就怎么报应，手朝宝塔那边一指，分量是很重的。唐老爹帮人调解纠纷，这场面他见得不少。没人敢去动那宝塔，他巴不得。根据他从小区广场得到的消息，镇上依然有人在打宝塔的主意，说宝塔占据了最好的"网格"，其实就是地块，太浪费。只不过上面的文物局还没松口，动不了。

这是"上面"的事，镇上归上面管，也怕"上面"，唐老爹对此很有信心。至于"闭口痧"之类，传来传去已成了铁案，应该足以吓住动歪心思的人。可没承想，胆大的人永远都有，唐老爹那天到宝塔去，竟然发现塔上挂的一块匾不见了！匾上四个字，"佛光普照"。太阳明晃晃地照着，可匾确实已经不在。先是铃铛不翼而飞，现在连匾也被偷，唐老爹简直气晕了。这匾跟他颇有渊源，据说当年清兵南下时，塔过火损了，由他的高祖牵头本乡耆老，捐资修缮，匾就是那时挂上的。他喊几个老伙计去了现场，全都动了义愤。恰巧在路上遇到赵主任，大家群言汹汹，七嘴八舌把情况反映了。

　　赵主任也很生气，说谁这么胆大包天，这简直是太岁头上动土，老虎嘴边拔毛嘛。他说他知道那匾是清代楠木的，现在很值钱，一定是有人相中了抢先动了手。这"抢先"两个字，其实已透了底，但当时没有人在意。赵主任说这塔现在上面有话，谁都不能动。上面不让动，那就不能动。围着塔的老头老太们你一言我一语，都说这塔灵验，是个神物，宝塔就是气运风水。赵主任这时显出比一般人水平要高，他说这塔是不是文物，现在也还没有结论，要由专家鉴定评级，总之不让拆就要保护；怎么保护他会找派出所会商，这是他们的职责。

　　阿虎当时也来看热闹。他笑嘻嘻地说，那匾是个好东西，人家拿去了挂在家里，省得风吹雨打的，家里也吉利。两个老太盯上他，说没准就在你家，我们要去看看；就是今天不去，总归我们也能看见。阿虎说你们是偷牛的逮不到，抓我这个拔桩的，谁家能挂下那么大个匾啊？他撇开众人，跟着赵主任，说有事要跟领导请示。大家都有点疑惑，不知他要说的是什么事。阿虎回过头对唐老爹没好气地说："我想开店没门面，要请领导帮忙。你们谁家门面多，想让一间是不是？"他这一说，众人就都散了。

　　那段时间，整个新村里不少人都像得了怪病，有事没事注意人家的客厅。那匾要是挂在家神柜上方，虽说大了些，确实很搭配。但唐老爹知道，偷来的鼓擂不得，再傻的人也不会把贼赃挂在墙上。可不知为什么，他总觉得阿虎那天凑热闹，路数有点不对。赵主任应承说一定要保护，但明显很被动，不情不愿的味道。他说"上面不让拆就不拆，我们基层就是要服从大局"，这其实话里已有了话，是个不祥之兆，可哪个又能想到，最后是那么个结局？阿虎当时跟着赵主任，说是要找门面，还真弄得唐老爹脸一红，有点不好意思。自从两家因为炮仗闹矛盾，阿虎跟赵主任成了熟人，唐老爹觉得这也正常：你的院子不租，人家找领导帮忙，这再正常不过。

他不认为宝塔上的匾和以前丢的铃铛，与阿虎有什么关系。阿虎关心的是门面，不是宝塔。因此他有天看见阿虎的面包车后伸出几根长长的木把子，并没有起什么疑心。车上没有那块匾，这一点可以确定。那长把子家什铲头是圆的，从来没见过。这小子，从小躲着锹、连枷和钉耙，碰都不想碰，怎么弄来这么个东西？唐老爹看不懂，问又不能问。他看看也就走过去了。

事后回想起来，这是个证据。可惜除了那天傍晚看过一眼，那奇怪的家什从此就不见了。自从鸡被毒死，唐老爹就抱定了决不多管阿虎闲事的方针。能忍自安。如今宝塔出了事，他心里才又对那家什起了疑心。

6

那天夜里月黑风高。唐老爹半梦半醒中听见一声闷响，连床都轻轻晃了晃；大早一起来，还没走到广场，路上人已经在传，说宝塔倒了！

好多人跑去看，唐老爹赶忙跟过去。塔倒是没塌掉，但塔基被人掏了个大洞。洞很深，黑乎乎的什么也看不清。有胆大的举着手机上的手电筒，往里探几步，出来时脸都脱了色，喊道："不好了！里面有个小房子，东西被偷啦！"有人纠正说，那不是小房子，是地宫。唐老爹长叹一声道："里面供奉的是佛骨舍利子。说不定还有其他东西，都是宝贝啊。"老辈人说过宝塔底下有地宫，现在这地宫洞口大开了。那一声闷响留下的硝烟还没有全散去，呛人。有人跑回去拿来手电筒，唐老爹弯腰朝里照照，除了几块像箱子板的烂木头，空空如也。

当然去报案了。赵主任显得很着急，立即指示打字员给上面写报告，还说要去现场拍了照片附上去。唐老爹提醒他注意一下塔身，说塔身已经有点斜了。

新村里人心惶惶，好多老头老太如丧考妣，见了面都咒骂挖地宫的不得好死。基本的判断是：外地人干的，文物贩子专干这个，他们不怕报应。更多的人猜测那地宫里到底藏了些什么。佛骨舍利是无价之宝，不好买卖，肯定是金盆玉碗惹了眼。他们说得活灵活现，几个盆几个碗，玉光宝气，好似亲眼看见一般。唐老爹那些天老是叹气，总是睡不实，早晨起来就在家里发无名火，老伴算是倒了霉。她气不过，说："你睡不好就会怪我！"手一指院子外说，"我也睡不好呢！他这车停在外面，天不亮就轰隆轰隆的，你怎么不叫他停走？"唐老爹鼻子里哼一声，坐着不动。看见阿虎的车回来了，他出门迎了过去。

"阿虎啊，我夜里睡不好，被你这车吓得一惊一抽的。"阿虎从车上下来，好像没听清他的话。"我说你这车，"唐老爹大声说，"你天蒙蒙亮开车，为什么要轰轰两下，还又不走？"阿虎应该听懂了，似笑非笑地不答话。这个样子让唐老爹无名火起，他的话不好听了："知道你年轻人，有汽车，你车就停在我院子外面我能不知道啊？不轰那几下行不行？"

阿虎脸板下来了："我这是个破车，二手的，等换了新车我就不轰。"他还是笑嘻嘻的笃定模样，"二爹，车你是不懂的。不轰说不定出去就要熄火，熄了火你帮我推啊？"

唐老爹说："那你就不要停这里。"

阿虎说："凭什么？我停你院子里了吗？"

"你就是不能停我家院子外面！"唐老爹老伴出来了，"你不光轰，还有废气！污染！"

阿虎还没开口，他媳妇下来帮腔了："我就停这里。这是我家楼下，我不停这里停哪里？你就是现在去买个车，这地方也还是我们的车位。上厕所也讲先来后到的！"

唐老爹气得直哆嗦。老伴说："你不讲理！"

阿虎说："她还真不是不讲理，我们最讲理。这个地方是大家的，共用面积你懂吗？不懂我讲给你听。"他飞快地上楼，取了房产证土地证出来，摊开来说，"图看得懂吧？院子里是你的，道路是共用的。共用就是大家能用我也能用。看明白了吧？"他晃晃手里的证，"这可是法律文书哦！"

唐老爹说："那你这车吐的废气不要飘到我家。"阿虎媳妇说："什么废气！人吃饭还放屁哩！废气在哪里？你抓给我看看啊！"老伴说："好，院子是我的，那我院子里的鸡是怎么死的？"阿虎两口子一愣，阿虎接得快："那得问你自己。病毒无国界。"他后面这一句老两口儿好半天才听懂，被噎住了。阿虎媳妇挑着眉说："声音也无国界。我家地板就是你家天花板，共用。你能顶，我也能踩。以后别在外面乱说。"阿虎嬉皮笑脸地说："除非你把这楼拆掉，否则我们还是要好好相处，对不？"这倒全是他的理了。

围了不少人，没几个多话的，顶多是劝阿虎口气好一点。阿虎最后这一句，说还是要好好相处，态度像是好点了，但却是个做结论的架势。唐老爹脑子里蒙蒙的，耳朵里所有声音都像延时了好几秒。不知为什么，他这时突然想起了宝塔。回头望去，楼挡着，他知道那塔虽然歪了，但还在那里。阿虎车上早已不见那些奇怪的长把子家什，唐老爹这时怎么突然想起这个，他自己都搞不清。要等到阿虎有了门面，新店开了业，他才似乎想出点眉目来。

7

阿虎不久弄到了门面，虽不在大街闹市口，但据说是街道自留的一间办公房，他路子可还真是硬。做的生意也邪乎，在不在闹市无所谓，甚至本就不适合在闹市。他的店叫"一路向西天堂店"，专卖丧葬用品。"天地响"一轰，几串万响的炮仗在地上火蛇般乱窜一通，就算是开了张。看热闹的人都有点傻眼，但死人的事是经常发生的，奈何桥上蹲无常，这生意找了个偏门，你说不出什么。他店里货色齐全，别墅花圈、家电汽车、美女保姆一应俱全，当然是纸扎的。更多的是大理石墓碑，光溜溜的，等着把人的名字刻上去。这让人心里发瘆。喜气的倒是那些冥币，100元的看上去跟真的一样，面额大的是几百兆，"0"都数不清。嗬！真是有钱了。阿虎要发财了。

这时候有一张告示悄悄贴了出来。等有人看见时，已经被雨打湿，风掀去一半，但那公章还在，是公家的告示。大家连读带猜，突然就明白，宝塔要拆了！理由倒能看出来，说是宝塔不幸被不法分子盗掘，造成塔身歪斜，已危及宝塔安全。为了保护文物，经上级部门同意，将进行"保护性拆除"，择地重建——这不说白了就是要拆吗？择地重建，那还不知道猴年马月哩！

围观的人站不住了。不少人气鼓鼓地往南面去。唐老爹腿脚慢，他才走出新村，前面脚快的已经回头了，一边嚷着说："别去啦，早拆完啦！"唐老爹稳稳神，继续往前走。绕过挡着视线的楼他就停住了：塔不见了，真的拆掉了！他们看见告示的时候就拆掉了。没准告示没贴出来就已经拆完了。毕竟三五里哩，毕竟也不是所有人都关心着这个塔。人家手脚快，终究还是拆掉了。宝塔一去不复返，白云千载空悠悠。直立千年的宝塔没了，唐老爹的腿软了。他站不住，慢慢蹲在地上。

塔已经没了，连老砖老瓦都已被运走。唐老爹想起那个公章，可这时去找赵主任有什么意思？两年前这边搞开发区的时候，看到他们把老河填的填，挖的挖，搞得横平竖直的像地上打了格子，唐老爹就去多了嘴，说水无常形却有常势，天水落地流成河；水自己流成的路叫河，你挖的也就是个沟。可人家说他不懂科学水利，这叫"裁弯取直"。他说了半天等于没说。现在再去说宝塔，更是个白说了。

这天唐老爹是被人扶着回家的。刚看见宝塔变成一片白地，他还只是腿软站不稳，回得家来，他连坐都坐不住了。好像宝塔拆掉，他的脊梁也撑不住了。他这是病了。躺到床上，耳朵里呜呜的，有怪声在啸。合上眼皮，眼睛里却清澈得怕人，一座宝塔，通体透亮，屹立在那里。眼一睁开，什么都模糊的，连老伴凑在面前的脸都看不清。

第二天好些了。脚踩在地上硬实了些。他在家里乱转，嘴里还冷不丁冒两个字："阿虎。"老伴看得害怕。她自然讨厌阿虎，但不知道最近又是啥事惹着老头子了，也不敢问。院子外汽车从远处响过来，停了。是阿虎的车回来了。唐老爹眯眼瞅着，冷笑，嘴里说："晦气！"他哆哆嗦嗦找了面小镜子，瞄一下方位，对好车停的方向，把镜子摆在窗台上。这意思老伴是懂的：泰山石敢当，照妖镜辟邪气。她迎合老伴，说明天去买不干胶，镜子就粘在院墙上。看唐老爹这个样子，她实在很心疼。她躲着唐老爹悄悄打了个电话，举报有人在卖假币——说是冥币，其实足够蒙活人。她怕公家不管，加油添酱，说已经有人做生意收到假钱了，不得了啦。她其实只是出出气，为她的鸡报仇，不想公家这次动得快，下午阿虎急匆匆下了楼，半晌又回来了。他铁青着脸，从车上拎下几捆冥币。"妈个逼！哪个要死的撩事，不要以为老子好欺负！"他骂骂咧咧地上楼，不一会儿他媳妇也下来一起拎冥币。他媳妇嘴更辣火，说谁买不起纸钱就站出来直说！死了我白送，要多少有多少！

　　唐老爹见他们把冥币往楼上拿，有心去阻止，但实在提不上力气。他们瞎骂，他并不知道他们是在骂自己。他只是觉得这东西拿上去不吉利，炮仗是明火，这个是阴风，更堵心。他老伴挂着个脸，有苦说不出。唐老爹一开始还以为阿虎是门面突然没有了，店开不成，这才把货往家拉，后来阿虎媳妇骂得清爽了，他这才知道原来卖不成的只是冥币，门面照开。这就对上榫头了。阿虎明摆着跟公家关系很铁，人家能把自留的房子拿出来给阿虎当门面，这简直就像是在奖励有功之臣。阿虎有什么功劳，唐老爹没法说出来。要证据，他一个没有。宝塔要不是先被炸药掏歪了，不见得会拆。那残留的硝烟味，时不时还在唐老爹鼻子前面缭绕，那就是个大炮仗啊。阿虎的功劳莫不就是点了个大炮仗？

　　但这说不得，几乎就是瞎扯。宝塔拆掉后他比画着问过一个老伙计，知道了那长把子家什叫洛阳铲，专门用来盗墓的，但这现在也是空口无凭。阿虎媳妇是个臭嘴，几乎骂了一顿饭工夫。临了，还扬言说，不就是拿回来摆两天吗？上面也就是走走过场，扬扬土迷迷眼，别以为真能得逞，过两天还摆着卖！她扯着嗓子叫道："方便你家做事哩！"

　　这是在炫耀他们家跟公家关系好，可话太毒了。唐老爹听不下去，很想出去教训她积点口德。但老伴眼神闪烁，怕怕的，他也不敢再引火烧身。他真的是累了。

　　当夜，清风拂面，冷月照影。他在院子里站了好一会儿。宝塔明月交相映，他能准确找到宝塔原先的方位，却再也看不见如此旧景。睡到半夜，他心口疼。像是有手使劲揪他的心。他忍着。头上出虚汗。这时他听见楼上阿虎两口子又在折腾了。使劲折腾。响。叫。忍着疼的唐老爹倒没叫唤，楼上倒叫唤起来了。那么多冥币哦，说不定就摆在他们床前，这是个什么架势啊。唐老爹说不出话，他用力推醒老伴，指指自己心口。

后面就乱了。老伴号起来。使劲拍对面邻居的门。打电话。可救护车迟迟不来。车！这当口车就是命！有人敲阿虎家的门。阿虎披着件衣裳出来了。这时候不能再计较了。老伴双泪齐流，拽着阿虎的衣袖求他帮忙。阿虎大概早已听出出了事，随身带来了车钥匙。车后盖一掀起来，两个邻居就把唐老爹往车上架。唐老爹两腿软软的，可一条腿刚被搬上车，却蹬住，不肯上了。老伴急得哭叫，使劲推他后背。他摇头，不说话。老伴看见车里躺着一块石板，闪着黑光，是墓碑，看不清上面刻了字没有。阿虎已经打着了火，他轰一脚油门，又轰一下。唐老爹耷拉着脑袋，目光正对着墓碑边的几朵纸花，那应该是这车子给人家送货时花圈上脱落下的花。

图书在版编目（CIP）数据

看蛇展去 / 朱辉著． -- 北京：作家出版社，2018. 10
（第七届鲁迅文学奖获奖者小说精选集）
ISBN 978-7-5212-0263-2

Ⅰ．①看… Ⅱ．①朱… Ⅲ．①短篇小说 – 小说集 – 中
国 – 当代 Ⅳ．①I247.7

中国版本图书馆CIP数据核字（2018）第235081号

看蛇展去

作　　者：朱　辉
责任编辑：史佳丽　翟婧婧　李亚梓
装帧设计：孙惟静
出版发行：作家出版社
社　　址：北京农展馆南里10号　　　邮　　编：100125
电话传真：86-10-65930756（出版发行部）
　　　　　86-10-65004079（总编室）
　　　　　86-10-65015116（邮购部）
E–mail:zuojia@zuojia.net.cn
http://www.haozuojia.com（作家在线）
印　　刷：三河市兴博印务有限公司
成品尺寸：152×230
字　　数：190千
印　　张：16
版　　次：2018年11月第1版
印　　次：2018年11月第1次印刷
ISBN 978-7-5212-0263-2
定　　价：38.00元